KB012138

百無禁忌
天官賜福

天官賜福

천관사복

天官賜福

묵향동후 장편소설

5

天官賜福

목차

49장 액명과 약야의 공헌 쟁탈전

그 곡도는 한층 처량하게 떨었다. 사련은 어쩔 줄 모르고, 칼등을 따라 액명을 부드럽게 어루만져 주며 말했다.

"미안, 미안해. 아까는 너인 줄 몰랐어. 다신 안 그럴게."

그리 쓰다듬어 주자 액명은 실눈을 뜨더니 드디어 떨림을 멈추었다. 사련이 물었다.

"네 주인은?"

문득 뒤에서 목소리가 들려왔다.

"액명은 내버려 둬."

뒤를 돌아본 사련은 단숨에 자리를 박차고 일어났다. 놀라운 동시에 반가운 기분이 들었다.

"삼랑? 여긴 어떻게 왔어?"

등 뒤에서 유유히 걸어온 소년은 바로 화성이었다. 그는 또 검은 머리를 한 갈래로 비뚤게 묶고, 흰색 윗옷만을 걸친 채 붉은 겉옷을 허리에 둘러 묶은 차림이었다. 걷어 올린 소매 아래로는 창백하지만 탄탄한 팔뚝과 문신이 드러났다. 걸음을 내딛자 신발의 은사슬이 잘그락, 하고 맑게 울렸다. 퍽 자유분방한 모습이 흡사 이웃집의 열여덟 살짜리 소년 같았지만, 그러면서도 무척 기품 있었다. 그는 작은 들풀 이파리를 입에 문 채 사련에게 웃어 보였다.

"형."

사련은 원래 두 아이에게 적당한 거처를 찾아 준 다음 화성을 찾아가 정중하게 사례를 할 생각이었다. 그런데 본인이 찾아올 줄 누가 짐작이나 했을까. 화성은 유유자적 그의 옆으로 다가와 한 손으로 땅에 꽂힌 은빛 곡도를 뽑아 대충 훑어보고는, 어깨에 걸쳐 메며 말했다.

"형 쪽도 바쁠 텐데 수고스럽게 걸음 할 필요 없지. 그래서 내가 왔어. 형이 잊은 물건도 있고."

그는 등에 메고 있던 삿갓을 끌러 사련에게 건네주었다. 사련이 부자 상인의 집에 놓고 온 것이었다. 잠시 멍해진 사련이 급히 입을 열었다.

"깜빡 잊고 있었어. 괜한 수고를 끼쳤네."

말을 다 하고 나서야 문득 생각났다. 어젯밤 어떤 일이 일어난 뒤, 그는 화성에게 '내 삿갓을 찾고 있는데. 내 삿갓은?'이라고 말했었다. 그건 혼몽한 와중에 내뱉은 헛소리였는데, 화성은 정말로 그를 위해 삿갓을 찾아 준 것이다. 사련은 덜컥 부끄러워졌다. 화성이 삿갓을 찾아 준 것으로 장난을 치면 어쩌나 싶어서였다. 다행히 화성은 별말 없이 웃으며 화제를 돌렸다.

"형, 또 꼬마 둘을 주웠어?"

그리 말하면서 곡자의 머리에 손을 얹고 머리카락을 마구 헝클어뜨렸다. 곡자는 화성이 무서웠는지 곧장 사련의 뒤로 숨었다. 사련이 말했다.

"괜찮아. 이 형은 좋은 사람이란다."

하지만 화성이 말했다.

"천만에. 난 엄청 나쁜 사람이야."

입으로는 이렇게 말했지만, 그가 손바닥을 뒤집자 소매 안에서 자그마한 은나비 한 마리가 튀어나와 날개를 유유히 파닥이며 곡자의 눈앞으로 날아들었다. 곡자는 까만 눈을 동그랗게 뜨고는 눈 한번 깜빡이지 않고 그 은나비를 바라보았다. 그러다 결국 참지 못하고 손을 내밀어 나비를 잡았다.

덕분에 화성을 향한 곡자의 경계심도 크게 누그러졌다. 곧이어 화성은 무심한 듯 낭형을 훑어보았다. 곡자를 훑어볼 때의 자연스러운 눈빛과 달리, 낭형을 볼 때의 눈빛은 한 치의 온화함도 없이 차갑고 날카로웠다. 낭형은 머리를 푹 숙이고 불안에 떨며 사련의 뒤로 움츠러들었다.

사련은 삿갓을 손에 들고 말했다.

"올 거면 그냥 오지, 왜 보제관 청소까지 했어?"

화성이 대답했다.

"겸사겸사 방 청소 한번 한 건데, 뭐. 폐물도 치우니까 공기가 상쾌하지 않아?"

"……."

사련은 행방불명된 척용이 떠올랐다. 문득 화성이 그를 쓰레기처럼 내다 버린 건 아닐까 싶어졌다. 이때, 갑자기 보제관 뒤편에서 비명이 울려 퍼졌다.

"지옥 기름 솥에 담가 천 번 죽여도 시원치 않을 개같은 화성! 사람 죽네, 화성이 사람 잡는다!"

"아빠!"

크게 소리친 곡자가 짧은 다리로 서둘러 내달렸다. 사련도 재빨리 뒤따라갔다. 보제관 뒤에는 개울이 하나 있다. 평소 사련이 옷을 빨고 쌀을 씻는 곳이었다. 그리고 지금, 척용도 물속에 푹 처박혀 있었다. 여전히 약야에게 포박된 채 얼굴을 물 위로 힘껏 내밀며 죽기 살기로 울부짖었다.

"난 안 나가, 안 나갈 거야! 이 몸 안에 있을 거야, 이 몸이 죽을 때까지 있을 거라고! 난 굴복하지 않겠다!"

화성은 물고 있던 들풀을 뱉어 내고 말했다.

"네놈이 용맹한 투사라도 되는 줄 아나? 폐물."

사련은 부득이하게 설명했다.

"……내가 며칠 전에 어떤 산에서 잡아 왔어. 다른 사람 몸에 씌었는데 끝까지 나오려 들지를 않더라. 이 사람은 아직 살아 있으니까 억지로 혼백을 벗겨 내면 육신이 망가질 수밖에 없어. 정말이지…… 삼랑에게 무슨 방법이 없을까?"

화성이 대답했다.

"응? 놈이 차라리 죽여 달라고 빌 만한 방법을 묻는 거라면, 물론 있지."

이 말은 명백한 위협이었다. 척용이 욕을 퍼부었다.

"너희 둘! 못난 것들끼리 손발이 잘 맞는구나! 악랄한 놈들! 푸읍……."

척용은 말을 끝내기도 전에 다시 냇물에 가라앉았다. 사련은 그를 보면 가루로 변한 어머니의 유해가 떠올라 분노와 슬픔이 치밀었지만, 저 육신은 다른 사람의 것이니 반드시 지켜 내야 했다. 사련은 냇물에서 척용을 끌어 올려 보제관 입구에 내려놓았다. 척용은 하루 종일 먹은 게 없어 뱃가죽이 등에 달라붙을 만큼 굶주린 데다 화성에게 시달릴 대로 시달려 맥이 죄 빠져 있었다. 곡자가 부자 상인의 집에서 몰래 가져온 전병을 먹여 주자, 그는 부스러기를 흘리며 게걸스럽게 전병을 먹어 치웠다. 참 밉살스럽고 볼품없는 꼬락서니였다. 고개를 내젓던 사련은 척용의 사지가 뻣뻣하게 굳어 있다는 사실을 깨달았다. 약야에게 묶인 탓은 아니었다. 아마 화성이 법술을 걸어 몸을 굳혀 놓은 것 같았다. 그래서 사련은 약야를 다시 불러들였다.

"약야, 돌아오렴."

억울하게도 척용을 며칠 동안이나 묶고 있어야 했던 약야는 이미 한껏 풀이 죽어 있었다. 휘익, 소리를 내며 빠져나온 약야는 하얀 뱀처럼 사련의 온몸에 칭칭 감겨들었다. 그는 문을 열고, 약야를 달래는 한편 몸에서 풀어내며 말했다.

"그래, 그래. 이따가 목욕시켜 줄 테니 슬퍼하지 마. 우선 옆에 가서 놀고 있어."

약야는 시무룩하게 옆으로 헤엄쳐 갔다. 화성도 아무렇게나 액명을 내던졌다. 액명은 저 스스로 체면이 서는 자세를 찾아 바닥에 우뚝 섰다. 벽을 보고 있던 약야는 옆쪽에 기대어 선 번쩍거리는 은빛 곡도를 발견하고는 조심조심 접근했다. 액명의 칼자루에 달린 눈동자도 도르르 굴러가며 약야를 훑어보기 시작했다. 방심은 아무런 반응 없이 침울하게 가라앉은 채 꼼짝도 하지 않았다.

사련은 그간 요리 기술 연구에 몰두해 오면서 나름대로 실력을 쌓았다고 자부하고 있었다. 자신감이 배가 되었을 무렵에는 솜씨를 발휘해 화성에게 제대로 대접하고 싶다는 생각이 들었다. 그래서 식사를 하러 오라고 권했고, 화성은 당연히 흔쾌히 초대에 응했다. 사련은 돌아오는 길에 읍내에서 사 온 채소를 공양대 위에 한가득 쏟아 놓은 뒤, 식칼을 들고 요란하게 썰더니 솥을 덜그럭거리며 요리할 채비를 했다. 탁자 겸 부엌으로 쓰이는 이 공양 제상은 그릇과 젓가락을 놓아도 되었고, 아이들이 앉을 수도 있었다. 탁자 하나가 백 가지 쓸모를 지닌 격이었다. 한쪽 벽에 기대어 잠시 구경하던 화성은 지켜보다 못해 말을 꺼냈다.

"도와줄까?"

하지만 사련은 한껏 열의에 차 있었다.

"괜찮아. 약야가 도와주면 돼."

그는 말하는 동시에 아직 쪼개 두지 않은 굵은 장작 몇 다발을 내던졌다. 퍽, 하는 소리와 함께, 하얀 비단이 흡사 공격해 오는 독사처럼 그 땔감을 후려쳤다. 굵기가 종아리만 하던 나무토막은 금세 가느다란 땔감으로 동강동강 쪼개졌다.

한 수 보여 준 약야는 자신의 힘과 아름다움을 자랑하는 것처럼 액명과 방심 앞에서 유난히 과장된 몸짓을 지었다. 본격적으로 자태를 뽐내려는데, 사련이 다시 땅에 접시 하나를 내려놓고 커다란 배추를 던졌다. 약야가 배추를 맞이하려는 순간이었다. 별안간 액명이 눈빛을 번득이더니, 몸을 날려 공중에 눈부신 은빛 선을 그렸다. 온 하늘에 배춧잎이 나부꼈다. 큼직했던 배추는 이내 가지런히 조각나 접시 위로 떨어졌다. 사련은 쪼그리고 앉아 접시를 들어 살펴보고는 칭찬을 아끼지 않았다.

"정말 대단하다. 약야보다 잘 썰었는걸."

약야는 냉큼 벽에 달라붙었다. 마치 뒷걸음질을 치다가 벽에 부딪쳐 물러나지 못하는 사람 같았다. 액명은 정신없이 눈알을 굴리며 신선이라도 된 것처럼 한껏 으쓱거렸다. 방심은 칼과 비단 사이에서 꿋꿋하게 침묵을 지켰다. 사련은 법보들이 소소한 암투를 벌이고 있다는 건 꿈에도 모르고, 일고여덟 가지 채소를 한꺼번에 솥에 쏟아 넣는 한편, 뒤를 돌아보며 물었다.

“아 참, 삼랑은 이번에 얼마나 머물다 가?”

요리 과정을 지켜보던 화성은 무언가 말해 주려던 모양이었으나, 결국 말을 멈추고 화제를 돌리며 싱긋 웃었다.

“상황 봐서. 내 쪽에 별일 없으면 며칠 더 놀려고. 내가 여기 눌러앉아도 너무 싫어하지 않았으면 좋겠네.”

사련이 재빨리 대답했다.

“어떻게 그러겠어? 좁은 곳이라도 괜찮다면 얼마든지 상관없어.”

이윽고 두서없는 한담이 이어졌다. 그 여귀가 신무전에 도착해서 막무가내로 신관들을 지목하고 한바탕 소란을 피운 일도 이야기했다. 물론 자신이 지목받고 염정에 피를 떨어뜨렸던 일은 생략했다. 하지만 화성이 천계에 밀정을 심었다는 군오의 말을 생각해 보면 벌써 다 알고 있을지도 몰랐다. 다행히 화성은 알고 모르고를 떠나, 아무 내색도 않고 가만히 생각에 잠겨 있었다. 사련이 물었다.

“삼랑, 그 태아령의 아버지가 누구일 거라고 생각해?”

화성이 고개를 들고 희미하게 웃으며 말했다.

“글쎄. 어쩌면 그 금띠는 정말로 그녀가 주운 걸지도.”

그간 화성이 보여 준 태도와는 다른 모호한 대답에 사련은 조금 의아해졌지만, 금세 부글부글 끓어오르는 솥에 주의를 빼앗기고 말았다.

이 주향 뒤, 솥이 열렸다.

척용이 그동안 먹은 것은 마을 사람들이 사련에게 준 공물이었다. 비록 찐빵과 채소절임, 밀전병과 달걀, 시고 떫은 열매 따위였지만 어쨌거나 사람이 먹는 음식이었다. 솥이 열리고 냄새가 보제관 바깥으로 흘러나가자, 척용이 문밖에서 거친 욕을 퍼지르기 시작했다.

"천벌받을 사련! 속 시커먼 설련화 같으니! 차라리 날 단칼에 죽여라! 이런 식으로 고문하려고 착한 척 나를 건져 냈구만! 내가 진작에 알아봤다!"

솥을 열기 전까지만 해도 사련은 아주 자신만만했었다. 그러나 솥뚜껑을 연 뒤, 그는 다시 스스로가 의심스러워졌다. 기껏 공들여 만든 게 이런 요리라니. 화성이 옆에 서서 자신을 지켜보고 있으니 어떻게 해야 좋을지도 모를 노릇이었다. 정말로 화성에게 이런 걸 대접해야 하나? 척용의 처절한 고함을 들으니 더욱 심란했다. 척용의 목소리를 들은 화성이 팔짱을 끼고 밖으로 나가려 했다. 사련은 손을 들어 그를 저지했다.

"됐어."

사련은 한숨을 내쉬며 솥에서 음식 한 그릇을 퍼 담고 화성에게 말했다.

"이 솥에 있는 건 먹지 마. 잠깐만 기다려 줘."

문밖을 나선 사련은 물을 길어 오라며 곡자와 낭형을 다른 곳으로 보냈다. 그러고는 그 그릇을 들고 쪼그려 앉아 상냥한 얼굴로 말했다.

"동생, 밥 먹어야지."

척용은 두려움에 새파랗게 질렸다.

"무슨 짓이야? 무슨 짓이냐니까? 뭘 하려는 거야? 사련, 경고하는데, 난 지금 인간이야. 너 잘 생각해! 이딴 쓰레기는 삼계의 굴레에서 벗어나 육도윤회를 뛰어넘은 놈이나 먹을 수 있다고! 아무도……."

말을 끝내기도 전에 그는 무언가를 발견했다. 방 안에 있는 화성이 솥 옆에 서서 직접 국자로 음식 한 그릇을 덜고 공양 제상에 걸터앉아 먹기 시작한 것이다. 얼굴빛 하나 변하지 않은 태평한 모습이었다. 척용은 충격에 휩싸였다. 동시에 지금껏 해본 적 없었던 생각이 뇌리를 스쳤다.

역시 '절'은 다르구나!

사련은 척용의 얼굴에 그릇을 들이밀며 냉정하게 말했다.

"싫으면 안 먹어도 되니까, 나와."

그건 더더욱 안 될 일이었다. 척용은 이를 콱 악물었다. 그러나 사련은 그의 아래턱을 단숨에 잡아 벌리고 그릇에 든 것을 사정없이 쏟아부었다.

다음 순간, 새된 비명이 보제 마을 하늘에 울려 퍼졌다.

사련이 손에 든 그릇은 비었고, 땅 위의 척용은 얼굴이 뒤틀렸다. 목소리도 살날이 얼마 남지 않은 노인처럼 갈라졌다. 그가 신음하며 말했다.

"……이…… 가증스러운……."

사련은 제 음식을 받아먹고도 몸에서 나오지 않는 척용을 보며 기쁜지 슬픈지 모를 심정이 되었다. 빨리 척용을 끌어내고 싶기는 했다. 하지만 이왕 실패한 이상, 그가 애써 만든 요리가 아주 맛없지는 않다는 사실이 증명된 것일지도 몰랐다. 그렇다면 나름대로 기뻐할 만한 일이 아닐까. 고개를 돌려 보니, 화성도 그릇 하나를 들고 느긋하게 음식을 맛보며 이쪽을 바라보고 있었다. 그 그릇도 거의 비어 있었다. 사련은 눈을 번쩍 뜨고 자리에서 일어났다.

"삼랑, 다 먹은 거야?"

부족한 솜씨라 화성에게 대접하기 부끄러웠는데, 화성이 알아서 먹을 줄 누가 짐작이나 했을까. 화성은 웃으며 말했다.

"응."

"……."

사련은 조심스레 물었다.

"맛은 어땠어?"

국물까지 깨끗하게 비운 화성이 미소를 지으며 대답했다.

"괜찮았어. 조금 진하던데, 다음에는 약간 묽게 해 봐."

사련은 겨우 한숨을 돌리고 고개를 끄덕였다.

"좋아, 꼭 기억할게. 의견 고마워."

척용의 목소리가 뒤를 이었다.

"우웨에에에엑―!"

50장 태자의 요리, 불청객을 맞이하다

사련은 원래 자신의 진정한 솜씨를 발휘해 볼 작정이었다. 하지만 이날 밤, 그의 자신감은 난관을 맞닥뜨렸다.

화성은 오히려 자신이 밥을 하면 어떻겠냐고 제안해 왔다. 하지만 사련도 양심이 있는데, 문도 고쳐 주고 집도 청소해 준 그에게 밥까지 해 달라고 부탁할 수 있겠는가? 손님을 이렇게 대접하는 법이 어디 있단 말인가. 하물며 이 당당하신 절경귀왕을 뭐로 보고?

다행히도 사련이 읍내에서 가져와 모아 둔 것들이 제법 있었다. 물론 절반은 저녁에 솥 안으로 쏟아부었지만 아직 찐빵과 밀전병, 채소와 과일이 약간 남아 있으니 아쉬운 대로 뜯어 먹으면 될 것이다. 하지만 다 먹고 나면 또 어떻게 하지?

이튿날이 되자 이 문제는 저절로 해결되었다. 이른 아침부터 마을 처녀들이 보제관 문을 두드리더니, 한 솥 가득 담은 죽과 근사한 닭구이를 가져다준 것이다. 머뭇머뭇 수줍어하는 모습을 보니 누구를 위해 온 것인지 훤히 들여다보였다. 사련은 내심 탄식을 금치 못했다. 잘생긴 얼굴은 정말로 밥벌이가 되는구나.

닭고기는 두 아이에게 나누어 먹이고 사련은 죽만 조금 먹었다. 화성은 아무것도 손대지 않았다.

"형은 여기서 인기가 아주 좋네."

사련이 웃으며 대꾸했다.

"삼랑, 날 놀리지 마. 다들 무슨 목적으로 왔는지 잘 알겠던데."

척용은 그 한 그릇을 들이켜고 난 뒤로 도관 밖에서 밤새 몸부림치며 '차라리 낭천추에게 붙잡혀 갈가리 찢기는 게 여기서 독약을 먹는 것보다 낫겠다!', '태자 표형, 내가 잘못했어, 제발 해독약을 줘!' 따위의 통곡을 늘어놓았다. 거기에다 환각에 시달리는 듯한 모습으로 곡자를 겁에 질리게 했다. 그는 새벽같이 일어나자마자 온몸이 시들시들했다. 얼굴은 새파랗게 질린 지 오래였다. 지금은 곡자가 손으로 받쳐 준 그릇에 고개를 처박고 죽을 먹고 있었다. 겨우 한숨 돌린 그가 걸걸한 목소리로 외쳤다.

"염병하네! 인기는 무슨, 누가 쟤한테 달려들어? 저렇게 궁상맞은 꼴인데! 그리고 개같은 화성, 네놈도 우쭐대지 마. 네놈이 홀려 봤자 이런 산골짜기 시골 처녀들밖에 더 있겠냐. 옷을 졸부처럼 입어서 달라붙는 거라고! 네놈이 거지처럼 입었으면 쳐다보지도 않았어!"

그건 아닌 것 같은데, 사련은 속으로 생각했다. 그는 화성이 거지처럼 입었어도 구걸만으로 산더미 같은 금을 긁어모을 수 있을 거라 확신했다. 하지만 그는 말을 아끼고 느긋하게 부산을 떨기 시작했다. 이윽고 음식 냄새가 풍겨 오자, 척용이 다시 소리를 지르기 시작했다.

"또 뭐 하는 거야? 이건 뭔데!"

사련이 상냥한 목소리로 말했다.

"저 솥에 든 건 '백년호합탕'이야. 지금 데우고 있어."

화성은 그 말을 듣더니 가볍게 박수를 치며 말했다.

"좋아, 좋은 이름이네."

"저 쓰레기에 빌어먹을 이름까지 붙였다고? 그만해!"

진짜로 먹일 필요도 없었다. 살짝 데우는 것만으로도 척용은 두려운 기억을 떠올리고 입을 다물었으니까. 식사를 마치고 나니 낭형이 그릇을 씻으려는 듯 묵묵히 그릇과 젓가락을 챙겼다. 사련이 말했다.

"괜찮아. 옆에 두고 놀러 나가렴. 내가 하면 돼."

요리는 조금 못해도 설거지는 할 수 있었다. 화성은 곡자를 데리고 놀러 나가는 낭형을 바라보며 입을 열었다.

"내가 할게."

사련은 곧장 사양했다.

"너는 더더욱 할 필요 없어. 그냥 앉아 있어."

다시 말을 이어 가려는 순간이었다. 이때 배를 두둑하게 채우고 한량처럼 쉬고 있던 척용이 문밖에서 휘파람을 두어 번 불더니 느끼하게 말했다.

"어이, 계집애. 뭔데 이 몸을 빤히 쳐다봐? 마음이 동한 거냐?"

이 귀신은 방금까지 이 산골짜기의 시골 처녀들이 눈에 차지 않는다고 말해 놓고 뒤돌자마자 집적거리고 있었다. 게다가 집적거리는 방식도 몹시 낡아 빠졌다. 척용이 사람들에게 겁주지 않도록 안으로 끌고 들어와야겠다, 사련은 고개를 내저으며 그리 생각했다. 그런데 문을 미처 열기도 전, 바깥에서 마을 사람들의 고함 소리가 울려 퍼졌다.

"절세 미녀다!"

"이렇게 고운 낭자가 우리 마을엔 무슨 일로……."

"내 한평생 이리 참한 낭자는 처음 보는구려. 게다가 한 번에 두 명이나 오다니!"

곧이어 밖에서 똑똑, 문 두드리는 소리가 들려왔다. 다름 아닌 보제관의 문을 두드리고 있었다. 사련은 의아한 기분으로 생각했다.

'절세 미녀? 그리고 두 사람? 절세 미녀 둘이 보제관 문을 두드리러 왔다고? 아, 혹시 그 부자 상인이 새 아내를 데리고 환원하러 온 건가?'

이 가능성이 떠오르자 그는 잽싸게 '보제관 수리 기부금 모집' 팻말을 들고 밖으로 나가려 했다. 이때 한 여인이 싸늘한 목소리로 말했다.

"문 앞에 있는 이건 뭐야. 눈이 썩겠어."

다른 여인의 목소리가 의아하다는 듯 뒤를 이었다.

"설마 문을 지키려고 기르는 건가? 아니겠지. 아무리 그래도 이렇게 품위가 떨어지는 영수(靈獸)를 골랐으려고?"

이 두 목소리는 여인의 것이었지만 사련은 전부 들어 본 적이 있었다. 풍사 사청현과 지사 명의!

문을 밀고 나가려던 사련은 문득 뒤를 돌아보았다. 제상 옆에서 느적느적 그릇을 치우고 있는 화성이 보였다. 사련은 다시 자리에 멈춰 서서 조심스레 문틈 사이로 바깥을 내다보았다.

늘씬한 여인 두 명이 문밖에 서 있었다. 한 명은 흰옷을 걸친 곱상한 여관으로, 두 눈을 반짝이며 나긋하고 풍아한 자태로 불진을 휘두르고 있었다. 다른 한 명은 검은 옷차림을 한 여인이었다. 살갗이 희고 눈매가 아름다우면서도 예리했다. 그녀는 표정을 구긴 채 뒷짐을 지고 서서 다른 곳을 쳐다보고 있었다. 흰옷을 입은 여관이 활짝 웃는 얼굴로 사방에 공수하며 말했다.

"하하, 고마워요, 여러분. 다들 고맙습니다. 칭찬하실 것 없어요, 너무 치켜세우지 마세요. 이러시면 제가 곤란합니다. 이만하면 됐어요, 고마워요. 하하."

사련은 말을 잃었다.

새까맣게 몰려들어 미녀를 구경하던 마을 사람들은 감상이 끝나자 이제 척용을 두고 수군거리기 시작했다. 불쾌해진 척용이 실성한 듯이 고함쳤다.

"뭘 쳐다봐! 이 몸이 바닥에 누워 있겠다는데 뭐! 다 꺼져! 구경났냐!"

마을 사람들은 이 사람의 괴상한 행동거지와 새파랗게 물드는 흉악한 안색을 보고는 겁에 질려 벌 떼처럼 흩어졌다. 사청현이 척용에게 말을 걸었다.

"저기…… 초록색 공자. 실례지만, 태자 전하께선 지금 도관에 계신가요?"

이 사람이 사련을 '태자 전하'라고 칭하자 척용은 순식간에 눈앞의 미인들에게 흥미를 잃고 투덜거렸다.

"쳇! 상천정의 신관 자식들이었구만! 이 몸이 무슨 문 지키는 개인 줄 아나. 잘 들어라, 내가 바로……."

한창 말하는 와중에, 명의가 묵묵히 척용에게로 걸어왔다. 뒤이어 비명과 함께 쿵쾅거리는 소리가 났다. 사련이 있는 위치에서는 명의가 뭘 하고 있는지 잘 보이지 않았다. 대신 불진을 휘두르며 입을 여는 사청현은 보였다.

"명 형, 폭력을 쓰는 건 좀 그렇잖아!"

명의는 심드렁하게 말했다.

"뭐가 문제야. 집에서 키우는 영수도 아니라는데."

"……."

척용이 맞아 죽게 둘 수는 없었다. 사련은 하는 수 없이 문을 열고 손을 들어 저지했다.

"대인! 너그러이 봐주세요! 때리시면 안 됩니다, 이건 사람이에요!"

사련이 문을 열고 나오자 명의는 검은 옷자락을 홱 젖히고 척용의 등에서 발을 치웠다. 사청현이 다가와 공수를 했다.

"태자 전하, 저 며칠 일찍 놀러 왔어요. 이 사람은 뭐예요? 온몸에서 귀기를 풍기고 있는데 저희가 눈이 먼 줄 아세요? 참, 들어가서 얘기해요. 이번에 전하께 긴히 도움을 청할 일이……."

그리 말하면서 사청현은 땅바닥에 누운 척용을 피해 돌아가 문으로 성큼 들어섰다. 화성이 집 안에 있는 이 시점에 두 사람을 들여보낼 수는 없었다. 사련이 다급하게 외쳤다.

"잠깐만요!"

하지만 이미 늦었다. 손바닥만 한 보제관에는 숨을 곳 따위 없었다. 두 사람은 사련의 뒤에 서서 한창 설거지 중인 절경귀왕을 맞닥뜨리고 말았다. 눈동자 네 쌍이 불꽃을 튀기며 부딪쳤다. 화성은 하얀 이를 살짝 드러내며 서늘하게 웃었다. 그러나 눈에서는 웃음기를 조금도 찾아볼 수 없었다.

한순간 명의의 동공이 날카롭게 조여들었다. 그는 빠르게 뒤로 멀리 물러났다. 사청현은 풍사선을 휘둘러 펼치고 경계 태세를 취했다.

"혈우탐화!"

온몸에 흙먼지를 뒤집어쓴 척용이 문밖에서 길길이 날뛰었다.

"그리고 나는 청등야유다! 이쪽은 한나절이나 때려 놓고도 못 알아봤으면서 저놈은 보자마자 알아보냐?"

명의는 한때 귀시장에 잠입해 화성의 수하에서 수년간 밀정 노릇을 했었다. 그러다 겨우 얼마 전에 정체가 발각되어 화성에게 붙잡혔고, 그 길로 미궁 지하 감옥에 갇혀 고문을 당했었다. 지금 그 원수를 마주쳤으니 눈에 핏발을 세울 수밖에 없었다. 자그마한 보제관 안팎으로 독약 냄새가 감돌았다. 화성은 들고 있던 행주를 툭 던지고 눈을 가늘게 좁혔다.

"지사 대인은 여전히 펄펄 날아다니시는군."

명의도 차갑게 대꾸했다.

"귀왕 각하도 늘 그렇듯 한가하시고."

능청스러운 인사가 오갔다. 뒤이어 화성이 서늘한 어조와 표정으로 경고했다.

"떠나라. 네놈들에게 무슨 중요한 일이 있든 상관없어. 다시는 이곳에 접근하지 마."

명의는 화성을 못내 꺼리면서도 기세를 꺾고 물러설 생각은 없어 보였다. 그가 가라앉은 목소리로 대답했다.

"여긴 내 의지로 온 게 아니다!"

이제 독약 냄새가 화약 냄새로 변하기 시작했다. 옆에 있던 사련이 사청현에게 말했다.

"저, 저기, 풍사 대인, 이를 어쩌면 좋죠?"

사청현은 부채로 이마를 톡톡 두드렸다.

"저도 혈우탐화가 마침 여기 있을 줄은 몰랐어요! 두 사람은 얼마 전에도 만나지 않았어요? 왜 이렇게 빨리 뭉친 거예요? 아무튼 가능한 한 무력을 쓰지 않고 해결하는 게 좋겠죠. 폭력은 좋지 않아요. 싸움이 일어나면 우리가 어떻게든 말려 보자고요."

사련이 대답했다.

"저도 같은 생각이에요."

두 패거리가 싸우기를 고대하며 귀를 쫑긋 세우고 있던 척용이 불쑥 끼어들었다.

"오호, 네가 바로 그 천한 풍사 계집이었구나?"

사련과 사청현이 동시에 뒤를 돌아보았다. 척용은 제 소굴에서도 이렇게 사청현을 욕했었다. 그런데 감히 그의 면전에 대고도 같은 욕을 하다니, 용기가 가상하다고 해야 할지 머리가 모자라다고 해야 할지 모를 일이었다. 호사를 누리며 귀하게 자라온 사청현은 이런 식의 욕을 듣는 게 처음일지도 몰랐다. 그는 뜻 모를 표정으로 눈을 끔뻑이더니 사련에게 말했다.

"태자 전하, 잠시만 기다려 주세요."

그가 말을 마치고 도관 밖으로 나가 문을 닫았다. 문밖에서 척용의 처참한 비명이 다시 한번 들려왔다. 한바탕 쿵쾅거리는 소리가 울려 퍼지나 싶더니, 사청현이 잠시 후에야 문을 열고 들어왔다. 이미 남상으로 변한 모습이었다.

"됐어요. 방금 어디까지 얘기했죠? 저도 배가 고프네요. 우선 다들 앉아서 뭐라도 먹는 게 좋겠어요. 문제가 있으면 잘 상의하고요. 밥상머리에서 해결 못 할 일은 없는 법이죠."

"……."

비록 사련은 그들이 보제관에서 싸우는 걸 바라지는 않았지만, 화성은 명의가 잠입한 일에 단단히 화가 나 있는 듯했다. 자세한 속사정은 알 수 없었으나 이들을 자리에 앉혀 놓고 화기애애하게 밥을 먹으라고 하기는 어려울 것 같았다. 그러나 화성은 의외로 싫은 내색을 하지 않았다. 한참을 대치한 끝에, 그는 냉담한 안색을 지우고 다시 설거지를 이어 갔다. 설거지를 마치고서는 솥 옆으로 다가가 백년호합탕을 한 그릇 덜었다.

그가 자진해서 철수한 덕분에 큰 전투가 조속히 막을 내렸다. 몇몇 사람은 내심 안도의 숨을 내쉬었다. 이제는 화제를 돌려 분위기를 살릴 차례였다. 그리하여 사청현이 운을 뗐다.

"태자 전하, 저 솥 안에 든 건 뭐에요? 아직 뜨끈한 것 같은데요."

사련이 대답했다.

"아, 제가 만든 거예요."

솥에 든 음식은 오랫동안 끓여 맛이 푹 들고 냄새도 많이 흩어져 있었다. 상식을 벗어나는 색깔이기는 했지만, 끓이는 동안 형체가 없어져 어제저녁보다는 비교도 안 되게 괜찮아 보였다. 그 말을 들은 사청현은 흥미진진한 얼굴로 말했다.

"그래요? 전 신관이 직접 만든 음식을 먹어 본 적이 없어요! 자자자, 맛을 좀 볼까요."

그는 그릇과 수저를 챙기고 두 그릇을 퍼 담았다. 솔직히 말하면, 사실 사련은 그를 말리려고 했다. 하지만 화성의 거듭된

긍정이 그에게 은근한 자신감을 심어 주었다. 거기에다 오늘 아침 새로 데우면서 어젯밤 화성이 준 의견대로 간을 조절했으니 '어쩌면 내가 이걸 되살렸을지도 몰라'라는 생각마저 들었다. 잠시 망설이던 그는 내심 기대감을 품고 사청현이 그릇 하나를 명의에게 건네주는 모습을 말없이 지켜보았다.

"자, 이건 명 형 몫."

명의는 그릇을 한번 훑어보더니 떨떠름하게 고개를 돌렸다.

다소 무례한 행동이었다. 사청현은 노발대발하면서 끈질기게 그릇을 들이밀었다.

"먹어! 아까 길에서는 배고프다고 했잖아?"

한편 화성은 느긋하게 한 수저를 뜨고는 후후 불어 입에 넣고 삼켰다. 그가 사련을 향해 웃으며 말했다.

"오늘은 확실히 묽어졌어. 간이 딱 좋아."

사련도 웃으며 말했다.

"그래? 오늘은 물을 더 넣었거든."

화성은 또 한 입을 먹더니 빙긋 웃었다.

"세심하게 신경 썼네."

훌륭한 진미를 맛보고 있는 듯한 그 모습에서 상당한 설득력이 느껴졌다. 한참 뒤 명의는 그릇을 받아 들었다. 사청현이 웃으며 말했다.

"그래, 이렇게 나와야지!"

두 사람은 동시에 한 숟가락을 떠서 입 안에 넣었다.

51장 잔칫날에 곡하는 백화선인

사련이 물었다.

"어떠세요?"

명의는 퍽, 소리와 함께 탁자 위로 고개를 떨어뜨렸다. 의식을 잃은 것 같았다.

한편, 사청현은 말없이 두 줄기 눈물을 흘렸다.

"……."

사련은 머뭇거리며 물었다.

"두 분 대인, 기운 차리시고, 맛이 어떤지 말로 평가해 주실 수 있을까요?"

정신을 차린 사청현이 눈물을 훔치고는 사련의 손을 꽉 붙들고 어물어물 말문을 뗐다.

"……태자 전하."

사련도 그의 손을 꼭 맞잡았다.

"네?"

사청현은 혀가 꼬부라져 말을 잇지 못하고 한참 눈물만 흘리다가 명의를 밀치며 말했다.

"명 형…… 명 형! 명 형, 어떻게 된 거야. 정신 좀 차려 봐. 일어나!"

명의는 탁자에 엎드려 꼼짝하지 않았다. 평소 자신의 말이 무시당하는 것을 견디지 못하는 사청현은 명의를 점점 더 세게 밀쳤다. 마지막에는 아예 상대방의 멱살을 잡고 흔들었다. 보다 못한 사련이 넌지시 말했다.

"풍사 대인, 일단 빗자루부터 내려놓으시는 게 어떨까요. 하실 말씀이라면 말로 좋게 하세요."

사청현은 빗자루를 움켜쥔 채 고개를 돌리며 버럭 외쳤다.

"예? 태자 전하, 뭐라고 하셨죠? 잘 안 들려요!"

사련은 할 수 없이 그의 귀에 대고 소리쳤다.

"풍사 대인! 대인이 잡고 있는 건 지사 대인이 아니에요! 지사 대인은 여기 계세요, 여기!"

이때 명의가 상체를 홱 일으켜 앉았다. 눈 깜짝할 새에 남상으로 돌아온 모습이었다. 그는 새파랗게 질린 얼굴로 다짜고짜 말을 던졌다.

"심마(心魔)가 생겼습니다. 부탁이니 퇴치해 주십시오."

탕 한 숟가락 먹었다고 심마가 자라나다니. 충격에 빠진 사련이 우물거리며 말했다.

"……아닐 거예요……."

사청현은 도리어 명의를 가리키며 두 눈을 동그랗게 떴다.

"잠깐, 너! 어떤 요사한 마물이 감히 본 풍사 앞에서 수작을 부리느냐? 명 형, 어딨어? 서둘러, 내가 엄호할게. 일단 놈부터 같이 해치우자고."

그리 말하면서 한 손으로 그 빗자루를 잡고 다른 손으로 풍사선을 치켜들었다. 부채를 휘두르는 순간 지붕이 통째로 날아가 버릴 게 분명했다. 사련은 황급히 그를 껴안으며 말했다.

"안 돼요, 이러시면 안 됩니다. 두 분 대인, 정신 좀 차리세요!"

"크하하하학, 흐헤헤헤헤……."

문밖에 있던 척용이 땅을 치며 폭소하더니 욕을 지껄였다.

"쌤통이다! 신관 자식들! 빨리 승천이나 해라! 속 시원하네! 분이 풀린다!"

방 안에 있는 두 신관은 신음을 흘리며 비틀거렸다. 화성은 팔짱을 끼고 벽에 기대어 서 있었다. 사련은 그를 잠시 쳐다보고는, 다시 머리를 감싸 쥐고 바닥에 웅크려 앉은 풍사와 지사를 바라보며 중얼거렸다.

"물을 너무 적게 더했나……. 어떻게 척용보다 반응이 더 심할 수가 있지?"

화성이 눈썹을 까딱 치켜올리며 말했다.

"난 좋았는데. 저쪽 입맛의 문제겠지. 흔히 있는 일이야."

사련은 척용이나 신관들이 평소에 무엇을 먹는지에 대해 생각해 본 적이 없었다. 상대적으로 생각해 보면 신관들이 느끼는 격차와 충격이 훨씬 클 테니, 반응이 더 격렬한 것도 당연했다. 물론 사련은 그 솥이 화성의 손을 거치면서 뭔가 더해졌을 가능성은 더더욱 생각해 보지 않았다.

그는 답답함과 죄책감 속에서 사청현과 명의에게 꼬박 일고여덟 그릇의 물을 각자의 입에 부어 주었다. 두 신관은 그제야 서서히 정신을 차렸다. 얼굴은 여전히 척용처럼 새파랗고 두 눈이 풀려 있었으나, 어쨌든 이성을 되찾았고 발음도 또렷해졌다. 사청현이 눈물을 멈추지 못하고 말하는 중간에 혀를 씹는다는 사소한 문제가 남긴 했지만, 그래도 별다른 지장은 없었다.

장장 한 시진에 달하는 난장판을 벌인 뒤, 네 사람은 드디어 제상 앞에 나란히 둘러앉았다.

명의는 여전히 얼굴을 탁자에 파묻은 채 다 죽은 시체처럼 미동도 하지 않았다. 사련은 표정을 갈무리하고 말문을 뗐다.

"풍사 대인. 아까 제게 긴히 도움을 청할 일이 있다고 하셨는데, 대체 무슨 일인가요?"

안색이 파리한 사청현은 외부인이 듣지 못하도록 문에 방음 법술을 걸고서야 쥐 갈라진 목소리로 말했다.

"……말씀드릴게요. 콜록, 크흠. 태자 전하께서는 속세에 은거하면서 팔백 년을 수도하셨잖아요. 간 곳도 본 것도 많으실 테니 요괴들도 다양하게 만나셨겠죠?"

사련은 팔짱을 끼며 대답했다.

"조금 만나 봤죠."

사청현이 말을 이었다.

"그럼 하나 여쭤볼게요. 혹시…… '백화선인'을 만나신 적이 있나요?"

잠시 멍해진 사련이 되물었다.

"잔칫날에 곡을 하는 백화선인?"

사청현이 목소리를 낮추어 대답했다.

"맞아요!"

이때, 사련은 불현듯 머리카락이 곤두섰다. 스산한 냉기가 등줄기를 타고 기어올랐다.

동시에 누군가가 그의 귓가에 대고 쿡쿡 웃으며 기이하기 그지없는 곡조를 흥얼거렸다.

창문과 갈라진 벽 틈새로 햇빛이 새어 들어와 따뜻하고 환했던 작은 보제관도, 어느새 어두워져 있었다. 흡사 거대한 그림자에 먹혀든 것만 같았다. 사련의 사지도 갈수록 쇠붙이처럼 차갑게 얼어붙었다.

"……."

"……."

"……."

사련은 옷을 단단히 여미고는 솔직하게 말해야겠다고 생각했다.

“죄송한데요…… 지금 누가 웃는 거죠? 노래는 뭐고요? 누가 제 등에 찬 바람을 불고 있죠? 누가 방을 이리 어둡게 만든 거예요?”

사청현이 눈물을 닦으며 말했다.

“오, 다 저예요. 제가 작은 술법을 살짝 부렸어요. 신경 안 쓰셔도 돼요. 그냥 분위기나 잡아 볼까 해서.”

제상에 둘러앉은 세 사람은 나란히 말문이 막혔다. 이윽고 사련이 이마를 짚고 체념한 듯 말했다.

“……풍사 대인, 이 찬 바람은 멈추는 게 어떨까요. 요즘 날씨에는 다들 옷을 껴입지 않잖아요. 게다가 실은 원래 분위기도 괜찮았어요. 대인께서 수동으로 찬 바람과 배경음을 더하시니…… 오히려 분위기가 죽는 것 같아요.”

“아? 그래요?”

사청현은 곧바로 손을 흔들어 네 사람의 등 뒤로 서늘하게 몰아치던 찬 바람을 걷어 냈다.

“그래도 방은 이대로 어둡게 가죠. 촛불을 켜면 훨씬 느낌 있을걸요.”

그는 이렇게 말하면서 정말로 초 하나를 꺼내 불을 붙였다. 흐릿한 불빛이 새하얀 두 얼굴과 창백하게 질린 두 얼굴을 비추었다. 분위기도 느낌도 충만했다. 아마 집 밖에 있는 척용이 본다 해도 이게 웬 귀신이냐며 지레 겁먹고 울부짖을 것 같았다.

나머지 셋은 그다지 말을 얹고 싶지 않았다. 화성은 몸을 뒤로 비스듬히 젖힌 채였고, 명의는 변함없이 시체처럼 엎어져 있었다. 사련은 미간을 문지르며 말했다.

"계속 말씀하세요……. 아까 어디까지 말씀하셨죠? 아, 백화선인. 그냥 '주둥이 요괴'라고 하시지. 백화선인이라고 하셔서 순간 무슨 말씀인지 몰랐어요."

사청현은 질겁하며 외쳤다.

"태자 전하, 담도 크시네요! 그렇게 부르면 안 될 텐데요!"

백화선인은 비록 '선인'이라는 호칭을 지녔지만, 사람들이 그를 선인이라고 부르는 건 적당히 체면을 세워 주려는 의도에서였다. 망신스러운 이름으로 불렀다가 만에 하나 그가 알아채는 날에는 본때를 보여 주러 찾아올 테니까. 사실 사람들은 그를 주둥이 선인이나 주둥이 요괴라고 부르지 못하는 게 한스러웠다. 더 망신스러운 이름일수록 좋았을 터다. 그 이유인즉, 백화선인이 아주 괘씸하기 짝이 없는 존재였기 때문이다.

그렇다. 평범한 요괴와 귀신은 기껏해야 무서울 뿐이지만, 그는 '괘씸'하다. 누군가가 기뻐하고 있을 때 갑자기 등장해 찬물을 끼얹는 것이 그의 주특기였다. 생각해 보라. 한 쌍의 신랑 신부가 혼인을 했는데, 이런 요괴가 신행 잔치에 나타나 남의 축하주를 마셔 버리고 불쑥 말하는 것이다. '너희는 얼마 못 가 헤어질 거다!' 아니면 어느 집 나리가 승진했을 때도, 이 요괴가 불쑥 튀어나와 사람들의 축하 인사 사이로 이렇게 말한다. '너는 몇 년 못 가서 쇠고랑 차고 옥살이를 할 거다!'

그 요괴는 누군가에게 들러붙는 순간 그림자처럼 단단히 묶여, 그 사람이 경사를 맞이할 때마다 정반대에 해당하는 저주를 내리곤 한다. 그러니 얼마나 괘씸한지 가히 짐작할 만했다. 특히나 불길한 징조를 꺼리는 사람들이 이 요괴를 만나면 속이 문드러질지도 몰랐다. 이런 존재와 얽히고 싶은 사람이 누가 있겠냐마는, 행여나 마주치게 되면 자신이 재수가 없었다고 생각해야 했다. 지금까지도 이 요괴가 무슨 기준으로 사람을 고르는지 명확히 아는 자가 없었기 때문이다.

보아하니 사청현은 이 요괴를 퍽 꺼리는 모양이었다. 하지만 사련은 무덤덤하게 말했다.

"괜찮아요. 그렇게 무서워할 만한 건 아니에요."

정확히 말하면, 오히려 이 요괴가 사청현을 더 무서워할 것이다. 사청현은 생기를 되찾은 얼굴로 물었다.

"태자 전하께선 만나 보신 적이 있는 모양이군요? 혹시 이런 요괴가 완전히 말살됐을 가능성이 있나요?"

사련은 으음, 하고 운을 뗐다.

"오래전에 두 마리를 만난 적이 있어요. 그 뒤로는 한 번도 나타나지 않아서 실제로 말살된 건지는 잘 모르겠지만, 경험상 말씀드리는데 정말로 다루기 어렵지 않아요."

사청현이 화색을 띠며 말했다.

"두 마리요? 두 마리나 상대하셨다고요? 그럼 제가 사람을 제대로 찾았네요! 그땐 어떤 상황이었나요?"

사련은 이야기를 시작했다. 첫 번째는 아주 먼 옛날, 사련이 어떤 작은 마을을 지나며 겪은 일이다. 그 마을에는 딸아이를 황성으로 유학 보내려는 한 부자 상인이 있었다. 딸아이를 자랑스럽게 여긴 그는 들뜬 마음으로 동네방네 소식을 퍼뜨렸다. 그런데 즐거움 끝에 슬픈 일이 닥칠 줄 누가 짐작이나 했을까. 송별연에서 별안간 커다란 목소리가 울려 퍼졌다.

– 네 딸은 도중에 마차가 뒤집혀 절벽에서 떨어져 죽을 것이다!

부자 상인은 그 자리에서 노발대발하며 그 말을 한 사람을 붙잡으려 했다. 그러나 그 사람은 말을 마치자마자 탁자 밑으로 파고들더니 놀랍게도 터무니없이 자취를 감추고 말았다.

이렇게 모두가 더럭 겁을 먹었다. 마침 사련은 그날 이 집에서 고물을 수거하고 남은 밥까지 조금 얻어 돌아가려던 참이었다. 자초지종을 들은 사련은 무슨 존재가 불려 왔는지 알아채고 그 부자 상인에게 걱정할 필요 없다고 일러 주었다. 그러고는 스무 명 남짓한 호위를 빌려 그 아가씨를 황성까지 안전하게 배웅한 다음, 한동안 그 아가씨의 신변을 지켰다. 한 달 뒤, 그 아가씨가 경합에서 수석을 차지하면서 기회가 왔다.

그날 저녁, 사람들은 황성의 주루에서 아가씨를 위한 축하연을 열었다. 아니나 다를까, 사람들 사이에서 다시 목소리가 들려왔다.

– 너는 훗날…….

여기까지 듣자마자 사련은 사람들 틈새에 숨어 있던 요괴를 냉큼 붙잡아 말을 잇지 못하도록 목을 졸랐다. 다음으로는 부적으로 몸뚱이를 봉해 흠씬 두들겨 패고, 마차를 불러 요괴를 싣고 절벽을 달리게 하다가 모퉁이를 돌 때 말고삐를 잘라 버렸다. 마차째로 절벽에서 떨어뜨림으로써, 요괴가 다른 사람에게 건 저주를 되받게 한 것이다.

세 사람이 물었다.

"그게 답니까?"

사련이 대답했다.

"그게 다예요. 그 주둥…… 그래요, 백화선인. 백화선인을 다루는 데는 세 가지 방법이 있어요. 첫째, 입을 열지 못하게 할 것. 입을 열기 전에 잘라 내는 거죠. 이렇게 하면 잠깐은 막을 수 있어요. 하지만 평생 막을 만한 방법은 아닙니다."

그가 말을 이었다.

"둘째. 놈이 입을 열었다면, 저주의 대상이 그 말을 듣지 못하도록 할 것. 누구든 한창 기쁠 때 자신을 저주하는 말을 들으면 조금은 두려워지는 법입니다. 하지만 놈은 바로 이 두려움을 먹고, 낙으로 삼아요. 남들이 두려워할수록 기뻐하죠. 그리고 실제로 겁을 먹고 마음이 흔들리는 바람에 그 저주대로 일을 망치게 되면 놈의 법력도 대폭 늘어나요. 물론 귀가 멀지 않은 이상

언젠가는 듣게 되겠죠. 사실 귀가 멀었다 해도 피할 수 있는 건 아니에요. 누군가가 놈에게서 벗어나려고 자기 귀를 찔렀는데 결국 소용이 없었거든요."

그가 마지막 방법을 제시했다.

"반대로 생각하면, 놈이 아무리 저주하고 찬물을 끼얹어도 거들떠보지 않는다면 놈도 어쩔 방도가 없겠죠. 그러니까, 가장 효과적인 건 세 번째 방법입니다. 기쁜 일을 더 많이 만들고, 놈을 깡그리 무시하는 것. 놈이 말을 하든 말든, 귀에 들어오면 그냥 잊어버려요. 강하게 마음을 다잡고 놈이 예언한 비참한 미래를 절대 따라가지 않는 거죠. 이런 식이면 요괴는 쾌락을 얻지 못하게 되니, 대부분은 맥이 빠져서 가 버려요. 물론 파고들 기회를 기다리면서 잠깐 숨어 있을지도 모르지만요."

이 세 번째 방법은 가장 효과적이지만, 가장 해내기 어려운 방법이기도 했다. 아무렴, 세상에 돌부처처럼 동요하지 않을 수 있는 사람이 정녕 있겠는가? 사청현은 사련의 말을 들으면서 점점 미간을 찡그렸다.

"그럼 두 번째는요? 두 번째 요괴도 이렇게 해결하셨어요?"

"두 번째 경우는 다른 사람에게 별 도움이 안 될 거예요. 상황이 특이했거든요."

"어떻게 특이했는데요?"

"놈이 찾아온 건 저였어요."

역시나 옛날 옛적, 사련은 한 백화선인을 만났다.

당시 그는 혼자 힘으로 작은 초가집 한 채를 지은 참이었다. 문 앞에 서서 새집을 감상하고 있는데 문득 한구석에서 자그마한 목소리가 들려왔다.

– 너의 이 집, 두 달 지나면 무너질 거야.

사청현이 물었다.

"어떻게 하셨어요?"

사련이 대답했다.

"뭘 어쩌진 않았어요. '두 달 지나면? 일주일을 버틸 수 있다면 그게 더 이상한데'라고 말했죠."

"……."

살짝 웃은 화성이 이내 빠르게 웃음기를 지워 냈다.

그 백화선인은 어두운 곳에 숨어서 사련의 두려움, 초조함, 불안 같은 감정을 빨아들일 채비를 했다. 그리 한참이나 애타게 공기를 들이마셨으나, 사련이 씻고 새집에서 잠을 청할 때까지도 무엇 하나 빨아들이지 못했다.

사련은 백화선인의 진짜 모습을 보지는 못했지만 그가 화가 났다는 건 느낄 수 있었다.

며칠 지나지 않아 밤에 벼락이 내리쳐 집이 송두리째 타 버리고 말았다.

그 백화선인은 자못 기분이 좋았다. 타 버리는 것과 무너지는 것이 얼추 비슷하다고 생각한 모양이었다. 자신의 저주가 들어맞은 셈이니 사련이 두려워할 차례만 남았다. 하지만 그런 일은 일어나지 않았다. 배를 불릴 만한 감정 따위 하나도 빨아들이지 못했다. 오기가 생긴 백화선인은 사련의 곁을 따라다니며 다음 경사가 오기만을 기다렸다.

그러나 이 기다림이 반년이나 될 줄 누가 알았을까. 이 반년 동안 사련의 신상에는 기쁜 일이 한 번도 일어나지 않았다!

남들 같았으면 이쯤에서 포기했을 것이다. 하지만 백화선인에게는 한 가지 특성이 있었으니, 바로 극단적인 집착이었다. 누군가를 점찍으면 죽어라 따라다녔고, 그 탓에 따라다니는 반년 동안 고생스럽게 굶주려야 했다. 그러다 마침내 기회가 왔다.

어느 날 사련은 거대한 고물 더미를 주워 예상치 못한 돈을 벌었다. 백화선인은 흥분을 감추지 못하고 오래 기다린 만큼 혼신의 힘을 쏟아부었다. 앞으로 흥청망청 먹고 마시고 난잡하게 색사하고 도박하다가 온몸에 병이 나서 빚더미에 올라앉으리라는 근사한 인생을 줄줄이 읊으며 저주를 퍼부었다. 사련은 돈을 세면서 흥미진진하게 들었다. 다 듣고 나서는 예전처럼 씻고 잠을 청했다. 백화선인도 예전처럼 아무것도 빨아들이지 못했다.

그날 밤, 사련의 고물 더미에 불이 났다.

불을 끈 뒤, 사련은 검댕을 뒤집어쓴 얼굴로 백화선인에게 한탄했다.

– 아깝다. 몽땅 타 버렸네. 한 조각도 안 남았어. 어제저녁에 네가 말한 그 꿈같은 인생, 속세의 부귀영화, 나는 한 번도 겪어 본 적이 없는걸. 네 이야기는 꽤 재미있는 것 같아. 아니면 다시 한번 말해 줄래?

이런 일이 누차 반복되다가 나중에 가서는 사련이 먼저 백화선인에게 묻기까지 했다. 하고 싶은 얘기 없어? 몇 마디만 더 들려줄래? 백화선인은 결국 더는 견디지 못하고 달아나 버렸다.

백화선인에게 사련 같은 역신은 상당히 불친절한 존재였다. 수년을 헛되이 기다려야 할 정도로 기쁜 일이 없었고, 모든 액운에 익숙해서 두려움도 불안도 없었다. 하다못해 운이 나쁜 수준도 백화선인의 상상을 초월했다. 그래서 사련은 백화선인의 저주가 아프지도 가렵지도 않았다. 차라리 축복이거나 백일몽 같은 이야기면 몰라도.

좌우간 그 뒤로 사련은 백화선인과 완전히 인연이 끊겼다. 그는 심지어 도망간 그 백화선인이 같은 무리 안에서 사련이 얼마나 악질인지를 떠벌리고 다닌 게 아닐까 하는 의심마저 들었다.

여기까지 들은 사청현은 버티지 못하고 푭, 웃음을 터뜨렸다. 화성이 냉담하게 말했다.

"뭐가 웃기지?"

사청현도 무례한 구석을 깨닫고 곧바로 정색하며 숙연하게 말했다.

"죄송해요, 태자 전하."

사련은 웃으며 대답했다.

"괜찮아요. 어차피 저도 꽤 재밌다고 생각하거든요."

그가 짧게 결론지었다.

"백화선인은 사람의 두려움에서 법력을 흡수하고, 그 법력으로 예언을 이루어 내요. 그런 다음 다시 새로운 예언을 하고요. 이렇게 한 사람이 완전히 망가지고 절망할 때까지 되풀이하죠. 그러니 심지가 나약할수록 불리해요. 가진 것이 많을수록 잃을 것을 겁내게 될 테고요."

잠시 말을 고른 그가 다시 사청현에게 조언했다.

"풍사 대인의 신도가 이런 기원으로 도움을 청하던가요? 대인은 바람을 관장하시니 백화선인은 대인의 관할 범위에 들지 않을 텐데요. 이미 받으셨다면 무신에게 넘기세요."

그런데 의외의 대답이 돌아왔다.

"신도가 만난 게 아니라 제가 만났어요."

이 말에 사련은 한층 의아해졌다.

"직접 만나셨어요? 백화선인이 함부로 신관을 건드리진 못할 텐데요. 건드린다고 해도 신관의 지위로는 놈들을 두려워할 필요도 없고요."

사청현은 한숨을 내쉬었다.

"만약 제가 선경에 오른 다음에 만난 거라면 당연히 걱정할 가치도 없겠지만…… 말하자면 길어요."

까마득한 수백 년 전. 풍사와 수사가 인간이었을 시절, 두 사람은 권세 있고 부유한 상인의 집에서 태어났다.

차남인 사청현이 태어나면서 온 집안이 기쁨에 들썩였다. 집안사람들은 아이의 아명을 '현(玄)'으로 짓고, 죽과 식사를 나누어 주는 선행을 베풀었다. 그때 죽을 얻어먹은 한 점쟁이가 강보에 싸인 아이를 보고는 생일과 태어난 시각을 묻더니 이런 이야기를 했다.

"댁네 죽을 얻어먹었으니 내 몇 마디만 하겠수다. 댁네 아들은 사주는 좋으나 참으로 기구한 팔자요. 아들을 구하고 싶다면 되도록 조용히 지내는 게 좋아. 떠벌리는 성미로 키워서는 아니 되겠지. 주제넘게 나서는 일이 없어야 하며 재물도 조용히 모아야 할 것이오. 이리해야 무사히 일생을 보낼 수 있소. 절대로 아이에게 잔치를 치러 주지 마시오. 나쁜 것을 불러들일 터이니."

그야말로 백화선인과 다를 바 없는 꺼림칙한 예언이었다. 하물며 장사꾼 집안인 사씨 가문은 점쟁이가 말한 그 허례허식을 특히나 중시했던지라, 단호하게 그를 쫓아냈다. 물론 그가 한 말들도 마음에 두지 않았다. 며칠 뒤, 다시 사청현을 위한 연회가 열렸다. 등롱이며 오색 비단이 내걸리고 징과 북이 울렸다.

흥겨운 술자리가 이어지는 가운데, 모두가 강보에 싸인 사씨 가문의 둘째 공자에게 축사를 외쳐 주고 있었다. 그런데 이때 갑자기 바닥에서 커다란 목소리가 울려 퍼졌다.

"시작도 끝도 좋지 못하리라!"

말 그대로 땅속에서 흘러나온 목소리는 연회를 즐기던 사람들의 목소리를 집어삼켰다. 다들 놀란 나머지 넋이 빠졌다.

연회는 흐지부지 막을 내렸다. 그날 밤, 아직 갓난아이였던 사청현은 열이 올라 쉬지 않고 울어 댔다. 열은 떨어지지 않고 신물을 토하기까지 하자 온 집안이 발칵 뒤집혔다. 사씨 집안은 며칠 전 헛소리를 하다 쫓겨난 점쟁이를 기억해 내곤 온 지역을 쥐 잡듯 뒤진 끝에 그를 다시 모셔 왔다. 그 점쟁이가 말했다.

"떠벌리지 말라 그리 일렀거늘 기어이 듣지 않았구려. 이 아이는 이번에 진선(真仙)을 만났으니 한평생 후환이 끊이지 않을 것이오. 이 고열 따위 아무것도 아니지. 열은 곧 내릴 것이외다. 하나 이건 그것의 첫인사 선물에 불과하오!"

연회장에 찾아온 그것은 당연하게도 백화선인이었다. 다만 마음대로 내쫓을 수 있는 평범한 백화선인이 아니라, 가장 오래 묵고 법력도 높은 백화선인이었다. 과연 얼마나 높을까? 잔칫날이 아니어도 나타나 저주를 퍼부을 정도였다. 그리하여 '백화진선(白話真仙)'이라는 이름까지 붙었다.

이 백화진선은 '한 철 장사로 삼 년을 족히 버티는' 존재였다. 안목이 얼마나 지독한지, 파란만장한 일생으로 전설을 쓴 거물만 골라 달라붙었다. 어떤 이들은 백화진선을 이겨 냈지만, 그런데도 평생을 겨루며 많은 식재료를 바쳐야 했다. 반대로 그것에게 패한 자들은 남김없이 법력의 원천으로 흡수됐다. 이렇게 오랜 세월 쌓은 법력은 토대가 두터웠다. 그리고 지금, 백여 년을 쉰 백화진선이 슬슬 돌아다닐 때가 왔다. 이번에 입을 벌리면 거하게 한입 채울 요량이었다. 사청현은 때마침 백화진선의 입맛에 꼭 들어맞는 팔자로 태어나 일찌감치 그것에게 '낙점'되고 말았다. 갓난아이들은 예언을 들어도 알아들을 수 없다. 그러나 아이는 결국 자라나는 법이니, 언젠가는 예언을 알아듣고 두려움을 알게 될 것이다. 아울러 어린 시절부터 심어진 두려움은 마음 깊이 뿌리 내려 떨쳐 낼 수도 없을 터였다.

다행히도 이런 요괴는 보통 사람과는 달리 융통성이 없고 사고방식이 독특하기 마련이었다. 그래서 점쟁이는 백화진선을 속일 방법을 생각해 냈다. 먼저 사씨 집안은 사청현을 남에게 보내는 척 잠시 집 밖으로 내보낸다. 그리고 아이의 외양을 바꿔 여자아이를 데려온 것처럼 꾸민다. 바깥에서 수양딸을 데려왔다고 하면서 온 집안이 이 공자를 아가씨라고 부르게 하고, 어릴 적부터 여자아이처럼 기르는 것이다. 백화진선이 처음에 낙점해 놓은 남자아이를 찾아내지 못하는 한, 시간이 흐르면 자기가 누구를 골랐는지도 정확히 기억하지 못할 터였다.

그렇게 사청현은 예상대로 별 탈 없이 열 살까지 자랐다.

십 년이 흐르면서 권세 있고 부유했던 집안은 점점 쇠락해 갔다. 두 형제의 부모가 돌아가시자 가문에서는 재산을 두고 암투가 벌어졌다. 그 번잡함에 지친 사무도는 열여섯이 되던 해에 저보다 한참 어린 사청현을 데리고 집을 떠났다.

두 형제는 서로 의지하며 단둘이서 살아갔다. 사무도는 동생을 산 아래 작은 마을에 의탁하고 먼저 입산해 수행을 시작했다. 그는 매일 늦게까지 수련을 하다가 한밤중이 되어서야 산에서 내려오곤 했다. 산에는 먹을 것이 없었기에 밤늦게 집에 돌아와야만 밥을 먹을 수가 있었다. 어느 날 밤, 사무도는 무술 대련에 푹 빠져 시간을 잊고 말았다. 한참 형을 기다리던 사청현은 제 형이 끼니를 걸러 배가 고플지도 모른다는 생각에 산으로 밥을 가져다주기로 했다.

그때의 사청현은 나이가 어려 산길을 다닐 줄 몰랐다. 칠흑같이 어두운 밤, 찬합을 들고 오래 걷다 보니 문득 볼일이 급해졌다. 사청현은 재빨리 산길 근처에서 치마를 벗었다. 이때 산길 저 멀리서 어떤 검은 그림자가 걸어오며 물었다.

"거기 앞에 있는 게 현이니?"

누군가가 자신의 아명을 부르자, 사청현은 형이 자신을 찾으러 사람을 보낸 줄 알고 잽싸게 치마를 내려놓으며 대답했다.

"저예요!"

그 낯선 목소리가 다시 물었다.

"네 사주팔자가 모년 모월 모일 모시가 맞니?"

사청현은 의아해졌다. 어째서 갑자기 사주팔자를 묻는 것일까. 게다가 한 치 오차도 없이 알아맞히다니. 그리 생각하면서도 다시 대답했다.

“맞아요! 어떻게 알았어요? 누구세요? 우리 형을 알아요?”

그 목소리는 대답이 없다가 마지막으로 한마디를 남겼다.

“이리 와라. 내가 네 얼굴을 똑똑히 볼 수 있게.”

명령하는 말투였다. 이쯤에서야 사청현은 심상치 않은 분위기를 감지했다.

그는 밥을 담은 찬합을 안은 채 황급히 도망쳤다. 뛰어가는 와중에 뒤에서 광풍이 몰아치는 소리와 실성한 웃음소리가 들려왔다. 등 뒤를 바짝 따라붙은 그 무언가가 소리쳤다.

“너 이제 넘어질 게다!”

혼비백산한 사청현은 ‘넘어진다’는 말과 동시에 정말로 고꾸라졌다. 찬합이 부서지고 밥이 땅에 와르르 쏟아졌다. 그것이 막 덮쳐 오려던 순간, 사무도가 도착했다.

사람이 나타나자 백화진선은 자취를 감추었다. 사무도는 넘어져서 온 얼굴이 피와 밥풀투성이인 동생을 안아 들었다. 두 형제는 간담이 서늘해졌다.

백화진선이 끝내 찾아왔다!

수년간 고배를 마셨던 백화진선은 첫 단맛을 본 그날을 기점으로 일정한 시간에 출몰하기 시작했다. 회를 거듭할수록 나타나는 방식도 점점 신출귀몰해졌다. 백화진선의 법력은 너무도 강했다. 사씨 집안은 가산이 기운 지 오래라 사무도가 모셔 올 만한 도인이나 법사들은 별다른 도움도 되지 못했다. 백만 공덕을 쏟아부어 자신의 목소리를 직접 하늘에 전할 힘도 없었다. 비록 백화진선은 지금껏 사청현의 목숨을 앗아 가진 않았으나, 그저 살찌워 잡아먹기 위한 기다림이라는 것을 두 형제는 잘 알고 있었다. 지금은 가벼운 따귀 몇 대로 사청현의 두려움을 일깨워 줄 뿐이었다. 분명 언젠가는 묵직한 한 대가 날아올 터였다. 마치 사냥감을 단숨에 시원하게 잡지 않고, 일부러 화살을 빗맞혀 공포에 몰아넣은 뒤에 잡아먹는 사냥꾼 같았다.

그야말로 능지처참이나 마찬가지였다.

다행히도 마침내 전환점이 왔다. 수년간 고달프게 수행한 끝에 사무도가 등선한 것이다.

그는 선경에 오르자마자 사청현을 중천정으로 끌어올리고 온갖 귀한 법보를 쏟아부었다. 그리하여 사청현도 몇 년 지나지 않아 순조롭게 선경에 올랐다. 백화진선은 그때부터 종적을 감추었다.

사청현은 당연하게도 백화선인이 어련히 제 주제를 알고 자신을 포기했겠거니 생각했다. 그러나 그건 그만의 착각이었을지도 몰랐다.

며칠 전 그는 친구들을 잔뜩 불러다 술을 마셨다. 거나하게 취해 있는데 갑자기 귓가에 표독스러운 목소리가 들려왔다.

"넌 이제 영원히 네 형을 만나지 못할 게다!"

이 목소리는 익숙하기 짝이 없었다. 열 살이 되던 해부터 선경에 오를 때까지, 거의 매년 한두 번은 들어 본 목소리였다. 일찌감치 뼛속에 새겨진 두려움 탓일까, 천둥이 귓전에 내리치는 것만 같았다. 술기운은 순식간에 달아났다. 겁에 질린 사청현은 그날 밤 배명의 지반으로 달려갔다. 멀쩡한 모습으로 영문을 포함한 신관들과 어울리고 있는 사무도를 두 눈으로 보고서야 그는 안심이 되었다.

그날 이후, 그는 그 목소리가 환청은 아니었을까 하는 의심이 들었다. 어릴 적부터 나쁜 기억을 가지고 자랐거니와 예전에도 이런 일이 종종 있었으므로. 하지만 아무리 생각해도 마음이 놓이지 않아서 명의를 대뜸 끌어들였다. 겸사겸사 사련을 찾아와 물어보려던 차에 보제관에서 화성을 맞닥뜨릴 줄은 꿈에도 생각지 못했지만. 정말 원수는 외나무다리에서 만나는 법이다.

이야기가 끝나자 사련이 입을 열었다.

"그렇다면 풍사 대인께서 만나신 건 제가 만났던 것과는 완전히 급이 달라요."

짧게 고민한 그가 화성에게 물었다.

"삼랑, 백화진선을 직접 본 적 있어?"

화성은 젓가락 한 짝으로 손장난을 치며 대답했다.

"응? 직접 본 적은 없어. 아는 사람이 만난 적은 있지만."

사련은 그 '아는 사람'이 누구인지 궁금했지만 더 캐묻지는 않았다.

“백화진선은 법력이 얼마나 높은데? 정말로 대단해?”

화성은 젓가락을 툭 던지고 느릿하게 말했다.

“아주 높아.”

이 말에 사청현과 명의의 표정이 한층 어두워졌다. 화성이 다시 말을 덧붙였다.

“놈은 보통의 조무래기와는 달라. 확실히 상대하기 어렵지.”

‘상대하기 어렵다’고 말하고는 있었으나 여전히 평소와 다름없는 표정이라 단순한 빈말처럼 들렸다. 하지만 화성에게 이런 평가를 받기란 결코 쉽지 않다. 사련이 말했다.

“풍사 대인, 아무래도 작은 문제는 아닌 듯합니다. 수사 대인께는 알리지 않으세요?”

사청현이 손사래를 치며 말했다.

“안 돼요, 안 돼. 전하도 아시다시피 우리 형은 지금 다시 천겁을 건너야 해요. 만에 하나 이 중요한 시기에 백화진선과 싸우다 마음이 흐트러지면요? 이 일은 비밀에 부쳐야 해요. 다른 사람에게 알릴 수는 없어요. 우리 형과 교분이 있는 신관에게도 일절 알리지 않았는걸요.”

신관은 일생에 단 한 번만 천겁을 겪지는 않는다. 천겁을 많이 넘길수록 경지가 높아지고 지위가 확고해지며 법력이 강해진다. 사무도가 바로 두 번의 천겁을 겪은 신관이었다. 사련도 그가 지금 세 번째 천겁을 앞두고 있다는 소식을 통령진에서 어렴풋이 들은 적이 있었다. 마음이 흐트러지면 불리한 게 사실이다. 천겁을 넘기는 데 실패하면 조금은 경지가 떨어지기 마련이었으니까.

52장 세 신과 한 귀신, 보이지 않는 진선

사청현은 진중한 기색으로 말했다.

“제가 직접 놈을 해결할 수 있는지 시험해 보고 싶어요. 누가 뭐래도 태자 전하는 경험이 많으시니까요. 시간이 괜찮으실까요? 바쁘시면 무리하지 않으셔도 돼요.”

사련은 그동안 사청현에게 적잖은 신세를 졌다. 그런 그가 자신에게 긴히 도움을 청해 왔으니, 마음은 굴뚝같지만 도울 능력이 없다고 핑계를 댈 수는 없었다. 하지만 화성은 멀리서 이곳까지 걸음 해 며칠 놀지도 못했는데 자신이 가 버리면 누가 화성을 대접한단 말인가? 물론 자신의 대접도 썩 대단치는 않았지만.

곰곰이 궁리하고 있던 그때, 화성이 한쪽 손으로 턱을 괸 채 웃으며 말했다.

“형, 백화진선 보러 가려고? 싫지 않으면 가는 김에 나도 끼워 줄래? 어쨌든 희귀한 요괴잖아. 나도 직접 본 적은 없어서."

사련은 속으로 생각했다.

'부끄럽네. 삼랑이 내 마음을 읽었어.'

그의 배려심에 감격한 사련은 고개를 끄덕였다. 사청현도 아무 말이 없었다. 물론 그는 화성이 자신을 도우려는 게 아니라는 걸 잘 알고 있었지만, 적어도 화성은 말썽을 일으키지 않을 테니 같이 간다고 해서 달라질 건 없었다. 사련이 다시 말했다.

"그런데 백화진선은 워낙에 신출귀몰하잖아요. 언제 어디서 다시 나타날지는 모르죠?"

사청현이 대답했다.

"저도 몰라요. 정 안되면 황성에서 제일가는 주루를 통째로 빌려서 며칠이든 몇 달이든 술을 마시고 날마다 폭죽을 터뜨리면서 연극을 벌이려고요. 그럼 어련히 나오겠죠."

사련이 물었다.

"그것도 방법이긴 하지만, 놈이 나온다고 해도 확실하게 붙잡을 수 있을지는 미지수예요. 지피지기면 백전백승이라고 하잖아요. 혹시 과거에 백화진선의 사냥감이 어떤 사람들이었는지는 조사해 보셨나요? 행동 방식 같은 건 어때요? 규칙이 있는지 봐야겠어요."

사청현이 말했다.

"그건 당연히 우리 형이 진작에 조사해 봤죠."

그리 말하며 그가 소매에서 두루마리 하나를 꺼내 펼쳤다. 사련은 가까이 다가가 훑어보고는 저도 모르게 감탄했다.

"엄청나네, 엄청나."

이 얼마나 난놈인가! 백화진선은 정녕 피라미는 낚을 마음이 없는 모양이었다. 두루마리에 줄줄이 늘어선 이름들은 태반이 인간 세상의 이름난 풍운아들이었다. 게다가 하나같이 말로가 참혹했다. 너도나도 절망에 시달리다 자결하고 만 것이다.

산이 무너지듯 처참하게 패전해 스스로 목을 그어 죽은 자, 막대한 재산을 하루아침에 날리고 깔끔하게 목을 맨 자, 명성도 부도 얻지 못하고 세상을 전전하다 스러진 자. 이들은 결코 백화진선에게 진 것이 아니라, 자신의 내면에 있는 '상실'에 대한 두려움에 진 것이다.

다만, 명부에 제왕은 없었다. 진정한 제왕은 천자의 기운이 몸을 지키므로 사특한 기운이 침입하기는 어려웠다. 사실 선경에 오를 잠재력이 있는 사람 역시 영기를 두르고 태어나므로 이런 귀신이나 요괴가 알아서 피해 갈 때가 많았다. 사련은 이번 일이 그리 쉽게 풀리지는 않으리란 느낌이 어렴풋이 들었다. 어쩌면 누군가가 암암리에 손을 써서 사청현을 겨눈 것일지도 몰랐다. 이 추측이 사실이라면 그 사람은 필시 만만치 않은 인물일 터였다. 하지만 사냥감으로 낙점됐을 무렵 사청현은 고작 갓난아이에 불과했는데, 어쩌다 이런 대단한 인물의 미움을 샀단 말인가?

이때 화성이 물어 왔다.

"형, 내가 한번 봐도 될까?"

사련은 그에게 두루마리를 건넸다.

"여기."

화성은 대강 한번 훑어보더니 물었다.

"누가 쓴 두루마리지?"

사청현이 대답했다.

"우리 형. 왜 그러는데?"

화성은 그 두루마리를 탁자 위에 내던지며 말했다.

"별로라서. 실제와 다른 게 많아. 제대로 조사해서 다시 쓰라고 해."

사청현은 그 말을 듣자마자 탁자를 내리쳤다.

"혈우탐화!"

사련이 그를 붙잡으며 미안한 투로 말했다.

"풍사 대인, 앉아요, 앉으세요. 그냥 넘어가세요. 삼랑은 늘 이렇게 말해요. 일부러 그러는 건 아니에요."

사청현은 도로 자리에 앉으면서 의심스레 중얼거렸다.

"늘 이렇게?"

사련이 화성을 향해 상체를 돌리곤 물었다.

"삼랑, 사실과 다른 게 많다고 했는데 다른 부분이 어디야?"

화성이 사련의 옆으로 다가와 가깝게 붙어 앉았다. 이름 몇 개를 가리키며 그가 말했다.

"이 사람들이 잘못됐어."

사련은 신중하게 살펴보았다. 화성이 짚은 몇 사람은 모두 극악무도한 패자들이었다.

"어떻게 알았어?"

화성이 대답했다.

"내가 죽였거든."

"……."

사련이 다시 물었다.

"여기 쓰인 건 다 자결이잖아?"

"손대기 전에 인편으로 먼저 통보했더니 알아서 목숨을 끊어버리던데. 이걸 내가 죽였다고 쳐도 되려나?"

그가 죽인 것으로 칠 수 있는지는 몰라도 아주 솔직하다고는 할 수 있을 터였다. 사청현은 거북하게 헛기침을 몇 번 하더니 입술을 비죽이며 말했다.

"귀신이 신관 코앞에서 자기가 어떻게 사람을 죽였는지 털어놓으면 안 되지. 귀신이 다른 신관들 보는 앞에서 신관이랑 이런 문제를 토론하면 어떡하냐고."

화성이 이름 몇 개를 거듭 가리켰다.

"이것들도 잘못됐어."

"이건 또 누가 죽였는데?"

"흑수."

사련은 순간 얼떨떨해졌다.

"그 흑수현귀는 항상 조용하지 않았어?"

"사람을 안 죽인다는 뜻은 아니지."

뒤이어 화성이 사청현에게 말했다.

"당신 형님이 준 두루마리는 오류투성이야. 성심껏 조사하기는 무슨, 시야를 흐리려는 의도가 다분한 한낱 누더기에 불과해. 찢어 버리고 다시 쓰는 게 낫겠군."

사청현은 그 두루마리를 냉큼 뺏어 왔다.

"우리 형이 그럴 리 없어!"

다소 궁상맞은 문장이었으나 말투만큼은 확신에 차 있었다. 친동생의 일에 사무도가 성심을 다하지 않았을 리 없다. 그렇다면 또 한 가지 가능성이 남는다. 사련이 물었다.

"모든 분야에는 전문가가 있는 법입니다. 수사 대인께서도 조사 과정에서 다른 사람의 힘을 빌려야 했을 거예요. 외람되지만, 두루마리를 정리한 사람은 누구였나요?"

사청현은 잠시 머뭇거린 끝에 대답했다.

"영문이었어요."

사련은 미간을 문지르며 말을 아꼈다. 영문전은 늘 다른 신관들에게 능률이 떨어진다는 쓴소리를 듣지만 이 정도로 실수가 잦지는 않다. 이건 아예 날림으로 해치운 초고 수준이었다. 삼독류의 관계는 제법 돈독해 보였다. 적어도 겉보기에는 그랬다. 하지만 그 속에 대체 무슨 곡절이 숨어 있는지는 외부인들이 알 턱이 없었다.

화성은 다시 비딱하게 앉아 말을 이었다.

"진짜와 가짜를 판별하는 방법을 한 가지 알려 주지. 백화진선은 일단 사냥감을 점찍으면 완전히 뿌리를 뽑아 버려. 사냥감을 절망에 빠뜨려 죽이는 건 물론이고 사냥감의 가족과 친구에게도 영향을 끼친다. 그러니 이 두루마리 중에서 저 혼자만 죽고 친지와 친구들이 멀쩡히 살아 있는 놈도 다 잘못된 거야."

이 말에 사청현의 안색이 창백해졌다. 그는 곧바로 정신을 차리고 명의를 향해 뻣뻣하게 웃어 보였다.

"그럼 명 형도 위험한 거 아니야? 명 형은 내 가장 친한 친구잖아!"

명의는 그에게서 조금 멀찍이 떨어져 앉았다. 온 얼굴에 '너의 그 가장 친한 친구 안 하면 안 되겠냐'고 쓰여 있었다. 그가 자리를 옮기면서 사련이 앉은 자리와 가까워지자 화성이 날카로운 시선을 던졌다. 사련은 이런 때마저 농담을 빼놓지 않는 사청현의 모습에 웃음을 흘리면서도, 그 속의 불안함을 어렴풋이 알아보았다. 아니, 정확히는 그 불안을 억누르려다 극도로 흥분한 것 같았다. 사청현은 풍사선을 탁, 펼치고 평소보다 대여섯 배는 빠르게 부채질을 했다. 새카만 머리카락이 광풍 속에서 어지럽게 흩날렸다.

"그럼 이만 출발할까요? 제일 화려한 누각 위에서 환락을 즐겨야죠! 우리 머릿수가 이 정도인데 감히 나타날 수 있을지 한번 두고 보자고! 우린 사람이 많아, 하하하하하하……."

"……."

잠시 침묵한 사련이 말했다.

"풍사 대인, 일단 진정하시고요. 잠시만 기다려 주세요. 도관에 아직 수습해야 할 일이 조금 남아 있어서요."

이번에 떠나면 꼬박 며칠이 걸릴지 모른다. 끼니를 먹여야 할 두 아이와 산 사람의 몸에 달라붙은 귀신 하나를 이대로 두고 갈 수는 없었다. 그는 마을에서 믿을 만한 사람을 찾아서 돌보아 달라고 부탁할 생각이었다. 그런데 화성이 그의 머릿속을 훤히 꿰뚫어 본 것처럼 말했다.

"꼭 가야 한다면 마음 놓고 다녀와. 내 쪽에 일손이 있어. 형이 떠나고 나면 알아서 살피러 올 거야."

사련은 안도의 한숨을 내쉬었다.

"삼랑에게 신세를 지네. 여긴 아무래도 누군가가 지켜보는 게 좋을 것 같아서."

화성도 웃으며 대답했다.

"그래. 주시할 사람이 있어야겠지."

두 사람의 '지켜보다'와 '주시하다'는 누가 들어도 같은 뜻이 아니었다. 물론 굳이 지적하는 사람은 없었다. 명의는 제상을 옮기고 바닥에 축지천리 진법을 그렸다. 사청현의 부채질은 점점 빨라지다 못해 이제 부채의 잔상도 보이지 않았다.

"아 참, 태자 전하. 아까 여쭤보는 걸 잊었는데 문간에 있던 그건 대체 누구예요? 제가 뭘 어쨌다고, 다짜고짜 한다는 말이 어디 사람이 할 소리인가요."

마지막에서야 성의 없는 질문이 나왔다. 행여나 척용이 들었다면 또 협심증이 도졌으리라. 확실히 사람이 할 소리는 아니지, 속으로 생각한 사련은 구석에 기대어 있던 약야와 방심을 챙기고 대답했다.

"그가 이미 자기소개를 하지 않았던가요?"

사청현이 말했다.

"뭐야, 그거 진짜 청귀였어요? 그 꼬락서니가? 역시 백문이 불여일견이라더니!"

사련은 미간을 문지르며 간략하게 상황을 설명하고 비밀을 지켜 달라고 당부했다. 특히 낭천추의 귀에 들어가면 안 된다는 강조도 덧붙였다. 몇 마디가 오가는 사이에 명의가 간단하게 축지천리 진법을 완성했다. 지난번 남풍이 한나절이나 그려 놓고도 조잡했던 진법과는 사뭇 다른 모습이었다. 신속하게 그렸지만 허술한 구석이라곤 찾아볼 수 없었다. 한 획으로 그린 원은 맨손으로 그렸음에도 자를 대고 그린 것보다 반듯했다. 글자 역시 판각본[#1]처럼 가지런했다. 사련은 저도 모르게 조용히 감탄했다.

진법이 완성되자 명의가 입을 열었다.

"출발하지."

사청현은 가볍게 입김을 불어 촛불을 껐다.

화성이 앞장서서 첫 번째로 문을 밀고 나갔다. 작은 문이 삐걱거리며 열렸다. 바깥은 어두컴컴했다. 마치 오랜 세월 버려진

#1 판각본 목판으로 인쇄한 책

낡은 집과 연결된 듯, 공기 중에 쿰쿰한 곰팡내와 먼지가 가득 떠돌았다.

화성을 뒤따른 것은 사련이었다. 그는 먼저 앞장서서 길을 터 준 화성에게 작은 목소리로 고맙다는 인사를 건넸다. 다음은 사청현, 마지막은 명의였다. 문간을 나선 그는 등 뒤로 손을 뻗어 문을 닫았다.

문짝이 닫히는 순간, 불현듯 문 뒤편 어둠 속에서 스산한 목소리가 울려 퍼졌다.

"네가 가는 곳은 영원히 기억하고 싶지 않은 악몽이 될 것이다!"

이 말을 듣자마자, 사련은 단번에 발을 날렸다.

걷어차인 문이 요란하게 열렸다. 그러나 발동된 진법이 벌써 효력을 잃었는지 문 뒤에는 보제관이 아닌 웬 고철 더미가 있었다. 격렬한 동작에 부연 먼지가 일었다. 사련은 한참을 콜록거려야 했다. 화성이 만들어 준 문을 부순 게 아니라 약간 다행이라고 생각하면서, 소매로 얼굴을 가린 채 그가 말했다.

"방금 그게 백화진선인가요?"

사청현은 불진과 풍사선을 꽉 붙들었다.

"놈의 목소리예요! 설마…… 계속 내 곁을 따라다닌 거야?"

사련은 떠다니는 먼지를 휘휘 내두르며 대답했다.

"아니에요. 아까 방에는 신관 셋과 귀왕 하나가 있었어요. 무언가가 계속 대인을 따라다녔다면 우리가 몰랐으려고요? 분명 지금 막 온 겁니다."

명의도 말을 얹었다.

"침착해."

사청현이 말했다.

"침착해, 나 완전 침착해! 아까부터 침착했었어!"

그러나 화성은 앞을 유유히 걸어가며 말했다.

"침착한 건 좋다만, 일이 꼬인 것 같군. 여기가 어딘지 아는 사람."

사련도 사방을 둘러보며 말했다.

"황성에서 제일가는 주루에 가려던 거 아니었나요?"

아무리 봐도 이 버려진 낡은 집이 사청현이 말했던 주루 같지는 않았다. 네 사람은 주변을 뒤져 대문을 찾아냈다. 하지만 문에는 큰 자물쇠들이 걸려 있었다. 사련이 다시 한번 발길질을 날리자, 자물쇠가 끊어지고 문이 열렸다. 문 너머로 네 사람 앞에 나타난 것은 칼산이나 불바다도, 신비롭고 괴상한 광경도 아니었다. 그건 아주 평범하면서도 한 톨의 생기조차 없는 작은 마을이었다.

화성이 눈썹을 치켜올리며 말했다.

"황성이 이렇게 생겨 먹진 않았을 텐데."

사련도 전적으로 동감했다. 황성의 기개는 이런 작은 마을과 비교도 되지 않는다. 그는 뒤돌아보며 물었다.

"지사 대인, 진을 잘못 그리신 건 아닐까요?"

명의가 대답했다.

“제대로 그렸습니다. 원래 연결했던 곳은 여기가 아닙니다.”

사련은 곧바로 깨달았다. 이는 곧 백화진선이 손을 썼다는 뜻이었다. 그것이 네 사람을 여기로 이끈 것이다.

사청현이 물어 왔다.

“우리가 보제관을 떠나자마자 숨어들어서 진법을 고친 걸까요?”

하지만 그는 곧바로 자신의 말을 부인했다.

“아냐! 그럴 리 없지.”

사련도 같은 의견이었다.

“맞아요, 그건 불가능해요. 방금 저희는 이미 문을 열고 빠져나온 상태였으니, 놈이 재빨리 손을 썼더라도 원래 정했던 지점에 도착했어야 해요. 진법이 한번 발동한 이상 다시 고쳐도 효과가 없죠. 그러니 놈이 손을 쓸 수 있는 시간은 딱 한 순간밖에 없어요.”

바로 명의가 진법을 다 그리고 사청현이 촛불을 불어 끈 뒤, 보제관 전체가 어둠에 잠겼던 그 짧은 순간!

다만 이 가설은 아까 사련이 한 말과 모순됐다. 사청현이 말했다.

“하지만 아까 방에는 분명 우리 넷밖에 없었잖아요.”

작디작은 보제관 안에 신관 셋과 귀왕 하나가 있었다. 그 틈에 무언가가 늘어났다면 이들이 모를 수 있었겠는가? 그리고 정말로 이들 중 누군가가 어둠을 틈타 수작을 부렸다면, 가장 유력한 사람이 누구겠는가?

사청현은 참다못해 화성을 힐끔 쳐다보았다. 그러곤 재빨리 눈을 옮겼으나, 화성은 이 시선을 놓치지 않고 웃으며 말했다.

"날 왜 쳐다보지? 내 생각이지만, 당신은 지사 대인이 더 의심스럽다고 생각하지 않나?"

명의도 이쪽으로 시선을 던졌다. 화성이 말을 덧붙였다.

"나중에 누가 손을 썼을까 추측하는 데만 심취하지 마. 만약 지사가 그린 진법이 애초부터 틀렸다면?"

명의는 반박하기는커녕 별다른 기색조차 없었다. 오히려 사청현이 더 못 들어 주겠다는 듯 끼어들었다.

"화 성주, 잠깐 기다려 봐. 이전에 원한이 있었던 건 아는데, 명 형은 정말 그런 사람 아니거든. 명 형은 이번에 날 도와주려고 잠깐 내려온 거야. 이렇게 할 이유가 없다고."

화성이 대꾸했다.

"뭔가를 할 때 반드시 이유가 필요한 건 아니지. 사실, 풍사 대인 당신도 꽤 의심스러워."

"뭐?"

예상치 못한 말에 사청현은 스스로를 가리키며 되물었다.

"누구? 나?"

"그래. 소위 말하는 적반하장, 아주 흔한 일이지. 대체 목적이 뭐야? 당신과 당신 형님이 정말로 백화진선을 두려워했으면 아까처럼 그리 엉망으로 조사했겠어? 둘이 짜서 함정을 파 놓고 우리를 여기로 끌어들였을 가능성도 없진 않아."

표정을 보면 알겠지만, 이건 그저 입에서 나오는 대로 내뱉는 헛소리였다. 하지만 의외로 그럴듯해서 모두에게 의심할 여지를 남겨 주었다. 사청현 본인마저 흔들리기 직전이었다.

"내…… 내가 그렇게 심심해 보여?"

화성이 웃으며 받아쳤다.

"같은 이치야. 나도 그렇게 심심하진 않거든."

남이 자신을 공격하면 그 방식 그대로 갚아 주는 화성다웠다. 한창 고민하느라 바빴던 사련이 손을 내저으며 말했다.

"자, 모두 그만. 일이 해결되기도 전에 같은 편을 의심하면 어떡해요."

화성은 소리를 내어 웃고는 더 말하지 않았다. 그의 태도는 아주 분명했다. 도움도 방해도 되지 않을 것. 그는 순전히 놀러 왔을 뿐이었다. 무언가를 기대할 필요도 없고, 특별히 경계할 필요도 없다. 잠시 침묵한 사련이 말을 이었다.

"사실 다른 가능성도 있어요. 도관 안에서 지사 대인이 진법을 그렸을 때, 이미 누군가가 바깥에서 문에 더 강력한 진법을 그렸다든가."

당시 사청현은 집 밖의 척용이 이야기를 듣지 못하게 방음 법술을 걸어서 보제관을 봉쇄했다. 집 바깥에서 손쓰는 것을 집 안에서 알아차리기는 상대적으로 쉽지 않다. 같은 종류의 진법 두 개가 충돌하면 강력한 쪽이 이긴다. 이 '강력함'은 진을 친 사람의 법력에 따라 갈리기도 하지만, 진을 그리는 재료에 따라서도 좌우된다. 명의가 쓴 재료는 사련이 고물을 주우면서 가져온, 고물 장수들이 버린 묵은 주사(朱砂)였다. 행여나 누군가 신선한 피로 진을 눌렀다면 당연하게도 그쪽이 한 수 위였을 터다.

사청현은 냉큼 이 가능성을 접수했다.

"집 밖? 설마 청귀인가? 그런 꼴로 수작을 부릴 수 있었을까요?"

사련이 대답했다.

"못 하겠죠……."

화성이 담담하게 말했다.

"그놈은 이레 동안은 꼼짝도 못 해. 물론 집 밖에 그놈 혼자 있지는 않았겠지."

어쩐지 의미심장한 말이었다. 사련이 입을 열었다.

"아무튼 당장은 서로의 신뢰가 상하면 안 되니까, 섣부른 추측은 금물이에요."

그는 몇 걸음 옮기다 말고 다시 말을 덧붙였다.

"그 괴물의 말은 정말 이상해요. 왜 여기가 풍사 대인이 '영원히 기억하고 싶지 않은 악몽'이 될 거라고 말한 걸까요? 여기서 뭔가를 마주치게 되는 걸까요?"

주위를 둘러본 사청현이 미간을 살짝 좁히며 중얼거렸다.

"……잠깐. 여기는……."

그의 말이 채 끝나기도 전이었다. 불현듯 명의가 눈빛을 서늘하게 빛내더니, 순식간에 손을 뻗어 허공을 갈랐다. 그 손길은 사청현의 머리 뒤쪽을 노리고 있었다. 사련이 외쳤다.

"풍사 대인, 뒤를 조심하세요!"

그러나 명의의 일격이 퍽, 하는 소리를 내며 널찍하고 네모난 물체를 쪼갰다. 그건 정확히 사청현의 이마를 향해 날아든 물건이었다. 사청현은 멀찍이 도약한 뒤에야 가슴을 쓸어내리며 말했다.

"큰일 날 뻔했네!"

이때, 다시 고개를 숙인 사청현의 동공이 날카롭게 조여들었다. 사련도 다가가서 살펴보고 마음이 선득해졌다. 그 물건은 다름 아닌 편액이었다. 남색 바탕에 금색 글자로 '풍수전(風水殿)'이라는 세 글자가 쓰여 있었다.

신관의 신전 편액을 둘로 쪼갠다는 것은 실로 크나큰 금기였다. 명의는 냉담한 안색으로 손을 거두었다. 잠시 넋을 놓았던 사청현은 냉큼 소매를 휘둘러 쪼개진 편액 조각을 쓸어 담고 나직하게 말했다.

"다들 비밀 지켜요, 꼭이요! 절대 발설하면 안 돼요. 누가 편액을 망가뜨렸다는 걸 형이 알게 되면 길길이 날뛸 거예요!"

사련이 돌아서며 중얼거렸다.

"여긴…… 풍수전?"

그렇다. 그들이 빠져나온 낡은 집은 바로 풍수전이었다.

수사는 재물의 신이다. 재물을 싫어하는 사람이 없는 만큼 그가 머무는 궁관은 언제나 향불이 왕성하다. 그런데 이렇게까지 퇴락한 광경이라니. 그야말로 길거리에 버려진 돈다발이 바람을 맞고 볕에 마르고 비에 젖어도 아무도 줍지 않는 것처럼 불가사의했다. 사청현은 다시 풍수전 안으로 뛰어들었다. 사당 안 곳곳이 죄다 거미줄과 해묵은 먼지였다. 찾아 주는 이 하나 없는 처량함이 물씬 느껴졌다. 그는 한참을 뒤진 끝에 사당 뒤편에 버려진 잡동사니 사이에서 몰골이 처참한 신상 두 개를 찾아냈다.

풍사의 여신상은 팔과 다리가 없었고, 수사의 남신상은 얼굴이 통째로 날아갔다. 게다가 오랜 세월 낡아 가면서 자연스럽게 부서진 게 아니라 누군가가 날카로운 도구로 깨부순 것이었다. 마치 누군가가 깊은 원한을 두 신관에게 몽땅 발산한 것 같았다. 공교롭게도 두 신상은 아주 생동감 넘치게 조각되어 있었다. 이렇게 낭패스러운 꼴로 미소를 띤 채 낡아 빠진 사당에 널브러져 있는 모습을 보고 있자니 마음 한구석이 심히 불편했다.

사청현은 양손으로 각각 신상을 낚아채 품에 껴안으며 말했다.

"이게 다 무슨 원한이래?"

사련 역시 이 광경에서 한가득 풍겨 오는 악의를 느꼈지만, 사청현을 진정시킬 요량으로 부드럽게 말했다.

"풍사 대인, 진정하세요. 절을 하는 사람이 있으면 부수는 사람도 있는 법이죠. 세상의 이치가 그러하니 너무 개의치 마세요. 분명 놈이 대인을 노리고 일부러 꾸며 놓은 거예요. 대인의 두려움을 부추겨 법력을 흡수하기 위해서요."

명의는 간단명료하게 말했다.

"어쩔 거지. 안 되겠으면 그만 가."

사청현은 두 신상의 얼굴에서 먼지를 털어 냈다. 그러고는 이를 악물며 풍사선을 붙들고 벌떡 몸을 일으켰다.

"괜찮아! 놈이 대체 무슨 속셈인지 봐야겠어."

네 사람은 부서진 풍수묘를 빠져나와 이 작은 마을을 한 바퀴 둘러보았다. 이 마을은 몹시 고요하고 평온했다. 번화하지도 낙후되지도 않은 풍경에서 수상한 점은 찾아볼 수 없었다. 이곳에서 가장 수상한 건 오히려 그들이었다. 이 일행의 용모와 풍채, 차림새는 평범한 사람들 틈에 섞여 있자니 지나치게 눈길을 끌었다. 머지않아 그들은 골목길로 은밀하게 숨어들어 복장을 바꾸었다.

사련은 가뜩이나 소박한 옷차림이라 구태여 바꿀 필요가 없었다. 하지만 나머지 세 사람은 머리부터 발끝까지 말끔하게 모습을 바꾸었다. 조금 떨어진 저쪽 구석에서 사청현이 명의의 분장에 대해 한창 의견을 내고 있었다. 한편 화성은 산뜻한 검은 옷차림으로 바뀌었다. 모처럼 가지런히 묶어 올린 긴 머리에는 눈부신 경옥 장식을 덧대어 놓았다. 느긋한 분위기가 살짝 누그러든 대신에 그만큼의 활기가 더해졌다. 마치 어느 명문가 정파(正派)의 준수하고 총명하기 그지없는 어린 제자 같은 모습이었다. 황제는 거지 복장을 해도 동냥질하는 태가 안 난다더니, 여전히 제법 눈에 띄었다. 그를 보던 사련은 '남자가 멋을 내려면 검은 옷을 입어야 한다'는 옛말을 떠올리면서 정말 맞는 말이구나, 속으로 중얼거렸다. 다시 정신을 차리고 지사와 풍사 쪽으로 걸어가는데, 문득 무언가가 떠올랐다. 그가 작은 목소리로 운을 뗐다.

"삼랑, 예전부터 물어보는 걸 깜빡했는데."

화성이 소맷단을 정돈하며 말했다.

"뭔데?"

사련은 주먹을 쥐고 입 앞에 댄 채 헛기침을 하고는, 최대한 자연스럽게 물었다.

"……네 통령 구령은 뭐야?"

때에 구애받지 않고 다른 사람에게 통령으로 목소리를 전하려면, 가장 먼저 상대방의 구령을 알아야 했다. 예를 들어, 사청현을 찾으려면 우선 마음속으로 다음의 네 줄짜리 시를 우렁차게 묵독[#2]해야 했다. '풍사 대인은 천하의 귀재이시다', '풍사 대인은 해학적이며 풍아하시다', '풍사 대인은 선하고 정직하시다', '풍사 대인은 이팔청춘이시다'. 물론, 평범한 신관들은 구령을 이렇게 입에 담기 민망한 내용으로 정하지는 않는다. 다른 신관들의 구령은 그래도 나름대로 정상적인 편이었다.

상위 신관의 통령 구령은 사이가 가깝거나 급한 용무가 없는 이상 남에게 함부로 알려 주지 않는 것이다. 절경귀왕인 화성도 당연히 그러할 터였다. 다만 두 사람은 알고 지낸 지 오래되지는 않았어도 그래도 사이가 제법 좋은 편인데, 아직 서로의 구

#2 묵독 默讀. 소리 내지 않고 속으로 글을 읽음

령을 교환하지 않은 것은 조금 이상한 일이었다. 하지만 생각해 보면 무슨 일이 있을 때마다 직접 만났으니 구령을 모르는 게 무슨 대수인가 싶기도 했다.

사련은 한 번도 다른 신관에게 구령을 물어본 적이 없었다. 무슨 일이 있으면 바로 통령진에 들어가 외치면 되었기 때문이다. 누군가와 사적인 밀담을 나눠야 할 때도 진을 통해 전할 수 있었다. 사련이 먼저 나서서 다른 사람의 구령을 물어본 건 이번이 처음이었다. 경험이 없다 보니 행여나 실례가 되지는 않을지 내심 걱정스러웠다. 화성은 눈을 빛내면서도 아무런 미동이 없었다. 조금 머쓱해진 사련이 재빨리 덧붙여 말했다.

"불편할까? 괜찮아, 괜찮아, 난 신경 쓰지 않아도 돼. 그냥 생각 없이 물어본 거야. 이따가 개인적으로 상의하고 싶은 게 있어서 주제넘게 이런 질문을 했네. 최대한 작은 목소리로 물어보면 되니까……."

화성이 그의 말을 잘랐다.

"불편하기는. 너무 기뻐."

사련은 한순간 어리둥절해졌다.

"응?"

화성은 한숨을 내쉬며 말했다.

"드디어 물어봐 줘서 기뻐. 계속 말을 꺼내지 않길래, 형이 아직 불편해서 구령을 교환할 생각이 없는 줄 알았어. 그래서 나도 먼저 말하지 않았던 거고. 이제 겨우 형이 물어봐 줬는데 어떻게 그걸 '아무 생각 없이 물어봤다'고 말할 수가 있어?"

그제야 한숨 돌린 사련은 금세 기분이 좋아져서는 그의 손을 꼭 잡았다.

"우리 둘 다 같은 걱정을 했구나! 아까는 내가 잘못했어. 그거야말로 생각 없이 말한 거야. 삼랑에게 사과할게. 그래서, 네 구령이 뭔데?"

화성의 눈이 희미하게 빛났다. 그는 몸을 살짝 숙이며 말했다.

"내 구령, 잘 들어야 해. 딱 한 번만 말할 거야."

곧이어 그가 나지막하게 한마디를 속삭였다.

말이 끝나자 사련은 눈을 휘둥그레 떴다.

"……뭐? 진짜 이거야? 삼랑, 헷갈린 건 아니고?"

화성이 태연하게 대답했다.

"응, 이거야. 못 믿겠으면 지금 해 볼래?"

사련은 차마 해 볼 엄두가 나지 않았다.

"그럼…… 그러면 다른 사람이 널 찾을 때마다 너한테 이 말을 세 번 읽어 줘야 한다는 거잖아? 이…… 이거 너무 부끄럽지 않아?"

화성은 키득거리며 대답했다.

"남들이 날 찾는 게 싫어서 일부러 이 말로 정한 거야. 알아서 물러나라고. 하지만 형이 날 찾는다면 언제든 받들어 모실게."

사련은 자꾸만 믿기지가 않아서 속으로 중얼거렸다.

'이건 진짜 나빴다…….'

사련은 머뭇거리며 통령을 시작하려 했지만 도저히 그 구령을 읊을 수가 없었다. 묵독도 마찬가지였다. 사련은 손바닥으로 얼굴을 반쯤 가리고 고개를 돌린 채 결단을 내리지 못했다. 화성은 성에 차도록 웃었는지 그제야 사련에게 물었다.

"좋아, 좋아. 형이 못 읽겠다면 내가 형을 찾을게. 형의 구령은?"

사련은 다시 고개를 되돌리며 말했다.

"도덕경을 천 번만 외우세요."

"……."

화성이 한쪽 눈썹을 치켜올렸다. 머지않아 사련의 귓가에 그의 목소리가 울려 퍼졌다.

"'도덕경을 천 번만 외우세요'. 이 열한 글자, 맞지?"

마주 보고 선 두 사람은 입을 다문 채 말없이 눈빛을 교환했다. 남들이 듣지 못하는 목소리로 통령을 주고받는 것이 퍽 재미있었다. 사련도 통령술로 대답했다.

"맞아. 의외로 안 속네."

화성은 눈을 깜박이며 말을 이었다.

"하하하하, 거의 속을 뻔했어. 진짜 재밌다."

사련도 눈을 깜박였다. 무의식중에 웃음기가 번졌다.

이 구령은 그가 팔백 년 전에 공들여 생각해 낸 것이다. 본인도 무척 재미있다고 생각한 터라 선경에 오른 뒤에도 이 구령을 계속 사용해 왔다. 다만 다른 신관들은 썩 재미있어하지 않았던 것 같다. 설령 속아 넘어가더라도 어이가 없다는 반응이었다.

모정은 아예 대놓고 '전하, 이건 너무 썰렁하지 않습니까. 송구하지만 웃어 드릴 수가 없네요'라고 말했다. 풍신은 바닥을 구르면서 기진맥진할 때까지 웃었다. 하지만 풍신이란 사람은 웃음을 터뜨리는 지점이 아주 낮은 데다가 어떤 부분에서 웃는지도 알 수가 없었으니, 사련은 별다른 성취감이 들지 않았다. 하지만 이제 화성도 웃었으니, 어쩌면 정말로 조금은 재미있다는 뜻이 아닐까.

당초 계획은 황성에서 가장 비싼 주루에 들러 술을 마시는 것이었지만, 황성으로 가지 못하게 된 이상 어디서 마시든 피차일반이었다. 사련 일행은 마을에서 가장 큰 주루를 찾아가 특실을 빌린 다음, 잠깐 앉아 따분하게 시간을 보냈다. 점원이 술을 가져오자 사련이 물었다.

"실례지만 여기는 어디인가요?"

이렇게 묻는 건 이상하긴 해도 가장 직접적이고 효과적인 방법이었다. 그 점원이 의아하다는 듯 되물었다.

"손님들께서는 명성을 듣고 찾아오신 것 아닙니까? 여기는 박고진(博古鎮)입니다."

사련이 다시 물었다.

"명성? 어떤 명성이요?"

그 점원이 엄지손가락을 척 세우며 대답했다.

"우리 마을의 사화(社火)요! 이 근방에선 명성이 자자합니다. 매년 이맘때면 외지인들이 진기한 구경을 하러 몰려들지요."

사청현이 호기심 어린 투로 물었다.

"사화가 뭔데요?"

사련이 대신 대답했다.

"민간에서 명절날에 경축을 목적으로 벌이는 명절놀이예요. 곡예나 잡기를 선보이기도 하고, 지역 연극 같은 것도 있어요. 가서 구경해 봐도 괜찮겠네요."

과거 선락국의 정월 제천유 의식과도 조금 비슷했다. 다만 황가가 주관하고 관청이 통제하는 제천유와 달리, 사화는 평민들끼리 즐기는 유흥이다. 사청현이 말했다.

"하지만 오늘은 명절이 아니잖아요? 굳이 따져도 내일이 한로[#3]인 정도인데."

사련이 대답했다.

"꼭 특정한 명절일 필요는 없어요. 누군가를 기념하려고 특별한 날을 골라서 떠들고 즐길 때도 있거든요."

이때, 주루 아래편 대로에서 소란스러운 움직임이 느껴졌다. 누군가가 쩌렁쩌렁하게 소리쳤다.

"비켜나시오! 아이와 여인은 앞에 서지 말고! 뒤로 물러나시오! 극단이 올 거요!"

네 사람은 아래를 바라보았다. 어마어마한 광경에 사련의 눈이 커다래졌다. 한 줄로 길게 늘어선 행렬이 대로에 다다른 참이었다. 대열을 이룬 사람들은 저마다 붉고 화려하게 분장한 채

#3 한로 寒露, 24절기 중 17번째 절기

기괴한 옷을 걸치고 있었다. 게다가 이마에는 서늘한 무기도 꽂혀 있었다.

날카롭거나 녹이 슨 도끼, 식칼, 쇠 집게, 가위들이 하나같이 사람들의 머리며 이마에 깊이 박혀 있었다. 튀어나온 눈알을 볼에 대롱대롱 매단 사람과 이마에 박힌 무기가 뒤통수를 뚫고 나온 사람까지, 혀를 내두를 만큼 참혹했다. 행진하는 사람들은 피범벅이 된 얼굴로 저마다 고통스럽게 미간을 구겼다. 그러면서도 떠들썩한 풍악 소리와 함께 느릿느릿 앞으로 나아가는 모습이 마치 망령들의 행렬 같았다.

53장 네 명의 신과 귀신, 혈사화 이야기를 듣다

사련이 자리를 박차고 일어섰다. 사청현도 한쪽 발로 탁자를 밟더니 당장 뛰어내릴 기세로 소매를 걷어붙였다. 사련은 재빨리 그를 붙들었다.

"괜찮아요, 별일 아니에요. 진정하세요, 풍사 대인."

"눈알이 튀어나왔는데 별일이 아니라고요?"

"괜찮아요. 여기서 혈사화(血社火)를 보게 될 줄이야. 정말 드문 기회네요."

사청현은 서둘러 탁자에서 발을 내리며 물었다.

"혈사화? 그게 뭔데요?"

두 사람은 다시 자리에 앉았다. 사련이 입을 열었다.

"사화는 지역마다 서로 다른 유파를 지니고 있는데, 혈사화는 그중에서도 정말 보기 드문 특별한 유파예요. 저도 들어만 봤지

실제로 본 적은 없어요. 혈사화 공연은 잔인하고 엽기적인 데다 분장술도 극비라서 외부인에게는 전수하지 않거든요. 지금은 점점 더 적어지고 있고요."

사청현은 아연실색했다.

"분장술? 저게 다 가짜예요? 아, 아…… 아무리 그래도 너무 진짜 같잖아요. 전 무슨 사술로 변신한 건 줄 알았어요!"

이 말은 결코 과장이 아니었다. 사련도 감탄하며 말했다.

"민간에는 기발한 실력자가 참 많죠."

행진하는 연기자들을 보니 이마에 예리한 날붙이가 들이박힌 사람들만 있는 건 아니었다. 배가 터져 내장이 쏟아져 나오거나 팔다리가 잘려 나간 사람들도 바닥을 기며 대성통곡을 했다. 어떤 이들은 높다란 나무 지지대를 들고 있었다. 위쪽 대들보에는 목을 매어 자결한 것처럼 목에 밧줄을 건 여인이 매달려 있었다. 어떤 두 사람은 한 여인의 두 다리를 질질 끌면서 걷고 있었다. 그 여인은 너덜너덜하게 찢긴 옷을 입고 얼굴을 아래로 향한 채 무참히 끌려가면서 땅에 긴 핏자국을 남겼다. 두말할 것 없는 지옥의 풍경이었다. 분명 모두가 공연을 펼치고 있는 것인데도, 사방 곳곳이 진짜 귀신들이 득실거리는 귀시장보다 훨씬 공포스러웠다. 여기와 비교하면 오히려 귀시장이 떠들썩한 인간 세상의 장터 같을 지경이었다. 도대체 어떻게 꾸민 분장인지 모를 노릇이었다. 이런 전통에 대해 익히 들어 본 사련도 아까 처음 본 순간에는 요괴가 닥친 게 아닐까, 하고 착각할 뻔했다.

호기심을 이기지 못한 여인들과 아이들 여럿이 군중을 비집고 나왔지만, 막상 보고 나서는 지레 겁을 먹고 아우성치며 뒤로 물러났다. 사청현이 말했다.

"태자 전하, 사화는 경축이 목적이라고 하지 않으셨어요? 누가 이런 식으로 경축을 하나요. 사람들은 다 놀라서 도망가고 꼬마 낭자들은 악몽을 꾸겠어요. 사람들은 이런 공연이 진심으로 즐거울까요?"

사람들이 이런 공연을 즐겁게 느낄지는 단언하기 어렵다. 사실, 잔혹한 살육과 싸움은 확실히 사람을 흥분시킨다. 설령 두렵더라도, 그 두려운 감정이 지나간 뒤에는 마음속에서 희미한 쾌감이 생겨나곤 한다. 이런 혈사화는 지역 방언으로 '찰쾌활(扎快活)'이라 불린다는 것도 같았다. 사련은 그 방언의 뜻을 이렇게 이해했다. '단칼에 무참히 찔러 사람이 죽으면, 마음이 쾌활해진다.'

사람들의 마음 깊은 곳에는 '살육'에 대한 갈구가 있는 것이다.

물론 사련은 이런 장황한 말을 늘어놓는 대신, 집중해서 행렬을 응시했다. 위풍당당한 대행진 속, 검은 옷을 걸친 창백한 남자가 보였다. 껑충 큰 키에 마른 몸으로 여러 무기를 들고 있던 그는 갑자기 화려한 옷을 입은 한 연기자의 머리를 내리쳤다. 칼은 순식간에 연기자의 머리를 관통했다. 뒤이어 남자는 다시 긴 창으로 상대를 찍어 공중 높이 매달아 올렸다. 얼마나 잔혹한 정경인지, 실제로 이 자리에서 살인을 저지른 것만 같았다. 기겁한 군중들의 비명과 갈채가 파도처럼 밀려왔다. 사련이 입을 열었다.

“아마 옛이야기를 공연하는 것 같아요. 저 검은 옷의 남자가 주인공이고, 그에게 죽은 사람들은 모두 반대파, 즉 악역일 거예요. 이 이야기는 ‘권선징악’을 주제로 하고 있고요.”

여기까지 말한 순간, 사련의 머릿속에 무언가가 스쳤다.

“풍사 대인, 자세히 보세요.”

“보고 있어요.”

“제 말은, 연극 내용을 보시란 거예요. 저들이 어떤 사람과 어떤 이야기를 공연하는지를요. 그 백화진선이 대인을 여기로 보낸 데에는 분명 이유가 있을 겁니다. 어쩌면 대인에게 이 혈사화를 보여 주려고 오늘을 골랐을지도 몰라요.”

그 검은 옷을 입은 남자는 고통스러운 표정으로 양미간을 찌푸리고 혼자서 대열의 ‘악인’ 백 명 남짓을 ‘살해’했다. 자신 역시 온갖 무기에 온몸을 찔리고 말았다. 그러다 마지막에는 살갗이 죄 터져, 비단에 매달린 ‘시신’을 품에 안은 채 고개를 떨구고 움직임을 멈추었다. 결국 다 같이 공멸하는 말로였다. 이 행진은 한 행렬이 지나가면 다음 행렬이 계속해서 공연을 펼치는 식으로 이어졌다. 사련이 물었다.

“무슨 이야기인지 알아보시겠어요?”

사청현은 미간에 주름을 잡으며 말했다.

“아뇨. 알아볼 만한 게 없는걸요. 사람만 죽이고 있고.”

화성이 사련의 옆에서 넌지시 입을 열었다.

"널리 알려진 고사는 아닌 것 같아. 이곳 주민에게 지역 향토지에서 고른 거냐고 물어보자."

마침 다시 반찬을 가져다주러 올라온 주루의 점원이 물어 왔다.

"손님 여러분, 흥미진진하지 않습니까? 자극적이죠?"

사련이 대답했다.

"흥미진진해요. 자극적이고. 그나저나 하나 여쭙고 싶은데, 이 마을 혈사화는 어떤 사람의 이야기를 공연하는 건가요?"

아니나 다를까, 그 점원이 말했다.

"글쎄, 외지인들은 잘 모르는 이야기라 다들 물어보시더라고요. 우리 박고진의 사화는 이 지역의 전설적인 인물의 이야기를 공연합니다. 전해 오는 말로는 수백 년 전, 이곳에 하씨 성을 가진 서생이 하나 있었답니다. 하씨 서생이라 하생이라고 불린 이 분은 말이지요, 집안 형편은 궁해도 재능이 뛰어난 사람이었어요. 어릴 때부터 놀랄 만큼 똑똑해서 뭐든 빠르고 능숙하게 배웠다지요. 그리고 소문난 효자라서 뭘 해도 불만을 사지 않았고요. 그런데 공교롭게도 이 사람은요, 재수가 너무 없어서 좋은 일이 생겨도 오래 가질 못했답니다."

점원이 다시 말을 이었다.

"그 사람은 분명히 과거 시험을 제일 잘 봤는데, 시험관에게 뇌물을 보내지 않아서 윗사람들에게 밉보였어요. 그래서 그들이 하생의 답안지를 숨기고 백지로 바꿔치기하는 바람에 몇 년이나 낙방했다지요. 그리고 그에겐 죽마고우로 지내다 정혼한 여인이 있었어요. 용모가 아리땁고 현숙한 여인이었지요. 한데 하필 그 정혼자와 누이가 대갓집에 첩으로 납치되어 버린 겁니다. 한 사람은 반항하다 무참히 맞아 죽었고, 한 사람은 모멸감에 자결했다 합니다. 하 서생은 시비를 따지러 갔다가 되레 간통에 도둑질을 했다는 누명을 쓰고 말았어요. 옥살이를 하면서는 밥을 안 줘서 굶어 죽을 뻔했지요. 일흔이 넘은 노부모가 선처를 구하며 밤새 머리를 조아렸는데도 소용이 없었습니다. 그렇게 이 년 만에 풀려나고 보니 어머니는 돌봐 주는 사람이 없어 일찍 병으로 돌아가셨고, 아버지는 지긋한 나이에도 힘겹게 집안을 먹여 살리느라 몸이 말이 아니었어요. 그래서 하생은 학문은 그만두고 장사를 시작했는데, 수완이 너무 좋으니까 이번에는 다른 큰 상인들이 담합해서 억누른 겁니다. 번 돈은 한 푼 남김없이 뜯기고, 대신 빚만 잔뜩 지게 됐지요."

"……."

점원이 탄식하며 말했다.

"한번 말씀들 해 보세요. 이 사람도 참 재수 옴 붙지 않았습니까?"

가볍게 헛기침을 한 사련은 진심을 담아 말했다.

"그러게요."

그 말고도 이 정도로 재수 없는 사람이 있을 수 있다니!

방금까지 탄식한 점원은 다시 싱글벙글 웃으며 말했다.

"그 뒤로 이 사람은 확 미쳐 버려서, 딱 오늘 같은 한로 전날 밤에 무기를 잔뜩 챙겨 자기에게 해를 끼쳤던 사람들을 전부 베어 죽였어요! 피와 살이 날아다니는 잔혹하고 통쾌한 살육이었지요! 그가 죽인 자들은 오랫동안 백성들에게 횡포를 일삼았던 작자들이었던지라 다들 박수갈채를 보냈어요. 그래서 그 뒤로 우리 마을에서는 하생 어르신이 저희를 보우하시고 악인을 처단해 주십사 하는 뜻에서 한로 전날마다 혈사화 연극으로 그분을 기린답니다."

권선징악이라지만 결국에는 선한 쪽도 악한 쪽도 좋은 결말을 맞지 못했다. 이읃고 점원은 다시 내려갔다. 사청현이 가만히 생각에 잠겨 있자 사련이 말을 건넸다.

"풍사 대인, 뭔가 의견이 있으신가요?"

사청현은 정신이 든 듯 대답했다.

"막연하게 뭔가 떠오르는 것 같기도 한데…… 너무 막연해서 정확히 말을 못 하겠어요. 태자 전하 생각은요?"

"혹시, 하생이 백화진선의 전신(前身)인 건 아닐까요?"

이야기가 오가는 동안 다음 행렬이 다시 그 옛이야기를 공연하기 시작했다. 사청현도 거듭 아래를 내려다보며 되물었다.

"전신이요?"

"네. 이렇게 사람과 비슷한 요괴는 흔히 누군가를 향한 독한 원념이나 집착을 토대로 태어나곤 해요. 예를 들어 동영[#4]에 존재하는 '교희'라는 요괴처럼요. 그 요괴는 여인의 원념이 엉겨

#4 동영 東瀛. 고대 일본

붙어 만들어졌다고 들었거든요. 돌아오지 않는 남편을 기다리던 슬픔 때문이라는 설도 있고, 질투로 인한 광기 때문이라는 설도 있어요. 백화선인의 원형이 불행에 시달리던 어떤 사람이라고 가정한다면, 불행한 운명에 대한 통한, 또는 행운을 누리는 사람에 대한 질투 때문에 태어났다는 설도 아주 터무니없진 않죠?"

명의가 말을 보탰다.

"지역 향토지를 확인해야 합니다. 확실한 시기가 필요해요."

사련이 대답했다.

"맞아요. 확인해 봐야 해요."

추측이 성립되는지를 알아내려면 이 '하생'이 몇백 년 전에 나타난 인물인지를 알아봐야 한다. 만약 백화선인에 관한 초기 기록보다 시기가 늦다면, 이 추측은 성립되지 않을 테니까. 고개를 끄덕인 사청현은 잠시 고민하다 입을 열었다.

"그리고 사소한 일 하나가 더……."

바로 이때, 아래쪽에서 누군가 크게 웃음을 터트리며 소리쳤다.

"두고 봐라! 네 가장 가까운 가족, 가장 친한 친구는 전부 너 때문에 비참한 죽음을 맞이할 것이다!"

이 목소리에 사청현의 안색이 돌변했다. 그는 왼손으로 탁자를 짚고 주루 아래로 훌쩍 뛰어내렸다.

그 목소리는 행진하는 사람들 속에서 흘러나온 것이었다!

사련이 위층에서 소리쳤다.

"풍사 대인! 돌아오세요!"

사청현은 피가 낭자한 산송장들 가운데에 내려앉아 핏대를 세우며 일갈했다.

"나와! 당장 나오라고!"

그러나 그 연기자들은 멍한 표정으로 그를 거들떠보지도 않고 계속해서 꿈속을 걷듯이 앞으로 걸어갔다. 사청현은 인파에 휩쓸려 이리저리 떠밀리느라 수상한 자를 제대로 찾을 수가 없었다. 의심스러운 자를 발견해 부채로 치려고 하면 더 의심스러운 자가 눈에 들어왔다. 만에 하나 착각했다가는 산 사람의 목숨이 날아갈 터였다. 화성은 먹지도 않은 채소 조각을 제 앞접시에 웃는 얼굴 모양으로 늘어놓으면서 고개 한번 들지 않고 말했다.

"소용없어. 천년을 수행한 해묵은 요괴가 여우 꼬리 하나 감추는 것쯤은 간단한 일이지."

이렇게 기괴한 행렬 사이에 사람 아닌 존재가 섞여들기란 식은 죽 먹기다. 게다가 백화선인의 형태는 본디 인간과 흡사하니, 개중에서도 가장 도행이 높은 백화진선의 모습은 어떻겠는가?

곧이어 명의도 아래로 뛰어내려 사청현을 끌어냈다. 일행은 큰길을 빠져나와 풍수묘 쪽으로 향했다. 부채를 쥔 사청현의 손이 아직도 조금 떨리고 있었다. 처음에는 놀란 모습이었지만 이제는 화가 난 것 같았다. 주루에서 술 주전자를 들고 나온 그는 잠시 걷다가 한 모금을 벌컥 들이켰다. 그제야 눈에 선 핏발이 서서히 걷혔다.

"명 형, 당분간은 내 가장 친한 친구 하지 마. 내가 이 자식을 죽이면 그때 다시 해!"

그러나 명의는 가차 없이 말했다.

"그게 누군데. 난 원래 아니었어."

"……."

사청현이 발끈했다.

"명 형, 이렇게 나오면 섭섭하지. 상황이 위험해지자마자 외면하는 게 어디 있어?"

둘은 저쪽에서 한참을 시끄럽게 티격태격했다. 사련은 고개를 절레절레 내젓고는 소매 안에서 물건 두 개를 꺼냈다.

"있죠, 풍사 대인께선 이걸 쓰시는 게 좋을 것 같아요."

사청현이 받아 들며 중얼거렸다.

"귀마개?"

사련이 고개를 끄덕였다.

"융통성 없는 방법에 근본적인 해결책도 아니지만, 잠깐이라면 도움이 될 거예요. 대인께서 듣지 못한다면 백화진선도 손쓸 도리가 없겠죠. 제가 통령진을 하나 만들게요. 입장 구령은 '천관사복, 백무금기'로 하고요. 이제부터 대인에게 말을 걸 때는 진 안에서 해요."

사청현은 귀마개로 귀를 막았다. 과연 아무것도 들리지 않았다. 네 사람은 줄줄이 진으로 들어갔다. 이때, 사련의 귓가에 화성의 가벼운 속삭임이 들려왔다.

"형, 형."

사련은 시선을 들었다. 화성이 이쪽을 향해 찡긋 눈짓하고 있었다. 입을 열지는 않았으나 목소리가 귓가 가까이에서 맴돌았다.

"할 말이 있다고 했었잖아? 형이 날 부르지 않길래 내가 먼저 찾아왔어."

사련은 빙긋 웃으며 대답했다.

"그러니까 누가 구령을 그렇게 설정하래?"

"그래, 그래. 내 잘못이야."

귀마개의 위치를 조절하던 사청현은 두 사람이 아무 대화도 없이 서로 쳐다보며 웃고 있자 통령진에서 미심쩍은 투로 물었다.

"태자 전하랑 혈우탐화, 두 사람 지금 뭐 하는 거예요? 설마 서로 구령 교환하고 몰래 얘기하고 있는 건 아니죠?"

사련은 가볍게 헛기침을 하고 통령진 안에서 진지하게 대답했다.

"아닙니다."

그러자 화성이 눈썹을 살짝 치켜올리며 목소리를 전했다.

"거짓말쟁이네."

사련은 발이 미끄러진 것처럼 잠시 휘청거렸다. 그러곤 진지한 척 곁눈질도 하지 않고 앞만 보고 걸으면서 대답했다.

"삼랑, 장난치지 말고…… 네게 도움을 청할 일이 있어."

두 사람은 나란히 걸으면서 시선은 주고받지 않았다. 화성이 물었다.

"어떤 일?"

사련이 대답했다.

"나랑 같이, 그 사람이 백화진선인지 아닌지 시험해 보자."

54장 풍수묘의 밤, 진위를 가릴 이야기

이 말을 들은 화성은 고개를 돌렸다. 아직도 뒤에서 티격태격 하고 있는 사청현과 명의 중 한 사람을 눈짓으로 가리키며 그가 물었다.

"저 사람?"

사련이 고개를 끄덕였다. 화성이 다시 물었다.

"어떻게 시험하려고?"

"난 수년 전에 백화선인 둘을 상대해 봤잖아. 그중 한 마리는 내게 반년 넘게 매달려 있었고. 그때 놈들을 은근히 떠보면서 한 가지 특성을 시험했어. 그런데 어떤 백화선인은 본인조차 그 특성을 알아차리지 못하더라. 조심하기만 하면 정체를 밝힐 수 있을 거야."

말을 마친 사련은 그 방법을 조용히 일러 주었다. 화성이 입을 열었다.

"쉽네. 이렇게 하자."

두 사람이 상의를 마쳤을 무렵, 네 사람은 그 낡은 풍수묘에 되돌아왔다. 가을에 접어든 계절이라 공기가 쌀쌀하고 하늘빛이 어스름했다. 사청현은 사방을 뒤져 제 형님인 수사 신상의 머리를 찾아 다시 붙이고, 두 신상을 바르게 세워 신대 위에 올려 두었다. 사련은 낡은 사당의 대전에서 부서진 목재를 주워다 불을 피웠다. 네 사람은 모닥불 주위에 둘러앉았다.

사청현은 귀를 막은 채 울적하게 술을 홀짝거리다가 인내심이 바닥난 듯이 입을 열었다.

"우리도 이렇게 마냥 앉아서 놈을 기다릴 순 없잖아요? 뭔가 흥을 돋울 만한 여흥이 없을까요?"

그가 먼저 말을 꺼내다니. 마침 사련의 의도와 딱 맞아떨어졌다. 하지만 명의가 불을 쑤시며 말했다.

"이런 때에 무슨 여흥을 찾아."

사청현이 불퉁하게 대꾸했다.

"찾아야지. 그놈은 날 두렵게 하려는 거잖아? 미안하지만 이 몸은 두렵지 않거든. 본 풍사는 뭐든 즐겁게 놀 거야. 여느 때보다 훨씬 신나게. 새해인 셈 치고 놀면서 놈을 분통 터트려 죽여 버리겠어."

사련이 통령진에서 말했다.

"주사위로 노는 건 어때요?"

그러자 사청현이 수심에 잠긴 얼굴로 대답했다.

"또 주사위? 또 대소 놀음? 태자 전하, 혹시 중독되신 건 아니겠죠."

"아니에요……."

사청현이 다시 말을 전했다.

"됐어요. 어차피 수중에 마땅한 것도 없으니 적당히 놀죠, 뭐. 그런데 우리는 네 명이라 조금 어수선할지도 모르겠어요."

"괜찮을 거예요. 자."

사련이 손바닥을 펼치자 앙증맞은 주사위 두 개가 나타났다. 사련이 말했다.

"우리 네 명을 두 조로 나누어요. 저와 삼랑이 한 조, 두 분 대인이 한 조. 어느 쪽의 운이 더 좋은지 겨루는 놀이예요. 같은 조 사람들이 주사위 두 개를 각자 하나씩 던져서 점수를 합치는 거죠. 점수가 크면 그 조가 승리. 이긴 조는 진 조에 질문을 할 수 있고, 진 조는 반드시 대답해야 해요. 아니면 어떤 일을 시킬 수도 있고요."

사청현이 끼어들었다.

"저 질문 있어요."

사련이 대답했다.

"말씀하세요."

사청현은 다리를 떨면서 말했다.

"태자 전하께선 어째서 보란 듯이 그쪽 둘을 한 조로 짜신 걸까요? 조를 나누기 전에 저희의 기분은 고려해 보셨는지?"

사련이 가볍게 헛기침을 했다.

"그건요, 조를 바꾸고 싶으시면 바꿔도 괜찮아요. 별 차이 없어요."

사청현은 불진을 뒷깃에 꽂고 대답했다.

"됐어요. 사실 지금 조 편성에 이의도 없고요. 하지만 혈우탐화의 엄청난 운을 생각하면 저희 조가 손해 아니에요?"

사련이 빙긋 웃으면서 말했다.

"그건 아니죠. 삼랑은 운이 엄청나게 좋지만 제 운은 엄청나게 나쁘잖아요. 둘이 합쳐서 하나가 높고 하나가 낮으면 결국 평균 아니겠어요?"

사청현이 생각해 봐도 일리가 있었다. 그는 허벅지를 탁, 내리치면서 말했다.

"좋아요! 이대로 갑시다."

그는 고개를 돌리고 팔꿈치로 명의를 툭툭 치면서 말했다.

"명 형, 규칙 들었지? 내 발목 잡으면 안 된다."

명의는 그를 흘긋 쳐다보았다. 이윽고 통령진에 그의 매정한 목소리가 울려 퍼졌다.

"송구하지만 어울려 드리긴 어렵겠군요."

사청현이 다급하게 그를 끌고 돌아왔다.

"바바바발목 잡아도 돼! 됐어, 됐어, 이리 와! 그냥 어울려 줘, 나 혼자 한 조면 얼마나 처량해!"

이렇게 네 사람은 규칙을 준수하겠다는 맹세를 나누고 놀이를 시작했다. 첫판에서 사청현은 '5'를, 명의는 '4'를 던졌다. 화성은 '6'을 던졌고 사련은 '1'을 던졌다.

사청현의 얼굴에 화색이 돌았다.

"하하하하하하! 태자 전하는 운이 나빠도 너무 나쁘네요, 정말 나빠! 하하하하하하……."

사련은 미간을 문지르며 상냥하게 말했다.

"풍사 대인의 말씀이 사실이긴 한데요, 그렇게 즐거운 말투로 말씀하지는 말아 주실래요."

사청현이 대답했다.

"크흠! 알았어요. 그 뭐냐, 그럼 우리 조가 이겼네요. 본 풍사가 두 분에게 한 가지 시키겠습니다. 자, 태자 전하, 혈우탐화! 두 분께 명령합니다. ―즉시 서로의 옷을 벗겨라!"

의문에 빠진 사련이 되물었다.

"풍사 대인?"

명의는 질색하는 표정으로 몸을 돌렸다. 그러곤 이런 악취미 같은 장면은 보고 싶지 않다는 듯 이마를 짚었다. 사청현이 다시 목청을 높였다.

"자자자, 약속은 약속! 설마 어엿하신 신관과 귀왕께서 꼼수를 부리시려고. 전 구경할 준비 됐어요. 무대를 시작해 보실까요!"

"……."

사련은 화성을 바라보았다. 화성은 손을 펼치고 어깨를 으쓱이며 소리 없이 입을 달싹였다.

"형, 내 잘못 아니야."

사련은 반쯤 체념한 심정으로 물었다.

"얼마나 벗겨요?"

물론 사청현은 장난을 치는 것이지 정말로 그들을 난감하게 할 작정은 아니었다. 그는 다리를 떨면서 웃었다.

"하나만 벗겨도 돼요. 몇 벌은 남겨 둬야 뒤에도 계속하죠. 흐흐흐흐."

심지어 이걸 계속하겠다니……. 망설이던 사련이 조용히 목소리를 전했다.

"삼랑……."

화성은 별다른 동요가 없었다. 그러면서도 사련의 귓가에 진지한 목소리로 위로했다.

"괜찮아. 몇 번은 이기게 해 주기로 했잖아? 앞으로 저쪽이 질 때가 오겠지."

두 사람이 사전에 계획해 둔 건 사실이었다. 다만 사련은 사청현이 이렇게 나올 줄은 예상치 못한 탓에 스스로 제 발등을 찍은 기분이 들었다. 그는 우물쭈물하며 화성의 허리띠를 끌렀다. 한참이 지나서야 안쪽의 새하얀 홑옷을 남긴 채 화성의 검은 겉옷을 벗길 수 있었다. 화성도 평소와 다름없는 표정으로 사련의 겉옷을 벗겼다. 부드럽고 느릿한 손길은 사련의 몸을 털끝만큼도 건드리지 않았다. 두 사람은 사실 겉옷을 하나 벗었을 뿐이라 흠이 될 만한 일인 것은 아니었지만, 사련은 이 일이 몹시 이상하게만 느껴졌다. 그는 옷매무새를 가다듬고 단정하게 앉으며 말했다.

"다…… 다시 해요."

두 번째 판. 사청현은 '3', 명의는 '6'을 던졌다. 화성은 여전히 '6'을, 사련도 변함없이 '1'을 던졌다.

사청현은 땅을 치며 폭소했다. 사련은 화성을 바라보았다. 아까부터 연결해 놓은 통령 안으로 그가 목소리를 전했다.

"……삼랑!"

사전에 얘기했던 것과 다르잖아!

화성이 거듭 사과했다.

"미안, 미안. 깜박했네. 형, 화내지 마. 이번엔 내가 잘못했어."

사청현은 다시 요란하게 환호하더니 소매를 걷어붙였다.

"좋아요, 이번 판에 할 명령은……"

사련이 다급하게 외쳤다.

"잠깐만요! 옷은 지난 판에서 벗었잖아요. 이번 판은 질문으로 바꿔야죠."

사청현이 하핫, 웃으며 말했다.

"질문? 그것도 좋아요. 그럼, 제 첫 번째 질문. 혈우탐화, 너에게 이 세상에서 가장 고통스러운 일은 뭐야?"

문득 화성의 웃음기가 희미해졌다. 동시에 풍수묘에 미묘한 침묵이 흘렀다.

사청현이 말을 덧붙였다.

"오해하지 마. 다른 뜻은 없어. 그냥 순수하게 궁금해서 그래. 이 세상에 귀왕의 자리에 오른 혈우탐화를 고통스럽게 할 수 있는 일이 뭐가 있으려나. 어쩌면 존재하지 않는다든지?"

화성이 되물었다.

"그쪽 생각은?"

사청현은 잠시 고민한 끝에 넌지시 되물었다.

"동로산의 고성?"

확실히 이 문제를 생각하면 가장 먼저 튀어나올 만한 답이었다. 그러나 화성은 살짝 웃었다.

"그건 두려워할 것도 못 돼."

사청현은 의아한 기색이었다.

"아니야? 그럼 뭔데?"

일순 화성의 입꼬리가 휘어졌다. 하지만 이내 그 곡선은 빠르게 자취를 감추었다.

"알려 주지."

나지막한 목소리가 이어졌다.

"은애하는 사람이 짓밟히고 능욕당하는 모습을 그저 무력하게 지켜보는 것. 자신이 아무것도 아니고, 아무것도 할 수 없음을 깨닫는 것. 그게 이 세상에서 가장 고통스러운 일이다."

이 말에 사련은 가만히 굳어진 채 숨을 죽였다. 황폐한 풍수묘 안에서 돌아오는 대답은 없었다. 사청현은 한참이나 말을 잇지 못하다가 겨우 소리를 냈다.

"……아."

명의는 여전히 차가운 표정이었다. 그가 모닥불을 뒤적이며 말했다.

"계속하지."

사청현은 머리를 긁적이더니 손을 내저었다.

"나는 다 물어봤어. 명 형 차례야."

명의는 고개를 살짝 들고 사련을 응시하며 운을 뗐다.

"태자 전하."

사련은 그제야 정신을 차리고 대답했다.

"네?"

"살아오면서 가장 후회되는 일이 뭡니까."

평소 말수도 적은 그가 입을 열자마자 이렇게 무거운 질문을 던질 줄 누가 예상이나 했을까. 사련은 잠시 멍해졌다.

조언을 무시하고 기어이 멋대로 하계에 내려간 일? 분수도 모르고 어쭙잖게 영안에 비를 내리러 갔던 일? 허황된 망상에 사로잡혀 선락국을 지키려 했던 일? 아니면 누군가의 목숨을 살려 둔 일?

전부 아니라는 걸, 그는 알고 있다.

잠시 뒤, 사련이 대답했다.

"두 번째로 선경에 올랐던 일."

사당 안의 나머지 세 사람은 그를 바라보며 아무 말도 하지 않았다. 멍하니 넋을 놓고 있던 사련은 한참 뒤 정신을 차리고 물었다.

"왜 그러세요? 여러분, 저 대답했어요."

화성이 담담하게 말했다.

"아니야. 계속하자."

세 번째 판. 사청현은 '2', 명의도 '2'를 던졌다. 화성은 '6', 사련은 '1'이었다.

이 결과에 사련은 한껏 안도의 한숨을 내쉬었다.

천관이 복을 내리시니, 드디어 이겼다!

사청현 조가 벌칙을 받을 차례가 왔다. 하지만 그는 오히려 기대감에 부풀어서는 아무것도 두렵지 않다는 듯이 말했다.

"자, 어디 편하게 해 봐요!"

사련이 웃으며 말했다.

"그럼 편하게 할게요. 지사 대인, 대인께 먼저."

그는 명의를 돌아보며 말했다.

"대인, 이제부터 제가 드리는 질문에 거짓 없이 착실하게 대답해 주세요."

명의는 대답이 없었다. 사청현이 대신 손사래를 치며 말했다.

"걱정 마세요. 명 형은 거짓말을 할 줄 모르는 사람이에요."

사련은 빙긋 웃었다.

"좋아요. 그럼 첫 번째 질문. 저는 누구죠?"

사청현은 얼이 빠졌다.

"태자 전하, 이게 무슨 질문이에요? 전하는 전하잖아요. 전하가 아니면 누가 더 있겠어요?"

이 말을 들은 명의는 느릿하게 고개를 들고 사련과 시선을 마주쳤다. 이윽고 대답이 돌아왔다.

"선락국의 태자, 사련."

사련은 고개를 끄덕이고 다시 물었다.

"두 번째 질문입니다. 제 옆에 앉아 있는 이분은 누구인가요?"

잠시 뒤 명의가 다시 대답했다.

"귀시장의 주인, 혈우탐화."

"그럼 마지막 질문입니다. ―대인 옆에 앉아 있는 분은 누구인가요?"

사청현은 갈수록 영문을 알 수가 없었다.

"전하, 이게 무슨 놀이예요? 제가 누구냐고요? 저 풍사인데요?"

사련이 거듭 말했다.

"지사 대인, 대답해 주세요."

그러나 이번에는 명의의 대답이 빠르게 돌아오지 않았다.

백화선인을 여러 번 상대하면서 사련이 발견한 그들의 기묘한 법칙이란, 바로 백화선인이 일단 입을 열면, 세 번 말하는 동안 적어도 한 번은 반드시 거짓말을 한다는 것이었다.

이 특성은 아무리 신체 건강한 보통 사람도 사흘 안에는 반드시 물을 마셔야 하는 것과 비슷했다. 그렇지 않으면 사람은 탈수로 죽게 되는 것처럼, 능력의 높낮이에 좌우되지 않는 특성이었다. 사람이란 존재에서 벗어나 선경에 오른다면 또 몰라도.

축지천리 진법은 명의가 그린 것이다. 문 역시 가장 뒤에 있던 명의가 닫았다. 손을 쓸 작정이었다면 기회가 가장 많았던 사람은 그였다. 그러니 사련이 가장 먼저 의심을 품었던 사람도 그일 수밖에 없었다. 다만 당시 사청현은 심신이 불안정했기에 사련이 곧바로 의심을 드러냈다면 분명 크게 동요했을 테고, 백화진선이 부정적인 감정을 대량으로 흡수해 법력의 원천으로 가져가는 결과를 초래했을지도 모른다. 그래서 그때 사련은 재빨리 다른 가능성으로 눈을 돌렸다. 그러나 사실, 가장 직접적인 가능성을 포기한 건 아니었다.

풍사와 지사는 사이가 돈독하다. 만약 백화진선이 지사로 가장했다면 풍사가 알아채지 못했을 리 없다. 하지만 그 백화진선이 명의의 몸에 쥐도 새도 모르게 숨어든 거라면?

그래서 처음에 그는 화성과 호흡을 맞춰 말을 에둘러 가면서 명의를 떠보려 했다. 하지만 화성은 명의와 그다지 교류가 없는 두 사람이 말을 걸면 부자연스러워 보일 것이라고 했다. 차라리 놀이라는 명목으로 최대한 명의의 말을 이끌어 낼 만한 판을 깔고, 풍사와 지사가 눈치채지 못한 상황에서 진위를 가려 보면 어떻겠냐는 게 그의 의견이었다.

그러나 언제나 과묵한 명의는 아무리 뜨거운 분위기 속에서도 말을 아꼈다. 방금 놀이를 하면서도 그의 한 마디 한 마디를 유심히 들었으나, 대부분 모호해서 거짓말인지 아닌지를 전혀 가려낼 수 없었다. 그리하여 사련은 결국 비장의 무기를 꺼냈다. 화성의 능력을 빌려 명의가 지도록 주사위의 점수를 몰래 조작하고, 기습적으로 질문을 던져 그가 자리에서 대답을 회피할 수 없도록 밀어붙이는 것이었다.

놀이 도중이니만큼 사청현도 별다른 생각 없이 농담으로 받아들일 테니, 백화진선은 법력을 흡수할 틈이 없을 것이다. 그리고 만약 명의가 틀린 대답으로 꼬리를 드러내면, 사련은 즉시 그를 제압할 작정이었다.

백화진선이라는 요괴가 세 번 말하는 동안 적어도 한 번은 반드시 거짓을 말한다는 건 이미 알고 있다. 지금, 사련은 두 가지 질문을 던졌다. 그리고 되돌아온 두 가지 대답은 모두 진실이었다.

명의가 만약 백화진선이라면, 이 마지막 질문에는 틀림없이 거짓말로 답할 것이다.

만약 정말 어물쩍 넘어갈 생각이라면 단어를 조금 모호하게 바꾸거나 농담인 척할 수도 있다. 그러나 명의는 앞의 두 문제에 간단명료하게 대답했다. 그 안에 속임수는 없었다. 마지막 질문에 대한 답도 당연히 그래야 했다. 명의답지 않은 행동을 한다면 또 다른 방식으로 자신의 수상함을 증명하게 될 터였다.

사련과 명의는 고요하게 서로를 마주 보았다. 잠시간의 침묵 끝에 명의가 입을 열었다.

그는 앞서 내놓았던 두 대답과 다름없는 어조로 대답했다.

"오사 중 한 명. 수사무도의 동생, 풍사청현."

사청현이 고개를 가로저었다.

"어허, '내 가장 친한 친구'는 왜 말 안 하는데?"

명의가 그를 쳐다보았다.

"그게 누구지?"

이 말을 들은 사련은 속으로 숨을 내쉬었다.

앞서 말했듯 백화진선은 '신선'이라고 불리지만 결국 진정한 '신선'은 아니다. 그것이 요괴와 귀신의 부류에 속하는 한, 그 족속의 특성에서 벗어날 방법은 없다. 세 번이면 충분하다. 세 번 말한 것이 모두 의심할 여지 없는 진실이니 명의에게는 문제가 없는 듯했다. 사실 사무도와 사청현이 친형제가 아니라면 이야기가 달라지겠지만. 하지만 이런 황당무계한 반전이 존재할 리 없었다.

사련이 숨을 다 내쉬기도 전이었다. 이때 명의가 갑자기 손을 뻗어 그의 목을 노렸다.

사련과 화성이 동시에 명의의 손을 저지했다. 세 사람의 손이 섬광처럼 번득이자 사청현이 벌떡 자리를 박차고 일어났다.

"명 형! 무슨 짓이야?"

명의는 사련을 노려보며 낮은 목소리로 말했다.

"전하는 세 가지 질문을 하셨는데, 저는 지난 판에서 한 가지만 물어봤습니다."

사련이 살짝 웃었다.

"지사 대인, 규칙을 자세히 돌이켜 보세요. 저는 한 판에 한

가지만 물어볼 수 있다고 한 적이 없는걸요."

"좋습니다. 그럼 지금 다시 질문하죠. 당신은 누굽니까?"

"이 질문이라면 아까 대인께서 직접 대답하지 않으셨나요?"

"제 대답이 틀렸는지도 모르죠. 아니면 왜 뜬금없이 이런 놀이를 꾸몄는지, 무슨 목적으로 괴상한 질문 세 가지를 물었는지 태자 전하께서 설명해 보십시오. 운을 조종하는 귀왕 각하의 능력은 참으로 훌륭하나 이런 놀이에 쓰이다니, 자못 낭비처럼 느껴지는군요."

화성이 웃으며 말을 얹었다.

"뭐라는 거야? 내가 원하면 좋을 대로 쓰는 거지."

사련과 화성이 명의를 의심했던 만큼, 명의도 마찬가지로 이들이 의심스러웠을 것이다. 명의가 갑작스럽게 손을 날리면서부터 세 사람은 육성으로 대화를 이어 갔다. 통령진에 목소리가 전해지지 않으니 사청현은 그들이 뭘 두고 싸우는지 알 도리가 없었다. 하지만 무턱대고 귀마개를 뺄 용기도 없었기에 하는 수 없이 외쳤다.

"그만, 그만! 세 사람에게 명령하겠는데, 당장 멈추고 나한테 무슨 상황인지 알려 줘! 아니면…… 아니면 나도 끼워 줘!"

그리 말하면서 풍사선을 펼치자, 명의가 그를 밀치며 말했다.

"물러서! 쓸데없이 방해하지 말고!"

바로 이때, 문득 서늘한 바람이 끼쳐 왔다. 네 사람이 둘러싸고 있던 모닥불이 그 바람을 따라 일렁이며 어지럽게 춤추기 시작했다. 불길이 드리운 그림자가 흐트러지면서 사당의 신대 위에 놓인 두 신상의 얼굴도 웃는 듯 아닌 듯, 우는 듯 아닌 듯 기괴하게 물들었다. 명의는 다시 사청현을 붙잡아 일으켜 세우고 경계하며 말했다.

"뭔가 왔어."

방금 명의에게 밀려 바닥에 거꾸러진 사청현은 이제 다시 붙잡혀 일어나느라 눈앞에 별이 번뜩일 지경이었다.

"명 형! 나한테 좀 잘해 주면 안 돼?"

"그럴 여유 없어!"

사련은 그 두 신상을 유심히 살펴보다가 홀연히 외쳤다.

"눈을 보세요!"

네 사람은 고개를 돌렸다. 은은하게 웃고 있던 풍수신관상의 얼굴에 느닷없이 네 줄의 피가 매달려 있었다. 흙으로 빚은 신상의 눈에서 피눈물이 흐른 것이다.

공양 의식을 거치고 향불과 참배를 받으며 세워진 신상은 사특한 존재들을 어느 정도 누르는 힘을 지닌다. 비록 멀리 쫓아내는 정도는 아니더라도, 보통은 삿된 것들이 감히 훼손하거나 더럽히지 못했다. 사청현이 이 자리에 있는데도 본존 앞에서, 풍사의 신상에서 피눈물을 흘리게 하다니, 역시 그 백화진선은 도력이 대단했다. 시간이 지날수록 피눈물이 많아지더니, 결국 땅으로 흘러 복잡하게 얽히고설킨 형상을 이루며 모여들었다. 사청현이 의아한 투로 중얼거렸다.

"저게 뭐예요? 저건…… 그림을 그리는 건가?"

아무리 보아도 무슨 형상인지 알 수 없었다. 그는 차마 가까이 다가가지 못하고 방향을 이리저리 바꾸어 가며 추측해 보았다. 찰나, 사련은 정신이 번쩍 들었다. 그림이 아니다. 저건 거꾸로 된 글자였다!

그가 다급하게 소리쳤다.

"보지 마세요! 놈이 대인에게 보여 주려고 쓴 거예요!"

명의가 손을 날렸다. 쾅, 하는 굉음과 함께 바닥의 핏자국과 신상 두 개가 모조리 부스러졌다. 사청현은 눈을 휘둥그레 떴다.

"명 형! 너…… 너너너, 너 절대 우리 형이 모르게 해. 안 그랬다간 형이 널 용서하지 않을 거야!"

다른 신관의 신상을 훼손하는 것은 그 신관에게 극도의 불경을 저지르는 일이다. 오늘 명의는 먼저 편액을 깨고 다음으로 신상을 쪼갰다. 남의 가게 문을 부수고 들어가 간판을 산산 조각내 놓고, 한술 더 떠서 두 주인장의 따귀를 날린 것이나 다름없었다. 이 일이 새어 나가면 결코 조용히 무마되지 않을 터였다. 어쩌면 살벌한 피바람이 불지도 몰랐다. 이때 무심코 고개를 돌린 사련의 시야에 무언가가 들어왔다. 낮에 그들이 깨뜨린 뒤 한쪽에 가지런히 놓아두었던 편액의 글자가 이상해 보였다. 분명 그 편액은 남색 바탕에 금색 정자로 '풍수전'이라 적혀 있었는데, 지금은 비틀린 핏빛 글자로 변해 있었다. 어렴풋하지만 '사(死)'의 일부분 같았다.

사련은 기민한 손길로 사청현의 눈을 가리고 통령진 안에 외쳤다.

"눈을 감으세요!"

"이번엔 뭐예요?"

사련이 대답했다.

"별일 아니에요. 사당의 편액 글씨가 바뀌었어요. 대인이 지금 소리를 듣지 못한다는 걸 알고 대신 글자를 쓴 거예요."

"죽었다! 그럼 저는 지금 듣지도 보지도 못하니까, 귀가 먹고 눈이 먼 셈 아니에요?"

사련은 손을 떼며 말했다.

"괜찮아요, 침착하세요. 저희가 있잖아요."

명의는 사청현의 뒷덜미를 낚아채 한쪽으로 질질 끌고 갔다. 사청현은 눈을 꼭 감은 채 두 손을 모아 합장하며 말했다.

"정말 마음이 든든하네요!"

말이 끝나기 무섭게 낡은 사당 밖에서 떠들썩한 소리가 들려왔다. 순간 사련의 시야가 흐릿해졌다. 곧이어 사람들 무리가 귀신처럼 우우, 울부짖으며 새카만 밀물처럼 쏟아져 들어왔다.

사람들은 참 갖가지로 괴상망측한 모습을 하고 있었다. 머리가 잘린 자, 목매어 죽은 자, 이마에 큰 칼이 꽂힌 자, 배가 갈라진 자까지…… 그야말로 천태만상이었다. 사청현은 들리지도 보이지도 않았지만 주변의 발소리가 어수선해졌음을 느꼈다. 혼란한 가운데 다른 사람에게 몇 번 떠밀리자 그가 통령진에서 놀란 목소리로 물었다.

"무슨 일이에요? 뭐가 온 거죠? 왜 갑자기 사람이 이렇게 많아졌어요?"

사련이 대답했다.

"별거 아니에요. 혈사화의 야간 행렬이에요. 우린 어서 여길 떠나죠."

어떤 지방의 혈사화에서는 대낮의 행진뿐 아니라 밤에도 뒤풀이를 즐기곤 했다. 사람들을 겁주는 취미는 행진하는 사람들만의 전유물이 아니었다. 몸이 근질근질했던 보통 백성들도 혈사화의 음산한 분장을 따라, 그리고 어둠을 틈타 사방을 쏘다니며 사람들을 겁주었다. 아마 지금 네 사람은 때마침 이 밤놀이를 맞닥뜨린 것 같았다.

물론 백성들이 그린 음산한 분장은 낮에 보았던 정통 연기자들처럼 정교하고 사실적이지는 않았지만, 엄청난 머릿수 덕분인지 눈에 다 담지 못할 정도의 장관을 이루었다. 게다가 날이 저물어 흐릿하게 보이는 모습이 자못 무시무시했다. 때문에 이런 뒤풀이극 전통이 있는 마을 사람들은 혈사화 공연 날 밤이 되면 대문을 닫아걸고 밖에 나가지 않았다. 밖을 쏘다니던 놀이꾼들은 낡은 사당에서 사람을 마주치자, 간만에 사냥감을 발견한 것처럼 흥분을 감추지 못했다. 단숨에 50명 남짓한 놀이꾼들이 들이닥치면서 낡은 사당은 삽시간에 시장통이 되었다.

네 사람은 어지러운 조류 속에 파묻혔다. 사련은 몇 번이고 뒤를 돌아보았다. 화성은 여전히 곁에 붙어 서서 두 발짝 거리 이상으로는 떨어지지 않았다. 한편 다른 두 사람은 일고여덟 걸음 밖까지 밀려나 있었다. 사련이 소리쳤다.

"다들 어서 밖으로 나가요!"

그런데 이 놀이꾼 중에는 순전히 장난을 치려는 사람도 있었으나, 먼 곳에서 혈사화를 보러 온 외지 여행객에게 푼돈을 뜯어내는 무뢰배나 장사꾼도 적지 않았다. 그들은 두 사람을 단단히 막아선 채 끈질기게 치근덕거렸다.

"두 분 공자님들, 구경값은 치르셔야죠!"

"고생해서 한 분장이라고요. 재미있었으면 몇 푼 주십쇼!"

"맞아, 형님들도 모처럼 하는 구경일 텐데! 일 년에 한 번이잖아!"

"구경값 안 주면 귀신 나리가 찾아갈 거요!"

제 일도 아니겠다, 느긋하게 수수방관하고 있던 화성은 이 말에 소리 내어 웃으며 대꾸했다.

"어떤 분수도 모르는 귀신이 찾아올지 한번 보고 싶은데?"

이때, 사방을 훑어보던 사련의 시야에 무언가가 걸려들었다. 사당에 몰려든 군중의 가장자리에서, 목을 맨 창백한 귀신이 괴이하게 웃으며 어떤 사람의 목에 삼끈을 걸고 있었다.

사방은 떠들썩했다. 피를 뒤집어쓰고 안면 근육을 뒤튼 사람들이 너 죽고 나 죽자, 하면서 연기를 하고 걸핏하면 괴성을 지르면서 쓰러지니 진위를 전혀 가려낼 수가 없었다. 그러나 사련은 본능적으로 저 '사람'에게서 수상함을 느끼고 손을 쳐들었다. 허공으로 튀어 나간 약야가 그 목맨 귀신의 머리를 정통으로 후려쳤다.

예상이 적중했다. 그 목맨 귀신은 비명을 지르며 검은 연기로 변해 바닥 틈새로 파고들었다. 다른 사람들은 알아챌 겨를이 없었으나, 그 모습을 똑똑히 목격한 사련은 통령진에서 외쳤다.

"다들 조심하세요! 혼란한 틈에 뭔가가 끼어들었습니다!"

아까와 달리 풍수묘에 어렴풋한 귀기가 하나 늘어나 있었다. 물론 백화진선이 아니라 어디에서 섞여들었는지 모를 잡귀일 것이다. 하루 종일 귀신 행세를 하면 언제고 진짜 귀신을 불러들이기 마련이다. 다만 지금 이 대목에 나타나는 건 설상가상이 아닐 수 없었다. 지금 사당은 북새통 그 자체였다. 서로가 머리를 부딪고 발을 밟는 이 아수라장 속에서는 누가 그 귀기를 내뿜는지 알아낼 방도가 없었다. 사련은 화성을 끌고 풍수묘를 뛰쳐나왔다. 다시 풍사와 지사에게 안부를 물으려는데 법력이 모자란다는 것을 깨달았다. 벌써 거의 다 써 버려서 통령을 할 수가 없었다. 다급한 마음에 그가 화성에게 말했다.

"삼랑, 법력을 조금만 빌려줘. 나중에 갚을게!"

물론 이 '나중에 갚을게'라는 건 되는대로 던진 헛소리였다. 그간 법력을 빌리면서 한 번도 갚은 적이 없었으니까.

"좋아."

짧게 대답한 화성이 손을 내밀어 사련의 손을 잡았다. 사련은 은은한 열기가 전해져 오는 것을 느꼈다. 마침 풍수묘에서 몇 사람이 피를 뚝뚝 흘리며 사련을 뒤쫓아 달려 나왔다. 맨 뒤에서 내장을 흘리며 뛰어오는 사람은 얼굴에 시반(尸斑)이 가득했고 몸에서 은근한 귀기가 풍겨 나왔다. 사련은 무의식중에 손을 들고 멀리서 그를 향해 장력을 날렸다.

무언가 폭발하는 듯한 굉음이 들렸다. 그와 동시에 눈이 따갑도록 새하얀 빛이 번득였다. 사련은 한참이 지나서야 정신을 차렸다.

방금 사람들 틈에 섞여 내장을 흘리던 귀신이 서 있던 자리에는 시커먼 숯 같은 잔재만 무더기로 남았다. 눈앞의 풍수묘는 지붕이 송두리째 날아가 버린 뒤였다. 사당 안에 북적거리던 놀이꾼들은 그 굉음과 빛에 놀라 목각 인형처럼 얼이 빠져 있었다.

"……."

사련은 지붕을 잃은 풍수묘를 올려다보고, 다시 고개를 숙여 자신의 손을 쳐다보았다. 마지막에는 천천히 고개를 돌려 자신의 뒤에 서 있는 화성을 바라보았다. 화성은 싱긋 웃어 보이며 말했다.

"이 정도면 충분해?"

"……."

사련이 더듬더듬 대답했다.

"충분해. 사실…… 아주, 조금이면, 됐는데."

"조금이잖아. 더 필요해? 필요하면 얼마든지 말해."

사련은 재깍 고개를 내저었다. 그동안 그는 사청현과 남풍을 비롯한 여러 사람에게서 법력을 빌린 적이 있었다. 역시나 무척 후한 양이었다. 하지만 이렇게 온몸의 피가 죄다 전류로 변해 몸 안을 저릿하게 휘젓는 듯한 감각은 난생처음 겪었다. 예전에는 빌려 온 법력을 아껴 먹어야 해서 차마 낭비하지 못하고 한 입씩 야금야금 먹었다고 한다면, 지금은 한 그릇을 먹고 열 그릇을 쏟아도 문제가 안 된다는 느낌이었다.

화성이 흘려보낸 강력한 법력이 온몸을 가득 채운 탓에 사련은 함부로 움직일 엄두가 나지 않았다. 자칫 손을 휘둘렀다간 근처에서 무언가가 또 터져 버릴지도 몰랐다. 주변이 잠시 조용해지자 그는 서둘러 통령진에 들어갔다.

"풍사 대인, 어디 계세요? 저 사당 밖인데, 대인이 보이지 않아요."

사청현이 통령진에서 대답했다.

"어머나, 세상에……. 태자 전하, 왜 목소리가 갑자기 이렇게 커지셨어요? 저도 풍수묘 밖이에요."

사련은 법력을 조금 억누르고 다시 말했다.

"죄송해요, 잠깐 조절을 못 했어요. 어떻게 나오셨어요? 괜찮으신 거죠?"

사청현은 지금 귀를 틀어막고 눈을 감은 처지가 아니던가. 사청현이 대답했다.

"하, 어떻게 나오긴요. 명 형이 절 끌고 나왔죠. 그 사람들한테 밟혀 죽지 않아서 천만다행이에요."

뒤이어 명의의 목소리도 통령진 안에 울려 퍼졌다. 하지만 그 한마디가 이어지자 겨우 입가에 드리운 사련의 웃음기가 굳어졌다.

"내가 아니야!"

아니라고?

큰일이다! 사련은 황망히 고개를 돌리며 외쳤다.

"풍사 대인! 누가 대인을 끌고 간 거예요?"

55장 진선과의 결투, 풍사를 대신한 태자

그러나 사청현의 목소리는 더 이상 들려오지 않았다.

불안해진 사련이 거듭 물었다.

"풍사 대인? 왜 그러세요? 듣고 계세요? 무슨 일이 생긴 건가요? 왜 말씀이 없으세요?"

혼란한 와중에 장난을 치려는 놀이꾼에게 끌려간 거라면 갑자기 침묵할 리 없다. 설마 이미 사고를 당한 걸까? 그러나 아무리 마음을 졸여도 소용이 없었다. 그는 지금 풍사가 어디에 있는지조차 모르지 않던가!

사람들이 마침내 조용해졌다. 명의도 겨우 풍수묘를 빠져나왔다. 천계에는 평범한 인간에게 법력을 남용하거나 마음대로 현신해서는 안 된다는 규정이 있다. 인간의 목숨을 해치면 전부 과실로 기록된다. 신관들은 이 규정을 곧이곧대로 지키느라 진

땀을 빼야 했다. 이것만 아니었다면 손쓴 김에 이 놀이꾼 무리도 지붕과 같이 날려버렸을 터다. 사람들은 가까스로 정신을 차리고 와악, 비명을 지르기 시작했다.

"나, 나왔다! 진짜 나왔어!"

"요괴가 왔다!"

그러고는 수선을 떨면서 흩어져 버렸다. 사련이 입을 열었다.

"지사 대인! 아까 풍사 대인을 붙잡지 않으셨어요? 풍사 대인을 지켜보고 계셨나요? 언제 놓치셨어요?"

명의가 대답했다.

"방금 군중 속에, 혼란을 틈타 사람들을 습격하려는 귀신이 있었습니다."

아무래도 누군가의 목숨이 위험해지자 그 사람을 구하려고 귀신을 공격하다 제 친구를 놓친 모양이었다. 사련이 말했다.

"어서 흩어져서 찾아봐요! 아직 멀리 가지 못했을 겁니다."

이때 통령진에서 사청현의 목소리가 다시 울려 퍼졌다. 시끄러운 웃음소리였다.

"하하하하하하하……."

무척이나 뜬금없는 웃음소리지만, 어쨌든 대답은 돌아온 셈이었다. 사련이 황급히 말했다.

"풍사 대인! 아까는 왜 그러셨어요. 갑자기 말씀이 없으셔서 사고가 난 줄 알았습니다."

"하하하하하하하, 본 풍사가 어찌 그리 쉽게 사고를 당하겠어요 놀래 주려고 괜히 장난친 거죠, 하하하하하하, 명 형 이 나쁜 놈아 어떻게 날 내버려 둘 수가 있어 내가 죽으면 반드시 '절'이 되어서 널 찾아갈 거다, 하하하하하하하……."

명의가 말했다.

"그만 하하거려. 사람 말로 해!"

사련은 이 사람이 긴장하고 흥분하고 무서울수록 웃음이 많아진다는 것을 알고 있었다. 하다못해 이제는 문장을 끊어 말하는 것조차 잊다니. 사련이 그의 말허리를 잘랐다.

"대인, 입 밖으로 소리를 내셨나요? 표정이 심하게 변했다든가 하진 않으셨고요? 반격을 하신 적은요?"

"말 안 했어요. 표정 안 변했어요. 반격 안 했어요."

사련은 속으로 생각했다.

'큰일이다. 겁먹어서 제정신이 아니야.'

그는 어조를 누그러뜨리고 온화한 목소리로 말했다.

"잘하셨어요. 잘 들으세요, 풍사 대인. 괜찮아요, 겁내지 마시고 그 상태 그대로 유지하세요. 아무것도 눈치채지 못한 척하시는 거예요. 하실 말씀이 있으면 통령진을 통해서 슬쩍 말씀해 주세요. 언제든 좋아요. 다만 대인이 놈의 정체를 알고 있다는 건 절대 들키지 마세요. 조용히 영광을 펼쳐서 법장을 만들고 몸을 감싸면, 적어도 넘어지거나 함정에 빠지는 일은 없을 거예요. 혹시나 무기 같은 게 날아오더라도 알아차릴 수 있을 테고요."

사청현의 목소리가 울먹거렸다.

“네. 그런 다음에는요?”

“다음은 심호흡. 그렇죠, 몇 번 더…… 좀 나아지셨나요?”

사련의 목소리는 무척 부드러워서 다른 사람을 달래는 효과가 탁월했다. 사청현이 말했다.

“좀 나아진 것 같아요. 고마워요, 태자 전하.”

그러자 사련은 그를 떠보았다.

“그럼…… 혹시 지금 눈을 떠서, 대인을 끌고 가는 게 뭔지 슬쩍 살펴보면 어떨 것 같으세요?”

버틸 수 있을까?

“죽을 거예요.”

“…….”

보아하니 사청현이 눈을 떴다가는, 그 순간 두려움이 최고조에 달해 백화진선에게 절호의 진미와 양분을 선사할지도 모르겠다. 그 뒤에는 전투 능력도 잃어버릴 것 같았다. 그뿐만이 아니었다. 만약 눈을 뜬 순간에 백화진선도 그를 뚫어지게 바라보고 있다면, 위엄 넘치는 풍사가 그 자리에서 거품을 물고 세상을 하직할 가능성도 다분했다. 사련은 다시 말했다.

“역시 눈은 감고 계시는 게 좋겠어요.”

명의가 물었다.

“놈이 널 끌고 풍수묘를 나와서 어느 방향으로 가고 있지?”

지금 그들에게 가장 필요한 정보는 사청현의 위치였다. 눈을 감고 있어서 어디로 가는지 보이지 않겠지만 대략적인 방위와

보폭, 걸음 수로 위치를 가늠할 수는 있을 터였다. 하지만 사청현이 말했다.

"몰라."

"그것도 몰라?"

명의가 윽박지르자 사청현도 발끈했다.

"보통 누가 그런 걸 기억하냐고! 게다가 나는 그게 너인 줄 알았잖아!"

화성은 한쪽에서 불구경만 하고 있었다. 얼마나 따분했으면 붉은 옷으로 갈아입었다가 다시 검은 옷으로 갈아입더니 다음에는 흰옷으로 바꾸었다. 사련이 돌아볼 때마다 눈 깜짝할 새에 다른 모습으로 변신하는 수준이었다. 옷이 바뀌는 족족 머리를 묶은 방식, 장신구와 신발 등등도 다양하게 변했다. 세련되거나, 우아하거나, 살풍경하거나, 화려하거나. 눈이 돌아가는 광경에 사련은 홀린 것처럼 자꾸만 뒤를 돌아보았다. 그러다 자신의 모습을 깨닫고는 눈을 힘껏 깜박거리면서, 입 밖으로 튀어나오려는 '그 옷 괜찮다', '멋있네' 같은 찬사를 삼키고 말했다.

"잠깐만요, 지금은 입씨름할 때가 아니에요. 말이 길어지면 풍사 대인도 멀어지잖아요. 더 멀어질수록 찾기 힘들어질 겁니다."

사청현이 서럽게 외쳤다.

"아니, 정말로 절 못 찾는 거예요? 50에서 60걸음밖에 안 돼요. 무조건 백 걸음은 안 넘었어요. 걷는 것도 완전 느리다고요!"

백 걸음도 안 된다? 명의는 자리를 박차고 나가 거리 끝으로 사라졌다. 그러나 얼마 지나지 않아 순식간에 풍수묘 문어귀로 되돌아왔다.

"없습니다!"

낭패다. 사련이 외쳤다.

"축지천리!"

백화진선은 혼란을 틈타 풍수묘에서 풍사를 끌고 나온 뒤, 즉시 축지천리 법술을 펼쳐 다른 곳으로 가 버린 듯했다. 백 걸음도 안 되는 거리라면 벌써 찾아내고도 남았을 테니까. 이 법술이 열렸다면 넓은 세상 어디로 사라져 버렸는지도 모르는 노릇 아닌가? 풍사의 행방을 찾으려는 것은 바다에 빠진 바늘을 찾는 것이나 다름없었다!

결코 방심할 수 없는 상황이었다. 사련이 단호하게 입을 열었다.

"상천정의 통령진에 알리겠습니다."

그러나 사청현이 다급하게 말했다.

"잠깐만요! 태자 전하, 가지 마세요! 비밀로 하겠다고 약속하셨잖아요. 우리 형은 세 번째 천겁을 앞두고 있어요. 세 번째가 얼마나 큰 고비인데요. 이번 단계는 절대 그르치면 안 돼요!"

명의가 입을 열었다.

"더 늦어졌다간 이제 네가 천겁을 겪게 될 거다."

그러자 사청현이 쏘아붙였다.

"안 된다면 안 돼. 얼마나 많은 눈이 우리 형을 지켜보고 있는데. 이 자식은 일부러 이 시기를 노려서 날 찾아온 거야. 놈이 원하는 대로 두진 않겠어. 어림도 없다고! 내가 죽어서 시체가 썩는 한이 있어도 우리 형이 천겁을 무사히 넘긴 다음에 파내야 할 거야!"

한참 뒤, 명의가 대답했다.

"알았어, 알았다고!"

명의의 어조를 들은 사련은 그가 분노를 억누르고 있다는 것을 기민하게 알아차렸다. 이전까지는 느끼지 못했던 격렬한 감정에 사련은 조금 불안해졌다. 이 감정이 더 큰 사달로 번지는 건 바라지 않았기에 사련은 재빨리 끼어들었다.

"풍사 대인, 놈이 대인을 계속 끌고 가나요?"

"네. 제 팔을 잡고 있어요."

"놈의 몸에 특이한 점은 없나요? 예를 들면 특이한 기운이라든가, 냄새나 촉감 같은 것들요."

"없어요. 아무것도 없어요."

"주변 환경은요? 예를 들어 걷고 있는 길이 울퉁불퉁한가요, 평평한가요? 발에 밟히거나 차이는 건 없고요?"

사련은 주변 환경을 토대로 대략적인 범위를 짚어 볼 심산이었다. 풍사가 대답했다.

"길이 엄청 이상해요! 아주 부드럽고 가벼워요. 무슨 구름 위에 있는 것처럼요."

"……."

사련은 속으로 중얼거렸다.

'그건 놀라서 다리가 풀린 것 같은데요…….'

사청현은 오감 중 두 가지 감각이 닫혀 있으니 마땅한 단서를 내놓기는 힘들 것이다. 어쩌면 여기서 단서가 끊길지도 모른다. 화성은 내내 옆에서 아주 따분하다는 듯 구경만 했다. 하지만 그는 애초에 유유자적 구경이나 하러 왔을 뿐, 사청현과는 아무런 관계도 연고도 없는 입장이다. 또 귀계 인사가 신관에게 도움의 손길을 내밀 이유도 없었다. 게다가 사련도 자꾸 폐를 끼쳐 가며 도움을 청하고 싶지는 않았다. 마음을 굳힌 그가 입을 열었다.

"풍사 대인, 제게 대인을 당장 놈에게서 벗어나게 할 방법이 있어요. 하지만 대인의 허락이 필요합니다."

사청현은 재깍 대답했다.

"좋아요, 허락합니다!"

그런데 화성이 문득 움직임을 멈추고 물었다.

"이혼대법(移魂大法)?"

"뭐라고?"

사청현이 되묻자, 사련의 대답이 이어졌다.

"맞아요. 바로 이혼대법입니다!"

이혼대법이란, 글자 그대로 혼을 바꾸는 법술의 일종이다. 자신의 눈으로 상대가 보는 풍경을 본다. 이런 법술은 자주 사용되지 않았다. 일단 이 법술은 처참할 정도로 엄청난 법력을 소모했다. 무엇보다 중요한 몸의 통제권을 넘겨주려는 사람도 극히 드물었다. 화성은 안색을 굳히며 말했다.

"형, 신중하게 생각해."

사청현이 물었다.

"그럼 전하께서 놈과 맞닥뜨리면 어떡해요?"

"저는 놈이 무섭지 않으니 상관없어요."

명의가 말했다.

"바꿔."

화성이 다시 끼어들었다.

"형, 잘 생각해서 결정해."

이때, 사청현이 불쑥 말했다.

"놈이 멈췄어요."

이 말이 나오자 사련은 통령진 안에 외쳤다.

"망설일 시간 없어요. 지금!"

사청현은 이를 콱 악물었다.

"부탁드립니다, 태자 전하!"

"맡겨 주세요!"

말이 끝나기 무섭게 사련은 두 눈을 감았다. 한순간 몸이 하늘로 날아가 버릴 듯 가벼워지나 싶더니, 다시 땅속으로 처박힐 것처럼 묵직해졌다. 긴 어지럼증이 지나가자, 서서히 감각이 돌아오고 몸이 안정되었다. 눈은 여전히 감은 채였다. 귀에서는 실낱같은 소리조차 들리지 않았다.

손 하나가 그의 팔을 잡은 채 가만히 서 있었다.

사련은 두 눈을 번쩍 떴다. 한 손으로는 귀마개를 빼내고, 다른 한 손을 꺾어 오히려 반대로 백화진선을 붙잡은 그가 웃으며 말했다.

"안녕?"

사청현은 오랫동안 눈을 감고 있던 참이었다. 게다가 주변도 칠흑같이 어두웠다. 그 탓에 사청현의 몸에서 눈을 뜬 순간, 사련은 어둠에 적응하지 못해 아무것도 볼 수 없었다. 그러나 자신을 붙잡고 있던 백화진선은 이미 제 손에 붙잡힌 뒤였다. 약야가 없으니 손을 봉쇄하는 법술을 걸어야 했다. 사련은 상대가 법술에서 빠져나가지 못하도록 족쇄처럼 백화진선의 한 손을 단단히 조였다. 통령진에서 사청현의 목소리가 울려 퍼졌다.

"태자 전하! 괜찮으세요? 힘드시면 일단 다시 바꿔도 괜찮아요! 그냥 제 힘으로 밀어붙여 볼게요!"

사청현도 안전하게 그의 몸으로 옮겨 간 모양이었다. 사련은 한 손으로 백화진선을 단단히 옭맨 채, 그 짧은 순간에 서른 번이 넘도록 짓밟으며 대답했다.

"괜찮아요!"

막 혼이 옮겨 간 탓에 조금 적응되지 않았을 뿐이다. 시간이 지나 익숙해지면 훨씬 흉포하게 공격할 자신이 있었다. 사청현이 말했다.

"전하, 제 법보의 주술을 알려 드릴게요! 법력이든 뭐든 사양

말고 편히 쓰세요!"

빈손이었던 사련은 풍사선을 착, 펼치며 대답했다.

"좋아요!"

사청현이 말을 덧붙였다.

"여상으로 화하는 주술도 알려 드릴게요! 여상일 때 법력이 더 강해요!"

사련은 단호하게 거절했다.

"아뇨, 그건 필요 없어요!"

화성이 가라앉은 목소리로 말을 얹었다.

"형, 빨리 주변을 살펴보고 어떤 곳에 있는지 말해 줘."

명의도 끼어들었다.

"아뇨. 지금 전하와 맞붙은 것이 어떤 녀석인지부터 말씀해 주시죠."

몇 마디를 주고받는 사이에 사련의 눈도 차츰 어두운 환경에 적응되었다. 그는 눈을 가늘게 뜨고, 맞은편의 검은 그림자를 바라보았다.

무슨 영문이었을까. 분명 주변의 나뭇가지나 나뭇잎 윤곽까지 또렷하게 보이는 상태인데도, 그 검은 그림자의 얼굴은 도무지 선명하게 보이지 않았다. 마치 요사한 바람과 검은 안개가 그림자의 온몸을 흐릿하게 휘감고 있는 것 같았다.

풍사의 풍사선은 요사한 안개를 몰아내 세상을 깨끗하게 만드는 절세의 법보다. 사련은 마음속으로 사청현이 가르쳐 준 주문을 외고 부채를 펄럭였다. 평지에 별안간 광풍이 몰아쳤다. 온 산야의 나뭇잎이 팔락거리며 격렬하게 떨기 시작했다. 심지어 연약한 어린나무 몇 그루는 뽑혀 나오기까지 했으니, 위력이 아주 강력한 셈이었다. 다만 애석하게도 이 바람은 약간 빗나가, 목표를 맞히지 못했다.

법보를 다루기란 썩 쉽지 않다. 좌우간 그는 풍사선의 주인이 아니므로 사청현처럼 자유자재로 사용할 수는 없었다. 각도나 위력을 조절하기가 어찌나 까다로운지, 강한가 싶으면 또 너무 약해지고 각도도 치우치거나 거꾸러지기 일쑤였다. 현실을 깨달은 사련은 과감히 포기하고 전략을 바꾸었다. 그는 부채를 탁, 접고 아예 공격용 무기로 삼아 상대방의 급소를 맹렬히 찌르기 시작했다. 그러곤 다시 착, 부채를 펼쳐 가장자리를 따라 영광을 한 겹 덧씌웠다. 종이로 엮은 부채는 금세 뼈도 깎을 만한 강철 칼로 변했다. 바람을 베는 소리가 스치고 서슬 푸른 검광이 번득였다. 상황을 파악한 사청현은 억장이 무너졌다.

"태자 전하, 뭔가 착각하신 거 아니에요? 법기인 제 부채를 병기로 쓰시다니요! 그거 귀한 물건이에요!"

어쩔 수 없는 무신의 고질병이다. 바쁜 와중에도 사련은 짬을 내어 침착하게 대답했다.

"별 차이 없어요, 다 비슷해요!"

화성의 어조가 다시 강경해졌다.

"형!"

사련도 화성이 뭘 재촉하는지 알고 있기에 싸움을 이어 가며 주변 풍경을 신속히 훑어보았다. 보이는 것이라곤 경치 좋은 산수와 빼어난 누각뿐이었다. 아무런 특징이 없으니 이곳이 어딘지 판단할 방법이 없었다. 사련의 움직임을 눈치챈 백화진선은 그의 목적을 짐작했는지 불쑥 말했다.

"너는 사청현이 아니군."

사련은 멈칫하는 법 없이 빠르게 머리를 굴렸다.

'웬만해선 이렇게 금방 이혼대법을 떠올리지는 못할 텐데. 어떻게 내가 사청현이 아니라는 걸 눈치챘지? 아, 모르겠다. 계속 때리자!'

인간성이라곤 찾아볼 수 없는 공격이 이어졌다. 백화진선은 다소 힘에 부친 듯 외쳤다.

"당장 넘어질 것이다!"

역시나, 백화진선은 사련에게 악랄한 예언을 던지기 시작했다. 사련은 못 들은 것처럼 한층 매섭게 공격을 퍼부었다. 백화진선이 다시 예언했다.

"너는 패전한다!"

사련이 웃으며 대꾸했다.

"팔백 년 전에 이미 졌는데, 다시 몇 번 진다고 뭐가 달라지나? 지면 얼마나 더 지겠어? 단념해! 나한테는 무슨 말을 하든 소용없어."

이때 화성의 목소리가 들려왔다.

"형, 거기가 어딘지 모르겠으면 풍사선으로 폭풍을 일으켜서 하늘로 올려 보내. 그럼 형의 위치를 알 수 있을 거야!"

마침 사련도 이 방법을 떠올린 참이었다.

"알았어!"

손을 움직이려는 순간, 백화진선이 간사한 웃음소리를 내며 말했다.

"누가 오기로 했나?"

사련은 왠지 모르게 경계심이 들었다. 아니나 다를까, 백화진선이 나직하게 예언했다.

"안심해라. 너를 찾으러 오는 그 사람은, 필시 네가 두 눈 빤히 뜨고 바라보는 앞에서 죽을 것이니!"

이 말을 들은 사련은 더는 웃음이 나오지 않았다. 심장이 덜컥 내려앉았다. 순간 호흡마저 얼어붙었다.

이윽고, 그는 결국 욕을 뱉었다.

"닥쳐!"

백화진선은 또 삽시간에 50번이 넘도록 매섭게 걷어차였다. 발길질이 머리를 강타해 말을 잇지 못하면서도 백화진선은 깊이 숨을 들이마셨다. 흡사 지극히 신성한 진미를 빨아먹은 듯, 만족스러운 숨결이었다. 동시에 짧은 비웃음 소리가 들려왔다. 사련은 잠깐 방심한 틈에 백화진선이 원하는 먹이를 주고 만 것이다.

그러나 사련은 쓴입을 다실 기분이 아니었다. 방금 그 말은 정말 기습처럼 그의 심장을 내리쳤기 때문이었다. 화성이 놈의 말대로 그리 쉽게 '자신의 눈앞에서 죽을' 리가 없다는 것을 잘 아는데도, 그랬다. 정확히 말하면 화성은 한참 오래전에 죽었다. 그런데 자꾸만 주체 못 할 두려움과 떨림이 돋쳤다. 이런 말을 제 귀로 들었다는 사실조차 용납할 수 없었다.

통령진에 있는 다른 사람들은 이상한 점을 눈치채지 못했다. 반면 화성은 그의 마음을 읽은 것처럼 신경을 곤두세웠다.

"형? 놈이 형에게 뭔가 말한 거지?"

사련이 대답했다.

"저게 허튼소리를…… 아니야! 아무 말도 안 했어."

빠르게 상황을 파악한 화성이 일갈했다.

"죽음을 자초하는군! 뭔지 당장 말해 줘. 지금 갈 테니까."

사련이 서둘러 말했다.

"됐어, 일단 오지 마. 절대 오지 마!"

"말해!"

이때 사청현이 끼어들었다.

"방해해서 죄송한데요. 사실 두 분, 몰래 통령 구령을 주고받으신 거 맞죠? 태자 전하, 모르셨나 본데 진을 잘못 찾으셨어요. 진이 틀렸다고요!"

사련은 그제야 알아차렸다. 그가 이혼대법을 쓴 뒤부터 화성은 따로 그에게 통령을 한 모양이었다. 하지만 격렬한 싸움 속에서 마음까지 산란해진 사련은 그 사실을 깨닫지 못하고 통령진에서 직접 응답하고 만 것이다. 그들이 사적으로 통령했다는 사실이 만천하에 드러난 셈이었다. 하지만 지금은 난처한 기분도 들지 않았다. 사련이 말했다.

"괜찮아, 반 주향이면 돼. 놈은 내가 해결할 수 있어!"

말을 마친 그는 다시 귀를 막고 정신을 집중해 한층 맹렬한 공세로 백화진선에게 맞섰다. 덕분에 박고진 쪽에서 무슨 일이 일어났는지는 알지 못했다. 화성은 사련의 말이 끝나기 무섭게 손을 쳐들어 명의에게 주먹을 꽂았다. 명의의 몸이 땅에 석 자 깊이로 들이박힐 만큼의 위력이었다. 화성은 곧바로 사련의 껍데기 속 사청현을 향해 말했다.

"바꿔."

원래부터 사련과 혼을 바꿀 생각이던 사청현이 화성의 반응을 보고 다급하게 말했다.

"혈우탐화, 이게 무슨 짓이야! 지금 바로 바꿀 거라고. 태자 전하께선 나를 도와주신 거니까 나를 때려야 말이 되지, 명 형은 왜 때려!"

말을 끝내자마자 문득 깨달았다. 이건 사련의 몸이니 화성이 때릴 리가 없었다. 기어코 누군가를 때려야 한다면 남은 사람은 명의일 수밖에. 사련이 한창 싸우고 있는데 갑자기 통령진 안에 사청현의 외침이 들려왔다.

"태자 전하, 죄송하지만 귀를 막은 채로 조금 멀리까지 피해 주세요. 저 돌아갈게요!"

"풍사 대인, 괜찮으시겠어요?"

"놈과 싸울 수는 없겠지만 도망치는 것쯤은 할 수 있어요!"

그러자 사련은 백화진선을 단숨에 몇 장 밖으로 걷어차 날려 버렸다. 몸을 돌려 정신없이 도망치던 그가 말을 바꾸었다.

"잠깐만요, 도망갈 필요 없어요! 제가 여기에 보호 법진을 쳐 놓을게요! 풍사 대인, 혹시 호신용 법기를 가지고 계신가요? 없으시다면 귀중한 보물도 돼요!"

사청현은 그 말을 듣자마자 냉큼 대답했다.

"보물? 있고말고요. 제 목을 만져 보시면 장명쇄[#5]가 있을 거예요. 그걸로 될까요?"

사련은 곧장 목을 더듬었다. 사청현은 정말 금으로 된 묵직한 장명쇄를 차고 있었다. 금빛으로 화려하게 빛나면서도 무척 정교한 물건이었다. 그는 기뻐하며 대답했다.

"있어요. 보기 드문 보물이네요. 아주 좋아요!"

사청현이 말을 이었다.

"그래요? 더 있어요. 허리에는 옥 허리띠, 손에는 마노 반지, 신발에는 진주 몇 개가 박혀 있어요. 불진 자루는 단향목인데 전하보다 나이가 많아요. 아, 맞다. 그 불진의 털도 희귀하다고 들었어요. 무슨 영수에게서 뽑아냈다나……."

단숨에 일고여덟 가지를 말한 그가 마지막으로 한마디 덧붙였다.

#5 장명쇄 長命鎖. 아이의 복과 장수를 빌며 거는 자물쇠 모양의 목걸이

"하여간 제 몸에 있는 것 중에 뭐든 쓸 만한 게 있을까요?"

"……."

쓸 수 있다. 전부 얻기 힘든 진귀한 보물이다!

사련은 내심 충격을 금치 못했다. 역시 재물의 신이자 수사의 동생은 다르구나.

"쓸 수 있어요. 방을 찾아서 진을 쳐 놓을게요. 원래 몸으로 돌아오고 나서도 계속 귀를 막고 바깥을 보지 마세요. 그대로 방에 머무르면서 저희가 갈 때까지 기다리시는 거예요!"

사청현은 그야말로 목 놓아 울음을 터뜨리려 했다.

"태자 전하, 정말 믿음직하세요! 고마워요! 오늘부터 전하는 제 두 번째로 친한 친구예요. 앞으로 무슨 경사가 생기든 이 풍사는 전하를 잊지 않겠습니다!"

사련은 약간 기가 막혔지만 예의상 맞장구를 쳐 주었다.

"감사합니다!"

말을 이어 가면서 백화진선을 멀리 따돌린 사련은 누각 하나를 발견했다. 그는 누각 안으로 돌진한 동시에 손을 흔들어 모든 문과 창문을 빈틈없이 닫았다. 이어서 문에 빗장을 건 뒤 장명쇄를 채우고 손가락을 물어뜯어 그 위에 부적을 그렸다. 그러곤 사청현이 지닌 보물들을 하나씩 늘어놓고 피로 진을 쳤다. 모든 동작을 단시간에 속성으로 완성한 뒤에야 그는 방의 중앙에 앉아 두 눈을 감았다.

"하나, 둘, 셋. 이혼대법, 복귀!"

높은 곳으로 거세게 던져졌다가 다시 아래로 곤두박질치는 듯한 기분이었다. 한참을 어지럽게 돌고 돌던 사련은 발밑에 닿아오는 땅의 감촉을 느꼈다. 중심을 잃은 몸이 한쪽으로 넘어질 것 같았다. 하지만 쓰러지기도 전에 두 손이 단단히 그를 받쳤다. 눈을 뜨자마자, 위쪽에서 화성의 어두운 목소리가 들려왔다.

"형, 이번 일은 해명이 필요할 것 같은데."

사련은 그의 팔을 움켜쥐고 중심을 잡았다. 입을 달싹이려는 순간, 문득 한 사람이 없어졌다는 것을 깨달았다.

"지사 대인은?"

화성이 대답했다.

"몰라."

사련은 화들짝 놀랐다.

"몰라?"

그런데 옆을 보니 땅에 사람 모양의 구덩이가 나 있었다. 명의는 그 구덩이에서 천천히 기어 나오고 있었다.

할 말을 잃은 사련은 잠시 침묵했다. 이때 통령진에서 사청현의 목소리가 울려 퍼졌다.

"어라?"

사련은 순간 가슴이 철렁했다.

"놈이 왔나요?"

사련은 사청현이 지니고 있던 그 많은 보물로 진을 쳐 그 방을 난공불락으로 방어했다. 그러니 백화진선이 침입할 가능성은 없을 터였다. 제아무리 도력이 높아도 적잖은 시간을 들여야 할 게 분명했다. 사청현의 대답이 이어졌다.

"아뇨, 아뇨. 태자 전하의 진은 정말 훌륭해요. 태산처럼 끄떡없어서 안전하다는 느낌이 들어요. 사흘 밤낮은 누구도 부수고 들어오지 못할 것 같아요. 다만…… 여기일 줄이야."

사련은 의아해하며 물었다.

"여기? 아시는 곳인가요?"

사청현이 대답했다.

"당연히 알죠. 여기는 경주대(傾酒台)예요! 제가 선경에 오른 곳."

사련이 속으로 멍하니 중얼거렸다.

'경주대?'

사청현은 다시 방 안을 한 바퀴 돌아본 것인지, 거듭 확신했다.

"맞아요. 여긴 제가 십여 년 간격으로 돌아와서 살펴보았으니, 확실해요."

아까 백화진선이 껍데기 속에 든 것이 진짜 사청현이 아니라는 걸 단번에 알아챈 이유가 있었다. 본존이었다면 이곳을 본 순간 경주대임을 알았을 테니, 주변을 살피며 어디인지 확인할 필요가 전혀 없었을 것이다.

명의는 구덩이에서 기어 나오더니 쪼그리고 앉아 바닥에 진을 그렸다. 그러고는 몇 획 만에 완성된 진법을 갑자기 내치며 부숴 버렸다. 화성의 눈빛이 서늘해졌다. 사련도 아연실색하며 물었다.

"지사 대인, 지금 뭐 하시는 건가요?"

명의가 몸을 일으키며 말했다.

"이제 축지천리는 쓸 수 없습니다. 걸어가야 해요."

"쓸 수 없다니요?"

"방금 누군가가 경주대 부근, 아니 그 일대에 있는 축지천리 연결점을 전부 망가뜨렸습니다."

사청현은 불과 얼마 전에 축지천리로 경주대에 끌려가지 않았던가. 아무래도 백화진선이 사청현이 그 방에 숨었다는 사실을 눈치채고 손을 쓴 것 같았다. 세 사람의 발목을 잡는 게 목적이었을 것이다. 이는 높은 산을 넘으려는데 산길이 무너진 것이나 진배없었다. 이젠 축지천리를 사용해 경주대 부근으로 가는 건 꿈도 꿀 수 없었다. 사련이 물었다.

"지금 출발하면 얼마나 걸릴까요?"

명의는 먼저 돌아서서 걸음을 옮긴 참이었다.

"반 시진입니다."

사련이 통령진에 대고 말했다.

"풍사 대인, 저희가 지금 대인이 계신 곳으로 가고 있어요. 반 시진 안엔 도착할 거예요. 저희가 찾아갈 때까지 기다리세요. 만약 뭔가가 문을 두드려도 절대 문을 여시면 안 돼요."

사청현이 대답했다.

"그럼요, 그럼요. 그건 당연하죠. 말씀하지 않으셔도 알아요. 제가 세 살짜리 꼬마도 아니고, 함부로 문을 열겠어요. 그럼…

… 대인 여러분, 부디 조금만 서둘러 주세요!"

다행히 박고진과 경주대는 하늘과 땅만큼 멀지 않았다. 그래도 납득할 만한 범위 안에 있는 거리였다. 당장 서두르면 늦지는 않을 터였다. 그리하여 세 사람은 자리를 박차고 출발했다. 가는 도중에 사련은 가볍게 법력을 운용해 보았다. 역시 이혼대법은 맹렬하게 법력을 갉아먹는 모양이었다. 아까 화성이 쏟아부어 준 강력한 법력이 거의 바닥난 상태였다.

화성은 그의 움직임을 눈치채고 물었다.

"형, 더 필요해?"

사련은 급하게 고개를 저었다.

"괜찮아. 아까는 선뜻 주머니를 털어 줘서 정말 고마웠어."

"사양할 것 없어. 내가 말했잖아, 필요하면 얼마든지 빌려주겠다고."

곧이어 그가 농담을 섞어 한마디 덧붙였다.

"그런데 형이 법력을 갚을 때, 이자를 좀 받을 수 있을까?"

사련은 가볍게 헛기침을 했다. 속으로는 갚을 수 있을지부터가 의문이라고 생각했지만, 물론 입으로는 뻔뻔하게 대답했다.

"으응…… 당연하지."

처음에 예상한 시간은 반 시진이었지만, 세 사람은 가뜩이나 비범한 인물인 데다 상황도 화급했기에 예상보다 빠르게 목적지에 도착했다. 경주대에 다다른 사련은 주변을 둘러보았다. 역시 아까 그곳이 맞았다. 주변의 나무며 잡초가 그가 엉망으로 휘두른 풍사선에 휘날려 엉망으로 날아가 있었다. 사련은 괜히 진땀이 솟았다. 이때 명의가 물었다.

"태자 전하, 호법진은 어느 방에 치셨습니까? 기억하십니까?"

물론 기억하고 있다. 사련 역시 주의를 기울여 찾고 있던 참이었다. 머지않아 그의 눈이 환하게 빛났다. 그가 손가락을 들어 한 곳을 가리키며 말했다.

"저 작은 누각이에요."

세 사람은 그 작은 누각으로 향했다. 가까워질수록 마음이 놓였다. 곧 희망의 빛줄기가 비쳐 올 것만 같았다. 그러나 누각 옆을 돌아간 순간, 사련의 동공이 삽시간에 조여들었다.

그 작은 누각의 문이 열려 있었다. 두 문짝이 삐걱, 소리를 내며 스산한 밤바람 속에서 앞뒤로 여닫혔다.

56장 귀신을 불러들여 가두는 주문

"……."

사련이 중얼거렸다.

"풍사 대인은?"

세 사람은 작은 누각 안으로 들어섰다. 텅 빈 방 안에는 아무도 없었다. 법보들은 여전히 아까와 같은 모습으로 배치된 채였다. 다만 문이 열리면서 효력을 잃었을 뿐이다. 사련은 통령진에서 소리쳤다.

"풍사 대인! 어디 계세요?"

아까 길을 재촉하며 오는 내내 사청현이 불안을 감추지 못하자, 사련은 그에게 우선 자리에 앉아 차분하게 명상하라고, 터무니없는 생각이나 말로 혼자 지레 겁먹지 말라고 조언했었다. 조언을 받아들인 사청현은 점차 말수를 줄였다. 갑자기 대답이 끊긴 것도 아니었기에 사련은 아무런 이상을 알아차리지 못했다. 그러나 이제는 아무리 소리쳐도 돌아오는 대답이 없었다. 마음속에 불길한 예감이 일었다. 이 상황에 남은 가능성은 단 두 가지였다. 사청현이 일부러 무시하고 있거나, 이미 의식을 잃었거나.

풍사가 열 개 넘게 지니고 있던 진귀한 법보를 모조리 동원해 진을 친 이상, 외부에 있는 어떤 것도 쉬이 뚫고 들어올 수 없다. 설령 뚫고 들어올 수 있다 해도 사청현이 말한 것처럼 최소 사흘 밤낮은 걸릴 터였다. 하물며 강제로 침입한 흔적이 조금은 남기 마련이었다. 그러나 지금 이 작은 누각의 문과 창문은 모두 온전했고, 지하 통로나 사다리 같은 것도 보이지 않았다. 문어귀로 되돌아간 사련은 바닥의 금 장명쇄를 주워 들고 자세히 살펴보았다.

"정말 풍사 대인 스스로 문을 열었어요."

지원군이 도착하기 직전인데, 대체 왜 이 마지막 고비에서 구태여 죽음을 자초한단 말인가? 사련은 아무리 생각해도 이해가 가지 않았다.

"우리가 아니면 아무에게도 문을 열어 주지 않겠다고 하셨는데, 대체 왜 이러신 걸까요?"

명의가 가라앉은 목소리로 말했다.

"찾아온 사람이 우리라고 생각했을지도요."

이 한마디가 나오자, 사련의 머릿속에 암담한 화면이 물씬 떠올랐다. 작은 누각 밖에 세 사람이 다가온다. 그들은 각각 자신과 화성, 명의의 모습으로 밖에서 문을 두드린다. 누각 안의 사청현은 기쁨에 찬 얼굴로 뛰쳐나와 문을 연다. 그러나 문밖의 세 사람은 그를 서서히 에워싸면서 기괴한 미소를 지어 보인다. 사청현이 들고 있던 금 장명쇄가 발치에 툭 떨어지고, 다시는 줍지 못한다.

사련은 얼른 고개를 가로저었다.

"아닐 겁니다. 백화진선이 둔갑 능력을 지녔다는 말은 들어 보지 못했어요."

명의가 다른 의견을 내놓았다.

"아니면 다른 조력자를 찾았는지도 모릅니다."

잠시 고민한 사련은 이번에도 명의의 말을 잘라 냈다.

"오늘 우리가 맞닥뜨린 일들은 모두 갑작스러운 것들이었습니다. 우리도 풍사 대인을 지킬 호법진을 치게 될 거라고는 예상치 못했으니, 백화진선 역시 이렇게 빨리 조력자를 찾아내지는 못했을 겁니다. 게다가 우리는 여기 도착하면 통령진으로 알려 드리겠다고 풍사 대인께 미리 말씀드렸잖아요? 문밖에 온 사람이 진짜인지 가짜인지는 물어보면 바로 알 수 있는데, 어찌 그리 쉽게 속아 넘어가겠습니까."

여기까지 말한 사련은 갑자기 움찔 굳으며 중얼거렸다.

"아니면, 잘 아는 사람이 문을 열어 달라고 했다거나."

"잘 아는 사람? 왜 그렇게 생각하시죠?"

이때 화성이 한마디를 던졌다.

"귀를 막고 있어서 소리를 들을 수 없었지."

사련이 그를 탁 붙잡으며 말했다.

"삼랑, 네 말이 맞아! 바로 그거야. 그래서 분명 아는 사람일 거라고 한 거야. 풍사 대인은 귀를 막고 있어서 바깥의 소리는 전혀 들을 수 없었어! 대인이 귀마개를 뺀 게 아니라면 말이야. 하지만 대인이 그렇게 했을까? 겁에 잔뜩 질린 상태였으니 절대 그랬을 리 없어. 그러니까, 그가 문을 열도록 구슬려 삶을 방법은 단 한 가지야."

통령술!

사련은 빠르게 몇 걸음을 옮기며 말을 이어 갔다.

"즉, 우리가 오는 동안 누군가가 사적으로 풍사 대인과 통령을 했고, 어떤 말로 대인이 스스로 문을 열게 했다는 뜻이야. 잘 아는 사람이 아니라면 풍사 대인의 통령 구령을 알 리 없어. 신관의 구령은 엄격하게 비밀에 부치고 있으니 외부인은 쉽게 알 수 없잖아. 백화진선 같은 요괴는 말할 것도 없고. 그리고 이 사람은 대인이 무척 신뢰하는 사람일 거야. 그게 아니고서야 생각 없이 문을 열고 나갔을 리 없어."

화성이 말을 얹었다.

"또는, 풍사는 이 사람을 잘 몰랐지만 이 사람은 그를 잘 알고 있었고, 그가 어쩔 수 없이 문을 열어야 할 이유를 말했는지도 모르지."

사련은 이런 가능성을 진지하게 고려해 보았다.

"이론적으로는 통령 구령만 알면 풍사 대인에게 말을 전할 수 있어. 하지만 낯선 목소리가 갑자기 말을 건네 오면 풍사 대인도 이상하다고 생각하지 않았을까? 아마 듣자마자 통령진으로 우리에게 알려 주셨겠지. 대인에게 통령을 건 미지의 인물이 건넨 첫 마디에 바로 압도당했다면 얘기가 달라지지만. 하지만 그게 무슨 말이었을까?"

명의가 말했다.

"위협?"

"어떤 식으로요? '안 나올 테냐? 내가 널 괴롭히러 돌아왔다고 네 형에게 말할까?'"

사련이 금세 덧붙였다.

"이러진 않았겠죠."

그 백화진선이라도 사청현의 고민을 전부 알지는 못한다. 더구나 놈은 신관도 아닌데 무슨 수로 수사 대인에게 자신의 존재를 알릴 수 있겠는가? 지원군은 반 시진이면 도착할 예정이었다. 사청현이 그 반 시진조차 못 기다릴 사람은 아니다. 그리고 마지막 한 가지, 백화진선이 수사와 싸워 이길 수 있는지는 중요치 않다. 명심해야 할 점은 놈이 사무도를 한 번도 괴롭히지 않았다는 것이다. 백화진선은 연한 감을 골라 따려는 듯 사청현만을 끈질기게 노렸다. 어쩌면 본인도 수사가 두려워 도발할 엄두를 내지 못했던 것일지도.

명의가 다시 입을 열었다.

"마지막으로 반 시진만 더 찾죠."

사련은 그의 뜻을 이해하고 고개를 끄덕였다.

"좋습니다. 반 시진 뒤에도 찾지 못하면, 풍사 대인이 아무리 반대하셨어도 수사 대인에게 알려야 해요. 흩어지죠! 저희는 이쪽으로 가겠습니다. 저쪽은 지사 대인께 부탁드릴게요."

명의는 곧장 돌아서서 자리를 떴다. 사련은 분주하게 사청현을 찾으면서 포기하지 않고 통령진에서 사청현을 불렀다. 그러나 돌아오는 것은 쥐 죽은 듯한 고요뿐이었다. 화성이 물었다.

"어때?"

사련은 고개를 저으며 대답했다.

"아무 반응이 없어."

마음속에 드리운 불길한 그림자가 한층 짙어졌다. 사련은 온 누각의 방을 하나하나 뒤졌다. 부근에 있는 방을 거의 다 뒤져 가는데도 풍사의 그림자는 티끌만큼도 보이지 않았다.

이윽고 두 사람은 그 일대에서 가장 높은 누각을 발견했다. 누가 보아도 이 바닥의 주인공이자 중심 건물이었다. 수차례 개축한 것처럼 보이는 누각에서 화려한 품격이 느껴졌다. 벽 위에는 시구가 잔뜩 쓰여 있었다. 사련은 '경주대'라고 적힌 편액을 올려다보면서 저도 모르게 중얼거렸다.

"'소군경주[#6]'인가?"

#6 소군경주 少君傾酒. 젊은 군자가 술을 따르다.

화성이 대답했다.

"맞아. 여기가 바로 '소군경주'가 유래한 곳이야."

사련이 그를 바라보며 물었다.

"정말로 관계가 있는 거야?"

응, 하고 짧게 대답한 화성은 간단하게 내력을 알려 주었다. 전설에 따르면 사청현은 인간이었을 때 수행이 끝난 뒤면 늘 여기서 술을 마셨다고 한다. 술에 취해 높은 곳에 드러눕는 유유자적한 삶이었다. 그러던 어느 날, 백성에게 횡포를 일삼던 악질 토호 무리가 누각 아래에서 평범한 양민들을 괴롭히고 있었다. 위에서 이 모습을 목격한 사청현은 술잔에 담긴 명주를 냉큼 아래로 쏟아 버리고는 작은 술법을 걸었다. 머리에 정확히 술을 뒤집어쓴 그 악질 토호는 그대로 기절하고 말았다. 훗날 사무도에게 지명되어 중천정에 올라간 뒤에도 인간계를 무척 사랑했던 사청현은 이 누각에 머무르며 술을 즐겼다. 선경에 오른 당일에도, 그는 여기서 술을 마시고 있었다.

술을 마시다가 선경에 오른다는 건 다소 황당하게 들리지만, 사실 대수로운 일도 아니었다. 때로 기회와 인연이란 이렇게 뜬금없이 도래하는 법이다. 하다못해 사련은 혼곤하게 잠들어 꿈을 꾸다가 등선하지 않았던가. 어쩌면 나중에는 변소에 있다가 등선하는 신관이 나올지도 모르는 노릇이다. 생각해 보면 그것도 분명 장관일 터다.

좌우간, 풍월을 읊는 글꾼들은 이런 전설과 옛이야기를 지닌

곳을 가장 좋아한다. 그래서인지 이곳에서 시흥에 한껏 젖어 붓을 휘두르며 신선의 풍채를 향한 자신들의 동경을 표현하곤 했다. 사련은 알 것 같았다. 경주대는 바로 그런 명승지였다. 지금은 한밤중이라 유람객이 없지만, 내일 아침이 되면 많은 유람객이 바람에 휩쓸린 온갖 건물과 나무를 발견하고 기겁하면서 풍사가 현신하셨다고 아우성을 칠 것이다.

다만 이 '소군경주'의 장면은 사련이 원래 상상했던 것과는 차이가 컸다. 이때, 화성이 가라앉은 목소리로 말했다.

"형, 잠깐 처리해야 할 일이 생겼어. 꼭 조심하고 있어. 금방 다녀올게."

사련은 속으로 생각했다.

'무슨 일이지?'

아까 통령하면서 들은 화성의 분노한 목소리가 떠올랐다. 그런데 지금은 안색마저 어두웠다. 사련은 넌지시 물었다.

"백화진선을 찾아가려는 거야?"

화성은 짧은 침묵 끝에 대답했다.

"아니."

아니라고 한 마당에 더 캐물을 수는 없었다. 사련은 고개를 끄덕이며 말했다.

"너는 원래 놀러 온 거였잖아. 일이 생겼으면 편하게 가도 돼. 너도 조심해."

응, 하고 대답한 화성이 한마디를 덧붙였다.

"이따 돌아와서 형에게 말해 줄 게 있어."

사련은 멍하니 되물었다.

"어떤 일?"

하지만 화성은 이미 자취를 감춘 뒤였다.

반 시진 뒤. 별다른 수확을 얻지 못한 사련은 통령진에 대고 말했다.

"지사 대인! 그쪽은 어떤가요? 여기선 찾지 못해서 지금 돌아가는 중이에요."

지사도 외쳤다.

"없습니다!"

"글렀네요. 이젠 안 되겠어요. 이따 경주대 중심에서 합류하죠. 저는 당장 수사 대인께 알리겠습니다."

그는 말을 마치자마자 영문의 통령 구령을 묵독했다.

"영문, 계신가요? 혹시 수사 대인을 찾아 주실 수 있나요? 죄송하지만 아주 다급한 상황이니 경주대에서 뵙고자 한다고 전해 주세요!"

청명한 사내의 목소리가 귓가에 울렸다. 보아하니 지금 영문은 남상인 듯했다. 그가 대답했다.

"태자 전하? 수사 대인은 지금 저와 같이 계십니다. 이분은 밖을 자주 나돌아 다니는 사람이 아니라, 아마 내려가지 않을 듯싶은데요. 어떤 일로 찾으시는 겁니까? 제가 전해 드리지요."

이 무렵 사련은 경주대 본관으로 돌아온 참이었다. 멀찍이 바라보니 경주대 벽면에 무언가가 걸려 있었다. 밤바람에 휘날리는 하얀 천 같기도 했다. 놀란 사련이 속으로 중얼거렸다.

'아까도 저기에 저런 게 있었나?'

가까이 다가가고 나서야 똑똑히 알아볼 수 있었다. 저건 사청현이 입고 있던 겉옷이 아닌가?

그 순간, 명의가 통령진에서 고함을 질렀다.

"태자 전하! 당장 경주대에서 가장 높은 누각으로 오십시오! 빨리!"

사련은 흠칫 소스라쳤다. 영문이 물어 왔다.

"태자 전하? 계십니까?"

"서둘러 수사 대인을 보내 주세요! 풍사 대인께 일이 생겼습니다!"

그는 이 말을 외치고 나서 재빨리 위층으로 뛰어 올라갔다. 통령진 너머에서는 아무런 대답이 없었다. 아마 영문도 그의 말에 놀라 사무도에게 말하러 간 모양이었다. 한편, 누각의 정중앙에는 한 사람이 누워 있었다. 사청현이었다.

사청현은 두 눈을 굳게 감고 있었다. 몸에 외상이나 핏자국은 없었다. 그를 부축해 일으키고 있는 사람은 명의였다. 사청현은 의식을 잃은 채로 일어나 앉았다. 품속에서 무언가가 툭 떨어졌다. 사련은 그 물건을 자세히 들여다보고 가슴이 덜컥 조여들었다. 그건 반쪽으로 동강 난 풍사선이었다. 이런 절세 법보는 원한다고 구해지는 것이 아니다. 수백 년을 정련해도 만들어 낼 수 있다는 보장이 없었다. 더군다나 풍사의 가장 대표적인 법기인데, 이리 허무하게 부서지고 말았다니!

"아까 저희가 왔을 땐 분명 아무도 없었습니다!"

말을 끝내기 무섭게, 사련은 또다시 수상쩍은 점을 발견했다. 아까 그와 화성이 왔을 땐 벽에 글꾼들의 시구가 여럿 적혀 있었다. 수려한 것, 경망스러운 것, 장중한 것까지 다양했던 시구가 지금은 누군가가 말끔히 지워 버린 것처럼 사라지고 없었다. 그리고 원래 존재하지 않았던 핏빛 해서체가 그 자리를 대신했다. 한 줄로 늘어선 커다란 글자에서 피가 흘렀다.

[시작도 끝도 좋지 못하리라!]

사청현이 세상에 태어난 날, 백화진선이 그에게 내린 판결문이었다!

이때 명의가 불쑥 물었다.

"태자 전하, 전하와 같이 있던 그자는요?"

사련은 순간 당황했다.

'이런! 삼랑이 하필 이런 때에 자리를 비웠어!'

그가 자신의 옆에 없을 때 사청현이 사고를 당했으니, 입이 열 개라도 할 말이 없었다. 하지만 사련은 내색하지 않고 침착하게 말했다.

"제가 백화진선의 행방을 찾아 달라고 부탁했습니다."

"언제 갔습니까?"

사련은 태연한 기색으로 대답했다.

"방금 전에요. 떠난 지 반 주향도 안 되었을 거예요."

사실은 그보다도 한참 전이었다. 그러나 사련은 화성을 털끝만큼도 의심하지 않았다. 당연히 다른 사람에게 의심할 여지를 주어 일을 키우고 싶지는 않았다.

이때였다. 하늘 아득히 매서운 천둥소리가 울려 퍼지기 시작했다. 밤하늘 위에서 바퀴가 여덟 개 달린 팔륜 금차 한 대가 맹렬한 기세로 구름을 뚫고 이쪽을 향해 휘달려 오고 있었다.

경주대로 이어진 축지천리가 막히자 사무도가 직접 금차를 몰고 온 것이었다. 황동 말이 이끄는 이 금차는 한번 달리기 시작하면 위세가 보통이 아니었다. 행여나 시름에 잠긴 누군가가 한밤중에 밤하늘의 별을 바라보다 말고 이 장면을 봤다면 인간계가 발칵 뒤집힐지도 모르겠다. 역시 이 수횡천에게 두려움이란 없었다. 사련은 살벌하게 달려오는 금차를 보고는 급히 입을 열었다.

"지사 대인. 만약 이따 신관들이 심문하게 된다면 화 성주 얘기는 하지 말아 주시겠어요? 천계 신관들은 대부분 화성의 이름만 나오면 사실을 부풀리거나 날조하곤 하니까요. 이번 일은 그와 관계가 없습니다. 복잡한 일을 화성의 짓이라는 간단한 결론으로 무마시킬 순 없어요."

명의는 그를 한번 쳐다보더니 대답했다.

"좋습니다."

깔끔하게 승낙한 그는 다시 고개를 숙이고 사청현의 상태를 살폈다. 사련은 속으로 한숨을 돌렸다. 그러나 미동조차 없는 풍사를 보니 마음이 다시 무거워졌다.

굉음을 내던 그 금차는 머지않아 상서로운 안개와 구름을 늘어뜨리며 땅에 내려앉았다. 소신관들이 금차 밖에서 시중을 들었다. 금차에서 내린 대신관 세 명은 놀랍게도 사무도, 배명, 영문이었다. 중추연 투등의 상위권 열 명 중 셋이 한 번에 온 것이다. 물론, 사련은 자신이 1등이었다는 건 까맣게 잊은 뒤였다. 양미간을 구긴 사무도는 옷자락을 걷어잡고 가라앉은 얼굴로 마차에서 내렸다. 그러곤 수사선(水師扇)을 손에 쥔 채 누각을 올라갔다. 배명과 영문이 그 뒤를 따랐다. 사무도는 시체처럼 바닥에 누워 있는 동생을 보자마자 안색을 뒤집으며 뛰어들었다.

"청현? 청현! 이게 어찌 된 게냐!"

사련이 간단명료하게 설명했다.

"풍사 대인께서 백화진선을 만나셨습니다."

"……."

침묵한 사무도는 믿을 수 없다는 듯 되물었다.

"지금 뭐라 했소? 백화진선?"

이 네 글자가 나오자 사무도뿐 아니라 배명과 영문의 낯빛도 변했다. 보아하니 그들도 사무도의 숨겨진 우환거리를 알고 있는 눈치였다. 사련은 이 세 사람의 표정을 조용히 살펴보았다. 누가 시치미를 떼고 남몰래 기뻐하고 있는지 가려낼 수 없을 정도로 다들 무척 자연스러웠다. 특히나 사무도는 절대로 연기가 아니었다. 영문은 소매에서 작은 병과 단지를 무더기로 꺼내 들었다.

“차례대로 먹이세요.”

배명이 옆에서 말을 건넸다.

“태자 전하, 또 당신이군요.”

사련이 대답했다.

“별수 있겠습니까. 상천정과 하계를 오가는 신관은 얼마 없으니까요.”

“전하를 뵐 때마다 다른 한 분도 엮이는 것 같았습니다만. 이번에도 그렇진 않겠죠.”

사련은 태연하게 말했다.

“아뇨, 아니에요. 당연히 아닙니다.”

새빨간 거짓말이었다. 하지만 명의는 약속대로 아무런 언급도 하지 않았다. 배명도 이쯤에서 말을 아끼고 손짓으로 부하 신관들을 대동해 주변을 조사하러 떠났다. 이런 상황이라면 화성이 먼저 떠난 게 오히려 잘된 일이었다. 적어도 현장에는 없는 셈이니까. 사무도의 외침에도 사청현은 정신을 차리지 못했다. 무심코 새하얀 벽에 쓰인 핏빛 글자를 훑어본 순간, 사무도의 얼굴이 엉망으로 일그러졌다.

이제 그의 안색은 벽보다도 창백했다. 그는 화가 난 듯 온몸을 덜덜 떨면서 목청을 높였다.

"이건 누가 쓴 것이냐? 누가 썼지?"

고함이었으나 목소리가 살짝 떨리고 있었다. 바로 이때 영문이 외쳤다.

"풍사 대인이 깨어났습니다!"

사련은 재빨리 몸을 낮춰 앉았다.

"풍사 대인?"

영문의 말대로 사청현이 천천히 눈을 떴다. 사무도는 다른 사람들을 단숨에 내치고 끼어들었다.

"청현? 괜찮은 것이냐? 어디 불편한 곳은 없고? 누가 너를 해쳤느냐!"

한참 넋을 놓고 있던 사청현은 차츰 정신을 차렸다. 정신이 들었을 무렵, 처음으로 시야에 들어온 것은 사무도의 얼굴이었다. 그리고 다음 순간, 아무도 예상치 못한 일이 벌어졌다.

그는 사무도를 밀치고 머리를 감싸 쥐더니 실성한 사람처럼 비명을 질렀다.

"아아아아아악—!"

57장 우스운 농담에 나도 그대도 어지러워지네

거칠게 떠밀린 사무도는 위풍당당한 수사의 몸으로 꼴사납게 주저앉을 뻔했다. 경악한 그는 한참 뒤에야 입을 열었다.

"청현, 형이다."

사청현이 울부짖었다.

"나도 알아!"

사무도라는 사실을 알고 있다. 이성을 잃고 사람을 분간하지 못하는 게 아니란 뜻이다. 그런데 어째서 이런 반응을 보이는 걸까?

사무도가 다시 손을 내밀었다.

"이제 괜찮다……."

사청현은 그 손을 내치며 소리쳤다.

"괜찮기는 뭐가 괜찮아! 어떻게 괜찮을 수가 있냐고! 더 말하지 마. 아악! 이제 못 견뎌!"

이제 사무도는 물론이고 옆에 있던 영문, 그리고 부하들에게 조사를 지시하고 돌아온 배명의 안색까지 변했다. 배명이 입을 열었다.

"청현, 함부로 행동하면 못쓴다. 그건 네 형님의 뺨을 때리고 가슴에 비상[#7]을 부어 넣는 언사가 아니더냐."

평소의 사청현이라면 배명의 말을 듣자마자 몇 마디 대꾸해야 마땅했다. 하지만 지금 그는 말없이 머리를 붙든 채 귀신 들린 사람처럼 혼자 웅얼거리기만 했다.

"아무것도 듣고 싶지 않아. 당신도 그만해. 내가 알아서 진정하게 내버려 둬. 가, 빨리 가라고!"

사무도는 끝내 인내심을 저버리고 소리쳤다.

"무슨 헛소리를 하는 게냐!"

영문도 말을 보탰다.

"풍사 대인, 문제가 있다면 말씀하십시오. 말씀을 하셔야 어떻게든 해결을……."

사청현이 노성을 질렀다.

"다들 내 말 못 알아들었어? 다 꺼져, 전부 꺼지라고! 악! 아악!"

그는 실성한 듯 울부짖었다. 한참을 그리 울부짖다가 피까지 토하고 말았다. 사련이 외쳤다.

"풍사 대인!"

#7 비상 砒霜. 사약 재료로 쓰는 약재의 일종

사무도가 사청현의 맥을 짚었다. 이윽고 그의 안색이 삽시간에 귀신보다도 무섭게 돌변했다. 당장이라도 덩달아 피를 토할 것만 같았다. 사련이 물었다.

"수사 대인, 풍사 대인께 무슨 문제가 있나요?"

이리 말하면서 손을 뻗어 맥을 짚으려 하자, 사무도가 사련의 손을 거칠게 쳐 내고 노기등등한 눈빛으로 그를 바라보았다. 마치 사청현의 몸 상태를 절대로 알려 줄 수 없다는 듯한 태도였다. 뒤이어 그가 자신의 동생에게 말했다.

"병이 났구나. 너무 놀라 이리된 게지. 널 데리고 되돌아가 병을 고칠 것이다. 틀림없이 나을 수 있어."

사청현은 사무도의 눈을 노려보며 한 글자씩 단호하게 끊어 말했다.

"난 멀쩡해. 내가 병에 걸렸는지 어쨌는지는 형이 제일 잘 알겠지! 내가 미쳤다고 생각하지 마. 내 정신은 또렷해. 지금까지 이렇게 또렷한 적이 없었어!"

사무도는 그를 붙잡고 금차로 끌고 가며 다그쳤다.

"네가 뭘 안다고 함부로 떠드느냐."

사청현이 정신없이 발악하기 시작했다.

"명 형! 명 형, 살려 줘! 태자 전하, 살려 주세요!"

그는 두 사람을 향해 양손을 뻗었다. 사련과 명의는 그가 내민 손을 맞잡았지만, 사무도가 재차 그를 우악스럽게 끌어냈다.

"가자, 괜찮아. 형이 여기 있다."

사청현은 끝까지 소리를 질러 댔다. 배명과 영문이 사무도를 도와 그를 억눌렀다. 명의가 말했다.

"당신 동생은 당신과 돌아가기 싫다잖아!"

사련도 거들었다.

"백화진선 일도 해결되지 않았는데, 수사 대인께서는 어떻게 하실……."

사무도가 날카롭게 말했다.

"백화진선이라니, 무슨 소리를 하는지 도무지 알 수가 없군. 청현은 병이 났소. 정신이 혼란스러워졌다고. 단지 그뿐이오!"

"하지만 풍사 대인께선……."

사무도는 두 사람을 가로막으며 말했다.

"내 동생인데 내가 어련히 못 챙길 것 같소? 바깥사람이 우리 집안일을 걱정할 필요는 없소! 두 분 대인도 함부로 말을 흘리지 않길 바라오. 본인 앞가림이나 잘하면 그만이니!"

말을 마친 그는 손을 들어 사청현의 얼굴을 스쳐 내렸다. 그러곤 손길에 의식을 잃은 사청현을 강제로 금차에 태웠다. 그의 말은 비록 듣기 거북했지만, 사련을 멍하게 만들었다. 그의 말이 옳다. 사청현의 친형인 사무도가 설마 사청현에게 해를 끼치겠는가? 게다가 다른 두 신관도 함께이니 그들과 되돌아가는 것이 가장 안전하다. 집안 식구들이 전부 나섰는데, 어디 외부 사람이 계속 끼어들 수 있겠는가?

반으로 쪼개진 풍사선은 쓸쓸하게 바닥에 떨어진 채였다. 영문이 그 풍사선 조각을 주워 들며 사련과 명의에게 말했다.

"태자 전하, 지사 대인. 언짢게 생각하지 마십시오. 수사 대인도 풍사 대인을 걱정하느라 마음이 어수선하신 겁니다. 한 집안의 일이 아닙니까. 집안의 불미스러운 일을 외부로 퍼뜨릴 수는 없지요. 두 분께선 부디 함구해 주시길 바랍니다. 다음 기회에 수사 대인이 두 분께 사과드릴 겁니다."

몇 마디 인사치레가 끝나자 영문도 서둘러 금차에 올랐다. 금차는 요란하게 덜컹거리며 평지에서 하늘로 솟아올랐다. 사련은 밤하늘 속으로 사라지는 안개와 구름의 흔적을 바라본 끝에 비로소 현실을 받아들였다. 수사는 정말로 풍사를 끌고 가 버렸다. 그리고 긴긴 고생을 한 그들은 이대로 이곳에 남겨지고 말았다.

명의가 돌아서서 자리를 뜰 채비를 했다. 사련은 정신을 차리고 그를 불렀다.

"지사 대인!"

명의의 걸음이 멈칫했다. 고개를 돌린 그는 의미심장한 눈으로 사련을 쳐다보며 말했다.

"안심하십시오. 화성에 관해서라면 말하지 않을 테니."

사련은 속으로 한숨을 돌리고 다시 말했다.

"감사합니다. 대인께선 풍사 대인을 뵈러 가시려고요?"

명의는 고개를 까딱 끄덕이고는 다시 돌아서서 걸음을 옮겼다. 사련도 풍사가 걱정되었지만, 자신보다는 상천정의 의선(醫

仙)들이 훨씬 더 도움이 될 터였다. 게다가 사무도는 미쳐 날뛰는 동생의 모습을 외부인에게 보여 주고 싶지 않을 것이다. 아무리 생각해도 지금은 그를 살펴보러 갈 시기가 아니었다. 오히려 아까 갑자기 떠난 화성 쪽이 더욱 걱정이었다. 사련은 잠시 저울질을 한 끝에 먼저 화성을 찾기로 결심했다. 마음을 굳힌 그는 경주대를 벗어나 빠르게 밤길을 재촉했다. 축지천리도 쓸 수 없고 동마(銅馬)가 끄는 금차도 없는 처지라 두 다리에만 의지해 산길을 내달려야 했다. 그는 달리면서 마음속으로 생각했다.

'삼랑은 대체 어떤 상황이 생긴 걸까? 아까 표정이나 말투로 봐선 심상치 않은 것 같았는데. 이번에는 내가 조금이라도 삼랑을 도울 수 있다면 좋겠다.'

일 주향이나 채 걸었을까. 문득 앞길에서 요기가 자욱해지는 것을 느꼈다. 시야가 흐려지자 그는 저도 모르게 걸음을 늦추며 생각했다.

'설마, 아니겠지. 또 뭐랑 마주친 건가?'

그는 길가에 서서 조용히 상황을 지켜보았다. 한참 뒤, 앞쪽의 요기 속에서 기괴한 영치기 소리가 들려왔다.

"어여차, 어기여차."

"어여차, 어기여차."

앞쪽 길의 끝자락에서, 우람하고 새카만 그림자가 어슴푸레 나타났다.

그 검고 높다란 물체는 마치 헛것이 떠다니는 듯 정체를 알아볼 수가 없었다. 이런 형상을 한 물건은 난생처음 보았다. 하지만 엄청나게 거대하다는 사실만큼은 틀림없었다. 사련은 무의식적으로 경계하며 한 걸음 뒤로 물러섰다. 왼손에 감긴 약야가 공격 태세를 갖추었고, 오른손은 방심의 칼자루 위로 옮겨 갔다.

곧이어 그 거대한 물체가 짙은 안개 속에서 서서히 정체를 드러냈다. 사련의 눈이 살짝 커졌다. 알고 보니, 그것은 화려한 보련[#8]이었다.

그 보련은 무척 아름다웠다. 금색 차양막에 정교한 술 장식과 하늘거리는 긴사 휘장이 드리워 있었다. 만약 누군가 저 위에 앉아 있다면, 분명 고운 진홍색 휘장 뒤편에 몸을 감추고 상상력을 자극하는 신비로운 그림자만을 내비칠 터였다. 그 보련을 이고 있는 것은 놀랍게도 뼈대가 유달리 거대한 황금 해골 네 구였다. 해골들은 '어기여차', '어여차' 영치기 소리를 외치며 길을 재촉하고 있었다. 해골의 두개골 옆마다 도깨비불 몇 덩이가 두둥실 맴돌고 있었다. 심히 어두운 곳을 지날 때마다 도깨비불이 해밝게 타오르는 것을 보니 조명으로 쓰이는 모양이었다.

참으로 기괴하고 요사스러운 광경에 사련은 저절로 눈이 휘둥그레졌다. 설마 정인과 밀회하러 가는 어느 집 귀신 낭자를 만난 건 아닐까, 그런 생각이 들었다. 그는 잽싸게 가장자리로 비켜났다. 그러나 누가 알았으랴. 화려한 보련을 메고 온 황금 해골 네 구는 그의 눈앞에서 멈추더니 나란히 두개골을 돌렸다.

#8 보련 步輦, 가마의 일종

황금 해골 하나가 아래턱뼈를 달그락거렸다. 어디에서 나는지 모를 사람의 목소리가 와들와들 떨며 말했다.

"성주 어르신께서 저희에게 선락국의 태자 전하를 모셔 오라 하셨습니다. 그 태자 전하가 맞으신지요?"

"……."

성주 어르신이란, 당연히 화성일 터다. 사련의 손이 칼자루에서 떨어졌다.

"맞습니다."

달그락, 달그락. 해골들은 기쁨에 겨운 모습으로 보련을 낮추며 말했다.

"타시지요. 출발합시다!"

설마 이 황금 해골 네 구가 그를 이고 화성을 만나러 간단 말인가? 사련은 염치 불고하고 슬쩍 물었다.

"이건…… 좀 힘들지 않을까요?"

"아닌데요. 힘들기는요. 이게 우리가 하는 일인걸요."

"전하, 어서 타시지요! 성주 어르신이 기다리고 계십니다."

결국 사련은 조심스럽게 보련에 올라 휘장을 걷어 올리고 자리에 앉으며 말했다.

"잘 부탁드립니다."

신이 난 황금 해골들은 덜그럭거리며 알아듣지 못할 말을 하고는, 보련을 높이 메고 산길을 들썩들썩 달리기 시작했다.

보련에는 비단으로 만든 푹신한 자리가 마련되어 있어 무척이나 편안했다. 사련은 옷자락을 정돈하고 가운데에 앉았다. 어쩐지 한 사람이 앉기에는 조금 넓은 느낌이었다. 황금 해골들이 걸쳐 멘 보련은 겉보기에는 이리저리 휘청거리는 것 같았는데, 막상 앉고 보니 제법 안정적이고 빨랐다. 검을 밟고 나는 것보다도 빨랐다. 심지어 황금 해골들이 유쾌하게 외쳐 대는 다소 괴상한 영치기 소리만 빼면 거의 아무 소리도 나지 않았다. 요란하게 덜컹대는 동마 금차보다도 훨씬 조용하고 신비로웠다.

예전에 사련이 태자였을 시절에도 보련을 타고 외출한 적이 종종 있었다. 그때는 나이가 어려 아버지나 어머니의 무릎에 앉곤 했다. 까다롭게 선별된 궁인들이 보련을 이고 호령하며 길을 여는 모습이 퍽 위풍당당했었다. 머리가 자라고 나서는 잘 타지 않게 되었지만, 이런 해골 가마꾼은 처음이라 자꾸 신기한 기분이 들었다. 한참을 달렸을 무렵, 문득 앞쪽 휘장으로 은은한 청록빛 도깨비불이 한 아름 비쳐 들어왔다. 저 멀리서 소곤거리는 소리가 간간이 들려왔다.

"거기 누구냐? 이 묘지를 지나가려면 뭐라도 남겨 줘야지?"

앞길을 방해하는 떠돌이 잡귀와 마주친 것이다. 더군다나 악당이 악당을 치듯, 같은 귀신을 노리는 귀신이었다. 한술 더 떠서 이제는 화성에게 덤비다니. 해골들은 덜그럭대며 웃었다.

"뭘 원하느냐?"

사련이 밖으로 나가서 해결을 볼까 말까 생각하던 중, 그 가늘고 작은 목소리들이 지르는 새된 비명이 들려왔다.

"아이고오오오, 죄송합니다! 저희가 눈이 삐어서 화 성주 어르신의 보련을 몰라뵈었습니다! 무덤으로 돌아가! 다 무덤으로 돌아가래도! 어르신들께선 얼마든지 지나가십시오! 부디 아량을 베푸시어 편히 지나가십시오!"

황금 해골들이 대답했다.

"늦었다, 늦었어. 이 보련에 앉으신 전하의 기분을 조금도 거슬러선 아니 된다는 성주 어르신의 분부가 있었다. 한데 지금 전하의 앞길을 방해했으니, 어찌해야 좋을지 네놈들 입으로 말해 봐라!"

사방에 처량한 귀곡성이 터져 나왔다. 결국 사련이 참지 못하고 목소리를 냈다.

"저기, 이쯤 하죠. 서두르는 길이니 이런 귀신들은 신경 쓰지 마시고요."

해골들이 대답했다.

"전하께서 그리 말씀하신다면 그냥 놔주겠습니다. 네놈들, 운 좋은 줄 알아라!"

사련이 다시 덧붙였다.

"하지만 앞으로는 길을 가로막고 행인을 해치면 안 됩니다."

떠돌이 귀신들이 희색을 띠며 대답했다.

"안 그래요, 이제 절대로 이런 일 없을 겁니다! 감사합니다, 어르신!"

해골들이 목청 높여 외쳤다.

"가자!"

자리를 떠날 무렵, 여귀들이 호기심에 속닥거리는 목소리가 땅속에서 어렴풋이 들려왔다.

"어머나, 얘들아. 대체 어떤 전하가 저 보련에 앉은 걸까? 나는 화 성주의 황금 보련에 다른 사람이 탔다는 얘긴 들어 본 적이 없는데."

"여인이라면 대충 짐작할 만한데, 하필 남자란 말이지. 거참 이상하네."

사련은 속으로 생각했다.

'뭐가 이상하단 거지?'

다음 순간, 그 여귀들의 말이 들렸다.

"맞아. 저번에 내가 그랬잖아. 저 보련에는 분명 부인을 앉히려는 거라고!"

매일같이 바쁘게 뛰어다닌 사련은 보련에 앉아 있으니 눈꺼풀이 무거워졌다. 그는 손으로 이마를 짚고 잠시 눈을 붙였다. 한참이 흐른 후, 사련은 보련이 멈췄음을 알아차렸다. 그는 혼몽한 정신으로 중얼거렸다.

"무슨 일이지?"

그는 이번에도 떠돌이 귀신이 길을 가로막은 줄 알았다. 하지만 말이 끝나기 무섭게 보련이 천천히 내려앉더니, 누군가가 보련에 올라 휘장을 걷어 올리며 나직하게 말했다.

"형?"

눈을 비빈 사련은 실눈으로 바깥을 바라보았다.

"삼랑?"

보련에 올라온 사람은 당연하게도 화성이었다. 그는 비몽사몽하고 정신이 흐릿한 사련의 모습을 보고 조금 당황한 것 같았다. 사련은 멋쩍게 몸을 일으켜 앉으며 가볍게 기침을 했다.

"깜박 잠들었네."

살짝 웃은 화성은 보련 자리에 올라타며 말했다.

"많이 피곤했잖아. 옆에 좀 앉을게. 좁겠지만 형이 이해해 줘."

사련은 고개를 끄덕이고 오른쪽으로 바짝 당겨 앉았다. 화성에게 조금이라도 자리를 마련해 줄 생각이었다. 하지만 화성은 손을 뻗어 그의 오른쪽 어깨를 붙잡고 다시 끌어당기며 말했다.

"그럴 필요 없어. 넉넉해."

사실은 넉넉하지 않았다. 참 공교롭게도, 이 보련은 한 사람이 앉기에는 넓지만 두 사람이 앉기에는 약간 비좁았다. 아마 사련이 어렸을 때 했던 것처럼 한 사람이 다른 사람의 무릎 위에 앉는다면 딱 적당할 넓이였다. 사련이 입을 열었다.

"너 아까 마침 잘 떠났더라. 상천정에서 신관 셋이 한꺼번에 내려왔거든."

화성은 코웃음을 치며 말했다.

"독류 셋 말이지. 예상했었어."

사련이 장난스럽게 물었다.

"설마 그것 때문에 도망간 거야?"

화성도 장난스럽게 대답했다.

"아냐, 마차를 부르러 갔지. 어때, 형. 내 저승 귀차(鬼車)가 상천정 신관들의 동마 금차보다 더 재미있지 않아?"

"재미있어, 정말 재미있어."

웃음을 흘리던 사련은 문득 풍사의 모습이 떠올라 더 웃을 수가 없었다. 그는 표정을 바로잡고 물었다.

"참, 삼랑. 아까 나한테 말하려던 게 뭐야?"

무심결에 두 사람의 시선이 마주쳤다. 화성은 여전히 사련의 오른쪽 어깨를 감싼 채였다. 마치 그를 품에 안고 있는 듯한 자세였다. 밖에서 본다면 보련의 휘장 너머, 한곳에 나란히 붙어 바짝 포개어진 두 그림자만 보일 것이다. 붉은 휘장 안에서 화성이 싱긋 웃었다.

"형, 혼인하자."

"……."

사련은 멍하니 외마디 소리를 냈다.

"……뭐?"

바로 코앞에서 이런 시선과 말이 쏟아지자 피할 곳이 없었다. 순간 사련의 눈앞에 온갖 빛깔이 어룽졌다. 머릿속이 새하얘지면서 온몸이 송두리째 굳었다. 강시보다도 뻣뻣할 정도였다.

그의 반응을 본 화성이 팔을 거두며 쿡쿡 웃었다.

"농담이야. 형, 놀랐어?"

"……."

사련은 가까스로 정신을 차렸다.

"……너도 참 짓궂다. 어떻게 그런 말을 농담으로 할 수 있어?"

어디 놀라기만 했을까. 그는 말 그대로 심장이 멎어 버릴 뻔했다. 자신조차 알아채지 못한 약간의 노기도 담겨 있었다.

화성이 웃으며 말했다.

"내가 잘못했어."

그는 긴 다리를 쭉 뻗어 포개고는 앞쪽에 걸쳤다. 그의 신발이 흔들거리자 은사슬이 부딪치며 잘그락, 맑은 소리를 냈다. 참으로 짓궂어 보이는 모습이었다. 예전 같았으면 이 소년의 천성이 재미있고 귀엽다고 생각했을 텐데, 지금은 어쩐지 그 사슬 소리에 마음이 다 어지러워졌다. 까닭 모를 근심에 한참이나 넋이 나갔다. 사련은 결국 마음속으로 다시 한번 되뇌었다.

'어떻게 그런 말을 농담으로 할 수가 있지…….'

하지만 생각해 보면 이상할 게 없었다. 정말로 관심이 없으니 그런 농담도 할 수 있는 것이다.

화성은 심상치 않은 사련의 표정을 알아차렸는지, 곧장 자세를 고쳐 앉으며 말했다.

"전하, 마음에 두지 마세요. 방금은 제가 잘못했습니다. 앞으로 다시는 그런 농담을 하지 않겠습니다."

정중한 사과가 돌아오자 사련은 오히려 마음속에 가책이 느껴졌다.

'나 바보 아니야? 겨우 농담 한마디가 무슨 대수라고. 게다가 삼랑은 혼인하자고만 했지 누구랑 혼인한다고 말하지도 않았는데, 난 대체 어디까지 간 거야. 빨리 돌아와! 지금! 당장!'

그는 마음속으로 고함을 지르며 스스로를 몇 번 후려쳤다. 그러곤 다시 정신을 다잡고 웃으며 말했다.

"아냐, 아냐, 네가 잘못한 게 뭐가 있어? 오해하지 마. 방금은 풍사 대인을 생각하느라 표정이 조금 어두웠던 거야."

"오? 수횡천까지 내려왔으니 그 일은 당연히 해결됐겠죠."

죽이 이렇게 잘 맞을 수가 없었다. 신중하게 고민해 본 사련은 가만히 고개를 내저었다.

"삼랑, 넌 정말로 이번 일이 해결됐다고 봐? 나는 왠지 이제 겨우 시작이라는 생각이 들어."

언제나 자신의 형을 깊이 경애해 온 사청현이었다. 그런데 아까 위험에서 벗어나 형의 얼굴을 보자마자 사청현이 내보인 그 반응은, 자연히 무서운 추측을 불러일으켰다. 사청현을 구슬려 문을 열게 한 사람은, 혹시 사무도였던 게 아닐까?

물론 당시 사무도는 영문, 배명과 함께 있었다. 다만 법력이 강한 신관이라면 분신술로 다른 일을 하는 것쯤이야 특별히 어려운 일도 아니다. 화성에게 자신의 의혹과 추측을 말해 주려던 그때, 화성이 입을 열었다.

"아뇨. 이번 일은 끝났습니다."

단호한 어조였다. 사련은 얼떨떨한 기분으로 그를 불렀다.

"삼랑?"

화성이 사련을 바라보며 말했다.

"형. 형은 날 믿어?"

사련도 그를 바라보았다.

"믿어."

화성은 천천히 말했다.

"그럼, 날 믿어 줘. 풍사, 수사, 지사, 영문, 배명. 이 신관들은, 되도록 멀리하는 게 좋아."

그 말이 나온 뒤로 사련은 이동하는 내내 수심에 잠겨 있었다. 몇 마디를 더 건네 보았지만, 화성의 대답은 돌아오는 족족 이렇게 말하고 있는 것 같았다. '할 말은 다 했다'. 그래서 사련도 더 묻지 않았다.

보제관에 돌아왔을 무렵, 동이 트지 않은 하늘빛은 아직 어둑했다.

문을 밀어젖히고 보니 부엌세간이 깔끔하게 정리되어 있었다. 낭형과 곡자, 척용은 방에서 이불을 덮고 곤히 잠들어 있었다. 정말 그가 떠난 뒤로 누군가가 이곳을 정성껏 돌봐 주고 조용히 자리를 뜬 것 같았다.

이번에 사련이 돌아왔을 때 뒤따라온 것은, 바로 산더미처럼 쌓인 기원이었다.

보제관이 이렇게 많은 기원을 받은 건 이번이 처음이었다. 하지만 그 부자 상인이 그의 명성을 퍼뜨린 덕분은 아닌 것 같았다. ―그렇다. 읍내에 사는 그 부자 상인은 뒤늦게야 약속을 이행하러 찾아왔다.

다만 보제관에 왔으면서도 사련이 눈에 띄는 곳에 놓아둔 팻말에는 눈길을 주지 않았다. 어쩌면 일부러 보고도 못 본 체했을지도. 그리고 본인이 약속했던 만큼의 향불을 바친 것도 아니었다. 이번에 그가 방문한 주된 목적은 따로 있었다. 온 보제 마을 사람들이 지켜보는 앞에서 열정을 담아 사련에게 비단 깃발 하나를 증정하는 것이었다. 사련은 무심코 깃발을 펼쳐 보았다가 냉큼 접었다. 그러나 깃발에 커다랗게 적힌 글자는 그의 머릿속에 깊이 새겨졌다. ―'아이를 되돌려주는 최고의 명의'.

"……?"

그 상인을 배웅한 사련은 한숨을 푹 내쉬면서 속으로 생각했다. 이 도관이 언제 내려앉을지 날마다 걱정인데, 대체 언제쯤에야 수리할 수 있을까. 문간에 기대어 있던 화성은 그가 왜 한숨을 쉬는지 알아챈 듯 말을 건넸다.

"예전부터 하고 싶은 말이 있었는데. 이 집에서 지내는 게 불안하면 다른 곳으로 옮기는 게 낫지 않을까."

사련은 고개를 내저었다.

"삼랑, 말은 쉽지만 어디로 옮기겠어."

화성이 웃으며 대답했다.

"그냥 내 쪽으로 옮기면 되지."

사련은 화성의 이 말이 그냥 하는 소리가 아니란 걸 알고 있었다. 하지만 지난밤 '농담'이 있은 뒤로 마음속에는 왠지 모를 그림자가 드리워서는, 화성이 이렇게 '농담'하듯 말을 건네면 편하게 받아넘길 수가 없었다. 결국 그는 고개를 숙이고 가만히 웃어넘겼다.

받은 기원으로 말하자면, 키우는 황소가 다리를 다쳐 밭일을 못 한다거나 집안 며느리가 아이를 가져 논밭에 일손이 부족하단 식의 내용이었다. 그래도 기원은 기원이다. 신도들이 올리는 기원은 동등하게 처리해야 마땅하다. 이틀 뒤 사련은 기원에 응해 모내기와 쟁기질을 도우러 마을로 향했다.

보제관에 머무르고 있는 화성도 자연스레 그를 따라 놀러 갔다. 고된 일이었기에 사련은 화성에게 농사일을 시키고 싶지 않았지만 결국 그의 고집에 지고 말았다. 두 사람은 거친 무명옷으로 갈아입고 소매와 바짓단을 걷어 올린 뒤 논으로 내려갔다.

멀리서 바라본 큼직하고 짙푸른 논에 바쁜 농부들이 새까맣게 흩어져 있다. 그중에서도 두 사람의 모습이 유난히 눈에 띄었다.

사련의 거친 무명옷을 걸치고도 화성의 풍채는 반 푼조차 가려지지 않았다. 오히려 그 낡은 옷이 그의 얼굴과 몸매를 더욱 돋보이게 한다고 말해야 할 것이다. 두 사람의 흰 피부와 고운 팔, 쭉 뻗은 종아리가 흙투성이 농부들 사이에서 밝고 눈부신 풍경처럼 펼쳐졌다. 우악스러운 사내에 익숙했던 시골 처녀들은 얼굴이 붉어지고 가슴이 뛰었다. 자꾸만 옆을 훔쳐보며 모내기를 하다 보니 모가 비뚤배뚤 심어지면서 놀림거리가 되기도 했다.

화성의 흰 살결에는 혈색이 거의 없었다. 반면에 사련은 흰 살결에 발그레한 빛이 돌았고, 타고난 체질 때문에 땀을 흘릴수록 피부가 옥처럼 희고 매끄러워졌다. 쏟아지는 뙤약볕 아래, 그는 잠시간 온몸이 분처럼 새하얘지도록 일을 했다. 견디기 힘든 무더위에 그는 목을 타고 흐르는 땀방울을 연신 훔쳤다. 그러다 문득, 음기가 도는 귀신들은 태양을 좋아하지 않는다는 생각이 들었다. 화성은 분명 저보다도 불쾌할 터였다. 사련은 고개를 돌려 그를 바라보았다. 역시 화성도 천천히 몸을 일으키더니 눈을 가늘게 뜨고 손으로 햇빛을 가리고 있었다. 미간에 드리운 오른손의 그림자 속, 두 눈동자가 사련 쪽을 뚫어지게 바라고 있었다.

사련은 옆을 지나가면서 그의 머리에 삿갓을 씌워 주었다.

"쓰고 있어."

잠시 멍해진 화성은 금세 눈을 접고 웃으며 대답했다.

"응."

화성은 재미로 농사일을 돕겠다고 말했지만, 막상 일을 시작하니 사련보다 속도가 훨씬 빨랐다. 빠른 데다 깔끔한 것이 무척 능숙한 솜씨였다. 반 시진 뒤, 사련은 이쪽의 논을 해치웠다. 벌써 등허리가 다 시큰거렸다. 그가 몸을 일으켜 허리를 두드리고 있으니 저쪽 논에 있던 화성이 와서 그를 도왔다. 힐끔 쳐다보니 화성은 혼자서 소리 소문도 없이 큰 논마지기를 해치운 참이었다. 논에 가지런히 심긴 푸른 모가 무척이나 보기 좋았다. 사련은 진심으로 감탄하며 말했다.

"삼랑은 정말 뭐든 빨리 배우는구나. 이제 나 그만 도와주고 저기 앉아서 쉬어. 잠깐 목도 축이고."

화성은 물을 가지러 논두렁으로 향했다. 이때 한참이나 옆에서 지켜보던 촌장이 엄지손가락을 척 세우며 말했다.

"도장, 저건 어느 집 총각이길래 이리 부지런하고 훌륭해! 혼자서 수십 명 몫을 해냈지 않나! 다른 집 맏딸이 저 총각 눈에 든다면 아주 큰 복일 걸세!"

사련은 풉, 웃음을 터뜨렸다. 머지않아 몇 사람이 슬그머니 다가와서 사련에게 물었다.

"아유, 도장님. 도장님 도관에 머무는 총각은 어디서 온 겁니까? 장가는 들었어요? 집에 처는 없겠지요?"

"분명 없겠지. 저렇게 젊은데!"

사련은 울지도 웃지도 못하고 모호하게 얼버무렸다.

"그건…… 그렇겠죠. 하지만 아직 젊으니까요, 이런 걸 생각할 때는 아닙니다."

몇 사람이 냉큼 말했다.

"그래서야 쓰나. 젊으니까 빨리 정해야지."

"도장님이 권해 보는 게 좋겠소. 사내는 미리 날을 받아 놔야

크는 거야. 무슨 일을 하든 우선 가정이 있어야지."

"맞아, 젊은이! 한창 욕정이 끓을 나이라고! 외로운 걸 못 참지!"

다들 딸이 있는 집들이라 넌지시 형편을 알아보려는 것이었다. 사련이 부드러운 말투로 둘러대고 있는데, 물이 든 죽통을 들고 다가온 화성이 한마디를 툭 던졌다.

"장가라면 들었어. 집에 부인도 있고."

그 사람들은 화성의 말을 듣고 크게 실망했지만 단념하지 않고 물었다.

"어느 집 낭자하고 혼인했는데? 아우님, 우리한테 말해 주지 않겠나?"

"거짓말 아닌가 몰라."

"당연히 용모도 곱고 현숙하겠지?"

화성이 눈썹을 까딱 치켜올리며 대답했다.

"응, 그럼. 아름답고 착해. 금지옥엽의 귀인인데, 내가 어릴 때부터 좋아했어. 아주 오랫동안 좋아하다가 천신만고 끝에 겨우 따라잡았지."

거짓은 느껴지지 않는 진중한 말투였다. 가망이 없다고 생각한 사람들은 별수 없이 아쉬운 걸음을 이끌고 흩어졌다. 사련도 이야기를 듣느라 조금 넋을 놓고 있었다. 화성이 수건과 죽통을 건네주며 물었다.

"마실래?"

사련은 수건으로 진흙투성이가 된 손을 닦은 다음, 죽통을 받아 물을 몇 모금 마시고 그에게 돌려주었다. 그러곤 무심결에 손에 쥔 수건을 엉망으로 구겨 쥐고 이리저리 문질렀다. 한참을 참은 끝에, 그가 결국 한마디 꺼냈다.

"……진짜야?"

죽통을 돌려받은 화성은 자신도 한 모금 마셨다. 목울대가 위아래로 오르내렸다. 그가 다시 고개를 숙이며 되물었다.

"응? 뭐가?"

사련은 소매를 들어 이마의 땀방울을 닦았다. 어쩐지 햇빛이 너무 강한 것 같다는 생각이 들었다. 그을린 이마와 뺨이 뜨겁게 달아올라 있었다. 그는 최대한 태연하게 웃으며 물었다.

"집에 아름답고 어진 부인이 있는데 금지옥엽의 귀인이고, 어릴 때부터 좋아했고, 천신만고 끝에 겨우 따라잡았다는 거."

"오, 가짜야."

사련은 자신도 모르게 안도의 한숨을 내쉬었다. 이번에는 진심으로 웃음이 나왔다. 그는 저번에 화성이 했던 말투를 흉내내며 말했다.

"거짓말쟁이네."

화성이 빙긋 웃으며 덧붙였다.

"그런데 전부 가짜는 아니야. 내가 아직 그 사람을 따라잡지 못했을 뿐."

사련은 한순간 얼이 빠졌다. 화성은 빙글 돌아서서 다시 일손을 도우러 떠난 뒤였다.

제자리에서 잠시 넋을 놓은 사련은 그제야 겨우 허리를 숙이고 느릿느릿 손을 움직이기 시작했다. 이유는 모르겠지만 조금 울적한 기분이었다. 그러다 자신이 모를 비뚤게 심었다는 걸 깨닫고는 화들짝 정신을 바로잡았다.

그는 논에서 일손을 보태면서 풍사에게 조용히 통령을 걸어 보았다. 화성은 그에게 더는 풍사 쪽 사람들을 가까이하지 말라고 했지만, 사련은 그럴 수가 없었다. 요 며칠 수차례 통령을 시도했으나 한 번도 성공하지 못했다. 구령을 몇 번이나 묵독해 봐도 별다른 반응 없이 고요하기만 했다. 그래서 그는 방법을 바꾸어 영문을 찾았다.

"영문, 풍사 대인은 지금 어떠세요?"

영문 쪽은 금방 연결되었다. 목소리가 사련의 귓가에 울려 퍼졌다.

"풍사 대인이요? 좀 나아지셨을 겁니다."

사련은 솔직한 대답이 아님을 직감했지만 캐묻지는 않았다. 나중에 직접 올라가서 살펴볼 심산이었다.

이때, 영문의 목소리가 다시 울려 퍼졌다.

"참. 수사 대인이 인편으로 선물을 보냈습니다. 이미 도착했을 테니, 잊지 마시고 확인해 보세요."

사련이 멍하니 대답했다.

"선물이요? 그러실 필요 없어요. 공로도 없는데 대가를 받다니요."

“사양하지 마세요. 풍사 대인은 충동적으로 아무나 찾아가 끌고 다니신 겁니다. 전하께서 그리 오랫동안 고생을 하셨으니, 인정으로 보나 도리로 보나 당연히 받으셔도 무방합니다. 수사 대인 말로는 작은 성의일 뿐이라 했으니 그냥 받으세요.”

아무리 생각해도 자신이 사례를 받을 만한 처지는 아닌 것 같았지만 우선 기억해 두기로 했다. 일을 끝마무리한 화성은 촌장님 댁의 쟁기를 고치러 갔다. 사련은 먼저 보제관으로 돌아왔다. 화성이 ‘밥벌레 세 마리’라고 부르는 세 사람을 보제관 뒤편으로 옮긴 뒤, 그는 방을 뒤지며 속으로 중얼거렸다.

‘선물은? 어디 있지?’

어쩌면 공덕함 바닥 틈새에 떨어졌을지도 모른다. 그는 소매를 걷어붙이고 공덕함을 옮기려 했다. 그런데 무슨 일인지 공덕함이 꿈쩍도 하지 않았다. 어찌나 묵직한지 마치 땅에 단단히 뿌리라도 내린 것 같았다. 어리둥절해진 사련은 열쇠를 꺼내 자물쇠를 열었다. 뚜껑을 열자 휘황찬란한 금빛이 눈을 찔렀다.

공덕함 속에는 금괴가 빼곡하게 쌓여 있었다. 대충 훑어봐도 천만 공덕어치는 되는 것 같았다!

사련은 서둘러 뚜껑을 팍, 내리닫고는 두 손으로 단단히 짚은 채 속으로 읊조렸다.

‘작은 성의라고?’

이렇게 귀중한 물건을 거저 보내다니, 설마 입막음용 돈인가? 원래 그는 법력이 담긴 영옥(靈玉) 팔찌 같은 소소한 선물이라면 받는 게 좋지 않을까 생각했었다. 어쨌든 바로 선물을 돌려 보내면 사무도의 체면이 구겨질 테고, 자존심 강한 수사라면 오히려 불쾌해할지도 모르니 말이다. 하지만 지금은, 그래, 역시 재물신이구나 싶었다. 이렇게 금괴로 가득 찬 공덕함은, 무조건 돌려보내야 한다.

마침 그도 상천정에 풍사를 살펴보러 갈 생각이었다. 아마 화성은 아주 빨리 돌아오지는 못할 것이다. 그래서 그는 쪽지를 남긴 뒤, 사람을 깔아 죽일 만큼 무거운 공덕함을 짊어진 채 출발했다.

그런데 누가 알았으랴. 선경에 도착해 보니 예상치 못한 난장판이 벌어져 있었다. 사련은 말문이 턱 막혔다. 멀쩡했던 신무대로 곳곳마다 울퉁불퉁하게 구덩이가 패어 있었다. 소신관들이 분주하게 이리 뛰고 저리 뛰어다녔다. 영문은 깊은 구덩이 가장자리에 쪼그리고 앉아 골치가 아픈 듯 관자놀이를 누르고 있었다. 사련이 다가가서 물었다.

"영문, 이게 무슨 일이에요?"

고개를 든 영문은 사련이 등에 멘 거대한 공덕함에 깜짝 놀랐다.

"태자 전하, 이렇게 큰 공덕함은 뭐 하러 메고 오셨습니까? 무슨 일이냐고 물으셨지요? 어휴, 말도 마십시오. 남양 장군과 현진 장군이 싸웠습니다. 서로의 선부까지 전부 때려 부쉈어요."

풍신과 모정이? 사련이 의아해하며 물었다.

"둘은 또 왜 싸웠어요?"

"지난번의 그 태아령 사건 때문 아니겠습니까. 무신 몇몇이 그 귀신 모자를 어떻게 처리할지 의논하러 모였습니다. 남양 장군은 태아령을 녹이자고 제안했습니다. 어쨌든 무수한 살생으로 해악을 끼쳤으니까요. 하지만 현진 장군이 동의하지 않았습니다. 말투야 뭐, 사람을 불편하게 하는 그 말투였겠죠. 그러자 남양 장군이, 네가 언제부터 이렇게 인심이 후했냐, 설마 뭔가 숨기고 있는 게 아니냐, 하며 대꾸했습니다. 태자 전하께서도 두 사람이 어떤 식인지 아시잖습니까. 언쟁을 하다 말고 아예 바깥에 나가 싸우기 시작했죠. 자, 어떻게 싸웠는지 좀 보세요. 이게 다 무슨 꼴이랍니까? 제가 예전부터 말씀드렸죠. 무신들의 이런 풍조, 정말 좋지 않습니다. 올해 선경의 수리비 지출이 얼마나 끔찍한지 모릅니다. 방금 절반까지 계산했는데 또 전부 잊어버렸어요. 정말이지……."

진심으로 골치가 아파 보이는 영문의 모습에 사련이 말했다.

"그럼…… 천천히 계산하세요. 저는 우선 풍사 대인을 뵈러 가 볼게요."

영문이 고개를 들었다.

"풍사 대인을 뵌다고요? 관두세요, 태자 전하. 풍사 대인은 지금 방문객을 사절하고 계십니다."

"좀 나아졌다고 하지 않으셨나요?"

"그건 수사 대인의 말이었습니다. 하지만 방문객을 사절한다는 것도 수사 대인이 전한 말입니다. 지금은 저도 풍사 대인을 뵐 수 없습니다. 아마 당분간은 휴양이 필요한 듯싶으니, 가지 마세요. 그나저나 전하, 그 공덕함도 너무…….”

사련은 쾅당, 소리와 함께 공덕함을 내려놓고는 말했다.

“그럼 수고스러우시겠지만 이걸 수사 대인께 돌려주세요. 공로 없이 대가를 받을 순 없습니다. 제게 아무것도 주시지 않더라도 알아서 입단속하겠습니다.”

공덕함에서 벗어난 사련은 홀가분한 몸으로 총총 자리를 떴다. 영문이 등 뒤에서 그를 몇 번 불렀다. 돌아오는 대답이 없자, 영문은 다시 고개를 숙인 채 발치의 깊은 구덩이를 바라보며 시름에 잠겼다.

물론, 자리를 뜬 사련은 이대로 인간계에 내려가지 않았다. 그가 남몰래 도착한 곳은 선경에 있는 풍사와 수사의 선부였다. 이 선부는 안팎으로 경비가 삼엄했지만, 이 정도로 사련의 발목을 잡지는 못했다. 지난번 사청현이 그를 데리고 들어왔던 덕분에 그는 사청현의 침전 방향을 얼추 기억하고 있었다. 담을 넘어 지붕을 거닐고 잠행한 끝에 금세 침전에 도착했다. 사무도가 사청현을 다른 곳으로 옮겨 지금 이곳에 아예 없을지도 모른다는 게 유일한 걱정거리였다.

다행히도 이런 걱정은 실현되지 않았다. 그는 지붕에 기어올라 남들 눈에 띄지 않는 사각지대를 찾아내곤 처마에 거꾸로 매달려 침전 안을 바라보았다. 이윽고 그는 흠칫 놀랐다.

놀랍게도 사청현은 밧줄로 결박된 채 침상에 묶여 여전히 발

버둥을 치고 있었다. 한편 사무도는 침상 옆을 느릿하게 서성거렸다. 손에는 새카만 액체가 담긴 그릇을 든 채였다. 잠시 멈칫한 그는 대뜸 앞으로 다가가 사청현의 입에 액체를 부어 넣었다.

58장 사람은 굴속으로, 검은 머리 위로

사무도는 사청현의 턱을 붙잡고 탕약을 몇 번 더 부어 넣었다. 심하게 사레가 들린 사청현이 액체를 마구 뱉어 내는 바람에 앞섶이 온통 더러워졌다. 그는 소리를 지르며 머리를 위로 쳐들어 액체가 든 사발을 엎었다. 사무도의 얼굴이 어두워졌다.

"엎어라! 계속 엎어! 아무렴, 약은 많다. 한 그릇을 엎으면 스무 그릇을 가져다주마! 네가 마실 때까지 계속 들이부을 것이야!"

사청현이 고성을 질렀다.

"아악! 나 좀 내버려 두면 안 돼? 그냥 알아서 죽게 신경 꺼!"

사무도가 엄하게 다그쳤다.

"나는 네 형이다. 내가 널 내버려 두면 누가 널 돌본단 말이냐?"

사청현은 말없이 고개를 외면했다. 잠시 뒤, 사무도가 침상 옆에 앉으며 누그러진 어조로 말했다.

"네 부채를 고쳐다 주마."

"그 부채 필요 없어."

풍사는 그의 절품 법보인 풍사선을 무척이나 아꼈다. 날이면 날마다 꺼내 실컷 가지고 놀았고, 눈발이 휘날리는 한겨울에도 꿋꿋하게 부채를 부치곤 했다. 그런 그가 풍사선이 필요 없다고 말하다니. 사련은 들을수록 의문스러웠다. 사무도가 다시 말했다.

"싫다면 되었다. 이 김에 새 법보를 만들어 주마."

사청현은 다시 고개를 홱 돌리며 말했다.

"새로운 것도 필요 없어! 날 내려보내 줘."

사무도가 그를 돌아보았다.

"내려가? 어딜 내려간다는 게냐?"

"인간계로 내려갈 거야. 더는 상천정에 있고 싶지 않아. 이제 신선 같은 거 안 해!"

사무도의 희고 매끈한 관자놀이에 핏대가 불거졌다.

"웃기는 소리! 신선을 관두고 인간계로 가겠다? 인간계가 무슨 꽃밭인 줄 아느냐? 추태 부리지 마라! 수많은 인간들이 얼마나 긴 세월을 기다려 선경에 오르고 싶어 하는지, 중천정의 그 많은 소신관들이 상천정에 들어가려고 얼마나 머리를 쥐어짜는지, 넌 전혀 모르는 모양이구나!"

사청현이 버럭 소리쳤다.

"그래! 난 몰라! 그냥 떠돌이 신선이나 하고 싶어! 그러면 안 돼?"

"안 된다! 네가 떠돌이 신선으로 놀러 다닐 처지냐! 나는……."

이때 갑자기 그의 안색이 변했다. 어떤 소식을 보고하는 통령을 받은 모양이었다. 사무도는 자리를 박차고 일어서서 관자놀이에 두 손가락을 대고 잠시 듣더니 안색을 한층 가라앉혔다. 이윽고 그가 사청현에게 말했다.

"성가시게 굴지 마라! 안 그래도 바빠져서 너를 신경 쓸 겨를도 없어! 내가 세 번째 천겁을 지내고 나면, 다시는 내게 이런 식으로 굴 수 없을 게다!"

말을 마친 그는 소매를 홱 뿌리치고 다급히 침전을 나섰다.

그가 멀어졌을 무렵, 사련은 살금살금 아래로 내려와 창문을 밀었다. 하지만 창문은 아무리 밀어도 꿈쩍하지 않았다. 아무래도 금제(禁制)로 봉인해 둔 모양이었다. 경고 법술이 걸려 있을지도 모르니 무리해서 열 수는 없었다. 그는 목소리를 낮추어 말했다.

"풍사 대인, 풍사 대인?"

침상 위에 있던 사청현이 움찔 고개를 돌리더니 반색하며 외쳤다.

"태자 전하?"

사련이 대답했다.

"접니다. 지금 이게 무슨 상황이죠? 문과 창문을 열 수가 없는데 다른 방법으로 들어가도 될까요?"

정상적인 방법으로 문과 창문을 열 수 없을 때, 무신이 어떤 방법으로 방에 들어올지 불 보듯 뻔했다. 사청현이 황급히 말했다.

"안 돼, 안 돼, 그러지 마세요! 제발 깨트리지 마세요. 이곳의 문이나 창문은 술법으로 덮여 있어요. 억지로 들어오면 풍수부(風水府) 전체가 침입자의 존재를 알게 돼요. 저와 제 형 말고는 안에서만 열어야 해요."

"그런데 대인께서는 묶여 계시잖아요?"

사청현이 미친 듯이 몸부림치기 시작했다.

"전하, 기다려 보세요! 제가 이 밧줄을 끊어 볼 테니……."

"……."

사청현은 침상 위를 데굴데굴 구르면서, 몸이 말린 새우처럼 굽혔다가 평평한 철판처럼 펴며 힘겹게 사투를 벌였다. 사련은 이 모습을 지켜보며 작은 목소리로 응원했다.

"힘내세요, 대인!"

사청현을 옭아맨 밧줄은 얼핏 보기에도 법보나 영기 같은 것은 아니었다. 풍사의 법력이라면 손가락만 움직여도 끊어졌을 텐데, 어째서 이렇게까지 끊어지지 않을까? 설마 사청현이 정말로 심각한 상처를 입어 이 정도도 벗어나지 못하는 걸까?

바로 이때, 사청현의 침상 아래에서 수상한 인기척이 느껴지나 싶더니 손 하나가 불쑥 튀어나왔다. 사련은 화들짝 놀라 머리카락이 죄 곤두섰다.

"풍사 대인, 조심하세요! 침상 밑에 누가 숨어 있습니다!"

사청현도 안색이 변했다.

"뭐라고요?"

말이 채 끝나기도 전이었다. 아래에서 민첩하게 기어 나온 검은 그림자가 침상 앞에 우뚝 서서 사청현을 내려다보았다.

그 사람은 검은 옷차림에 귀면을 쓰고 있었다. 대체 언제 이 침상 밑에 숨었는지 알 길이 없었다. 지금 무슨 짓을 하려는 것인지조차 의문이었다. 사청현은 침상에 꽁꽁 묶인 채 어떻게든 벗어나려고 애써 몸부림쳤다. 문밖에 있는 사련은 금제에 막혀 들어가지 못하니, 실로 위급한 상황이었다. 창문을 깨고 들어가려던 순간, 그 사람이 귀면을 밀어 올리며 나직한 목소리로 말했다.

"입 다물어!"

사청현은 눈을 휘둥그레 떴다.

"명 형? 명 형! 세상에 명 형, 내 좋은 형제! 빨리! 나 좀 풀어 줘!"

명의는 한 손으로 사청현의 몸을 옭아맨 끈을 끊었다. 사청현은 뻐근한 손발을 몇 번 털고는 침상을 박차고 나와 창문을 열었다. 그러곤 사련의 두 손을 맞잡고 마구 흔들었다.

"태자 전하! 절 기억해 줘서 고마워요!"

사련은 그의 어깨를 두드려 주고 가뿐하게 침전 안으로 뛰어들었다.

"이 침전에는 금제가 걸려 있지 않나요? 지사 대인께선 어떻게 들어오셨어요?"

"이게 본업이라."

말을 마친 그는 수상한 점을 발견했는지 바닥에 떨어진 밧줄을 주워 살펴보았다. 다시 고개를 든 그가 사청현에게 물었다.

"고작 이걸 못 끊었어?"

사련도 밧줄을 가만히 들여다보았다. 이게 과연 법보일까? 아니, 볼 것도 없이 평범한 밧줄이었다. 강한 법력을 지닌 풍사가 어떻게 이런 밧줄에 속박된 채 반나절이나 벗어나지 못할 수가 있는가?

사청현의 안색이 굳어졌다. 명의는 불현듯 그의 왼쪽 손목을 낚아챘다. 그의 표정이 차갑게 얼어붙었다.

"무슨 일이 있었지?"

사련도 사청현의 오른쪽 손목을 쥐고 잠시 맥을 짚어 보았다. 그러곤 이내 아연실색하며 물었다.

"풍사 대인, 어쩌다 이리되셨습니까?"

놀랍게도 사청현의 몸 안에는, 법력이 전혀 없었다!

곧이어 사련은 퍼뜩 정신을 차리고 물었다.

"그 탕약 때문인가요?"

아까 사무도가 그에게 억지로 먹인 탕약과 사청현이 저항하던 모습이 떠올랐다. 사련은 즉시 무릎을 굽히고 앉아 그 탕약을 확인했다. 그러자 사청현이 대답했다.

"아니에요."

확실히 탕약의 문제는 아니었다. 사련은 의술을 조금 알고 있었다. 냄새를 맡아 보니 진통이나 안정을 시키는 탕약인 듯했다. 약간의 수면 효과가 있을 수도 있지만, 그건 문제가 되지 않았다. 생각해 보면, 사무도가 경주대에서 제 동생의 손을 잡자마자 흉악한 표정을 지었던 것 같다. 그는 아마 그때 이 사실을 알아챈 게 분명했다. 이 탕약은 사청현을 위해 준비한 것일 텐데, 사청현은 왜 그렇게 마다했는지 모를 노릇이었다.

사청현이 사련의 통령에 대답하지 않은 이유가 여기에 있었다. 그토록 강했던 법력이 말끔히 사라졌으니까. 지금은 어떻게 봐도 평범한 인간과 다를 바가 없었다. 사련이 무심코 물었다.

"풍사 대인, 설마 폄적되신 건가요?"

그렇지 않고서야 갑자기 이렇게 변할 수 있을까? 하지만 그의 몸에는 주가가 없었다. 게다가 폄적이란 게 어디 남들을 속일 수 있는 일이던가. 삽시간에 온 상천정과 중천정에 소문이 퍼지고도 남았으리라. 사청현의 안색이 창백해졌다. 제대로 서 있기도 힘들어 보였다. 사련은 힘주어 그를 부축하며 물었다.

"수사 대인은 왜 대인을 묶어 두신 건가요?"

사청현은 그제야 정신을 차렸다.

"맞다, 우리 형. 우리 형이 없는 틈에 빨리 가요. 일단 이곳부터 벗어나야 해요!"

그는 말을 마치자마자 침상 밑으로 후다닥 기어들었다. 사련이 쪼그려 앉아 그를 불렀다.

"풍사 대인!"

침상 아래에는 놀랍게도 굴이 있었다. 어디로 통하는지는 모르겠으나 사청현은 이미 굴 안으로 자취를 감춘 뒤였다. 명의도 머리를 숙이고 들어갈 채비를 했다. 사련은 잠시 고민한 끝에 따라가기로 결심했다. 그러나 명의가 다시 고개를 내밀며 말했다.

"태자 전하, 더는 개입하지 마십시오."

졸지에 거절당한 사련은 조금 얼떨떨해졌다.

"풍사 대인께선 정의를 내세워 제게 여러 번 도움을 주셨습니다. 대인이 곤란해지셨는데 외면할 순 없어요."

"저자는 평소에도 정의로운 말을 하고 다닙니다. 하지만 막상 일이 생기면 대부분에게 외면당하죠."

"다른 사람들이 어떻든 저와는 상관없어요. 이번 일의 내막을 밝히고 제 도움이 필요치 않다는 게 확실해지면, 조용히 발 빼겠습니다."

침상 밑에서 사청현의 목소리가 들려왔다.

"다들 안 따라올 거예요? 굴이 닫히겠어요!"

아니나 다를까, 침상 아래에 뚫린 굴은 점점 작아지고 있었다. 이를 본 명의가 신속히 안으로 들어섰다. 사련도 뒤를 따랐다. 셋은 명의가 파놓은 통로에서 한참을 기어갔다. 사련은 잠시 뒤를 돌아보았다. 참 신통하게도 동굴의 입구는 이미 닫혀 있었다. 그는 자그마한 목소리로 물었다.

"지사 대인, 이 지하 통로는 어떻게 파신 거예요? 선경의 선부 아래에 굴을 팔 수 있다는 얘기는 들어 본 적이 없어서요."

모름지기 선경의 토대는 인간 세상의 땅과 다른 법이다.

물어보고서야 알게 된 사실이지만, 지사 명의는 본래 민간의 솜씨 좋은 장인이었다고 한다. 한평생 다리를 놓고 길을 닦고 터를 다지고 집을 올리면서 쌓은 공덕으로 선경에 오른 것이다. 오늘날 인간계에서는 큰 공사가 있을 때 터를 다지기 전에 지사에게 절을 올리며 순조로운 작업을 기원했다. 그는 등선한 뒤로 법보 하나를 제련했는데, 바로 '월아산(月牙鏟)'이었다. 들리는 말로는 천하에 이 신묘한 삽이 깎지 못하는 산도, 뚫지 못하는 굴도, 들어가지 못하는 집도 없다고 한다. 이는 귀시장에 잠입했을 때도 굉장한 강점이 되어 주었다. 열고 싶은 밀실을 마주치면 그냥 삽으로 파내고 다시 원래대로 덮어 놓으면 그만이었다. 지난번 화성에게 죽기 직전까지 공격당해 법력이 크게 상하지 않았더라면, 그 삽으로 지하 감옥에서 도망칠 수 있었을지도 모른다.

이전까지 지사는 어떤 신관의 선부에서도 이 삽을 시험해 보지 않은 모양이었다. 그는 평소에도 이 법보를 보관하고만 있을 뿐, 그다지 과시하는 일이 없었다. 사실 과시하지 않는 편이 좋았다. 상천정 신관들이 지닌 법보는 서책이나 붓, 보검과 부채, 칠현금이나 피리 등등, 대부분 풍아하고 멋들어진 축에 속했다. 이 사이에서 진종일 삽을 메고 활보한다면 눈에 거슬리는 꼴로 분위기를 흐릴 터였다. 명의의 말을 들은 사련은 무너져 가는 보제관을 빨리 고치고 싶으면 지사에게 절을 해야 하는 게 아닐까, 문득 그런 생각이 들었다.

한참을 기어가는 도중, 명의가 사청현에게 묻는 목소리가 들렸다.

"백화진선 짓인가?"

사련도 그게 궁금했다. 만약 정말로 백화진선이 사청현을 이렇게 만들었다면, 이 사실이 알려지는 순간 천계에 막대한 충격과 두려움을 불러일으킬 터였다. 한순간에 신관의 법력을 빼앗고 평범한 인간으로 전락시킬 수 있는 요괴라니! 불안의 그림자가 드리울 게 자명했다. 사청현은 이 심각한 일을 두고 잠시 침묵하더니 입을 열었다.

"누구 짓이든 이 일은 여기까지야."

어딘가 이상한 반응이었다.

계책에 당한 것이라면 암만해도 이런 태도일 리가 없었다. 더구나 사청현이라는 사람은 잠자코 손해를 보고만 있는 얼뜨기가 아니었다.

찰나, 사련은 문득 좋지 않은 추측이 떠올랐다. 좋지는 않지만, 모든 것이 설명되는 추측이었다.

이때 명의가 불쑥 말했다.

"조용히."

땅굴 속 세 사람은 동시에 숨을 죽였다. 명의가 손바닥에 피워 낸 불꽃이 주변의 작은 공간을 은은하게 밝혔다. 나머지 두 사람이 그를 바라보았다.

명의는 통령을 하려던 것 같았다. 하지만 사청현은 지금 법력이 바닥났으니 마음속으로 말을 전할 수는 없을 터였다. 명의는 곧장 방법을 바꾸어 손가락으로 허공에 글자를 썼다. 손끝이 지나간 곳마다 묵흔이 남았다. 마치 맑은 물에 떨어진 먹물 방울이 퍼지는 듯한 모습이었다. 두 사람 앞에 선명하게 나타난 글은 이러했다.

[말하지 말고, 움직이지도 말 것. 기다리십시오.]

두 사람이 글을 확인하자 명의는 조용히 입김을 불었다. 그 글자들은 금세 허공으로 흩어졌다. 사련은 아직 다 쓰지 않은 법력이 조금 남아 있었다. 그도 손을 들어 글자 한 줄을 썼다.

[뭘 기다리나요? 언제까지 기다려요?]

명의가 손끝으로 대답했다.

[지금 위에 있는 사람이 갈 때까지.]

사련과 사청현은 약속이나 한 듯이 동시에 위쪽을 올려다보았다. 아무래도 명의의 보삽이 선경에 판 이 땅굴은 몇몇 선부와 신전을 거치는 모양이었다. 그리고 지금, 어떤 신관이 그들의 머리 바로 위에 서 있는 것 같았다.

가만히 귀를 기울여 보니, 정말로 실내를 거닐고 있는 듯 느릿하고 차분한 발소리가 들렸다. 소리를 들은 사련은 이 사람이 무신일 것이라 확신했다. 무신은 대개 오감이 예민하다. 조금이라도 의심스러운 기척을 낸다면 이 자리에서 꼼짝없이 잡힐지도 몰랐다. 통령도 못 하고 글자도 못 쓰는 사청현은 입 모양으로 소리 없이 하소연할 수밖에 없었다. 사련은 두 번을 보고 나서야 그가 무슨 말을 했는지 알아냈다.

'명 형, 왜 신전과 궁관을 피해 가지 않아? 신무대로 밑을 파면 안 돼?'

명의가 냉담하게 대답을 써 내려갔다.

[원래 이 신전에는 아무도 없었어. 신무대로는 지금 전부 구멍투성이고.]

사련도 손가락을 움직였다.

[맞아요. 방금 도착하면서 길에서 봤어요. 대로가 울퉁불퉁하고 몇 척 밑으로 파인 곳도 있어서, 그 아래에 굴을 파면 고개를 들자마자 누구랑 얼굴을 마주칠지도 몰라요.]

그리하여 세 사람은 입을 꾹 다물고 세 덩어리 바위로 변해 위쪽의 신관이 떠나갈 때까지 꿋꿋하게 기다렸다. 한참 뒤, 사청현이 다시 입을 달싹였다.

'갔어?'

명의가 고개를 가로저었다. 사청현의 이마에 힘줄이 툭 불거졌다. 아까 제 형이 화를 내던 모습과 상당히 닮아 있었다. 그가 소리 없이 입을 달싹였다.

'누군데 이렇게 꾸물거려. 지금이 잠잘 시간도 아니고. 더구나 신관이 무슨 잠을 자? 이 위가 변소야, 뭐야?'

사실, 엄밀히 말하자면 신관은 변소도 필요 없다. 사청현이 입 모양으로 '변소'라는 두 글자를 달싹인 순간, 사련은 별안간 솜털이 바짝 곤두섰다. 그는 앞쪽의 두 사람을 밀친 동시에 발을 힘껏 굴러 뒤로 쓰러졌다.

날카로운 검이 맹렬하고 살기등등한 기세로 땅굴 안을 파고들었다. 그 검은, 정확하게 사련의 다리 사이 땅바닥에 꽂혔다.

59장 한로 하룻밤, 물건 바꿔치기

"……."

사련이 대체로 본인을 '안 서는 사람'으로 여기며 살아왔다고는 하지만, '그 물건이 없다고 여기는 것'과 '정말로 영원히 그 물건을 잃어버리는 것' 사이에는 본질적인 차이가 있다. 놀란 그는 옅은 식은땀을 흘리며 외쳤다.

"피하세요!"

말이 끝나기 무섭게 검이 휙 빠져나갔다. 사련은 기회를 놓치지 않고 앞으로 나아갔다. 곧이어 그는 다시 사청현을 냅다 끌어당겼다.

"조심하세요!"

검은 다시 사청현의 앞으로 떨어졌다. 그의 머리 가까이 찔러 내린 것이라, 사련이 잡아당기지 않았다면 칼에 꿰여 그대로 바닥에 붙박였을지도 몰랐다. 사청현이 기겁하며 말했다.

"하마터면 큰일 날 뻔했네. 근데 어디를 찌를지 어떻게 아셨어요?"

"몰라요, 찍었어요!"

이건 단순한 직감이었다. 사련은 이미 살기가 느껴지면 머리를 쓰기도 전에 반응하는 경지에 다다른 뒤였다. 다음으로 두 번째, 세 번째, 네 번째 검이 꽂혀 들었다. 날카로운 검광이 세 사람의 앞길과 퇴로를 가로막았다. 이윽고 쾅, 하는 굉음과 함께 위쪽에서 격렬한 진동이 흘러왔다. 흙먼지와 돌 조각이 우수수 떨어졌다. 사련이 말했다.

"위에서 뚫기 시작했어요!"

쾅, 하는 굉음은 갈수록 커졌다. 소리가 거듭될수록 진동도 심해졌다. 분명 이쪽으로 가까워지고 있었다. 앞뒤 길은 전부 날카로운 검에 가로막혔다. 그 검들은 젊고 예리한 상등품 보검이었다. 나이가 지긋한 방심이 정면으로 맞설 수 있을지 모를 노릇이었다. 명의는 어디선가 월아산을 꺼내더니 비좁은 공간에서 힘겹게 다른 쪽으로 구멍을 파기 시작했다. 옆에 있는 사청현은 곧 혼백을 토할 것 같았다.

"명 형, 이거 괜찮은 거 맞아? 명 형, 빨리 좀 해 줄래? 이게 다 명 형이 오랫동안 그 법보를 안 써서 그래. 심심할 때마다 많이 써 보고 친하게 지냈어야지. 봐 봐, 지금 얼마나 서툴러!"

사실 서툴러진 것도 이해할 수 있었다. 별수 있겠는가. 온 상천정을 뒤져 봐도 온종일 태연하게 삽을 지고 들락날락할 수 있는 신관은 사련 말고 없을 터였다. 명의의 이마에 핏대가 불거졌다.

"입 다물어!"

사련이 급히 끼어들었다.

"진정해요, 화내지 마세요. 거의 다 뚫렸어요!"

과연, 명의가 손에 힘을 주자 굴이 뚫렸다. 그는 삽을 움켜쥐고 앞쪽에서 미친 듯이 길을 열었다. 사청현은 중간에서 미친 듯이 응원했다. 사련은 아직 미치지 않은 유일한 사람 역을 맡아 뒤쪽을 책임졌다. 지사의 보삽은 정말 신통했다. 이렇게 몇 번 파낸 것만으로도 벌써 십여 장에 달하는 새로운 땅굴이 났다. 굴을 파낸 입구가 서서히 닫혔다. 한편, 방금 그들이 갇혀 있었던 통로 위쪽에서 희미한 빛줄기가 새어 들어오기 시작했다.

사련이 곧장 외쳤다.

"금방 뚫리겠어요!"

명의는 한층 격렬하게 땅을 파헤쳤다. 그러다 갑자기 동작을 멈추고 위를 올려다보았다. 사련의 반응도 그와 똑같았다. 위쪽에서는 아무 인기척 없이 정적만 흐르고 있었다. 두 사람이 보기에 이곳은 빈 궁전인 것 같았다.

이미 땅굴을 들켰으니 우선 나가고 봐야 했다. 명의는 방향을 돌려 위쪽을 파기 시작했다. 사청현이 물었다.

"두 사람, 여길 파내도 아무도 없는 거 확실하죠?"

명의가 대답했다.

"아무 소리도 못 들었어. 자고 있지만 않다면!"

물론 보통 신관들은 잠을 잘 필요가 없다. 더욱이 벌건 대낮에 자기 신전에서 잠들었을 리도 없으니, 누가 자고 있을 가능성은 없을 터였다. 하지만 누가 짐작이나 했을까. 명의의 삽이 위를 뚫은 뒤, 바깥으로 머리를 내민 세 사람이 신선한 공기를 들이마시고 다 내쉬기도 전이었다. 바로 맞은편에 놓인 침상 위에서 한 소년이 사지를 쭉 뻗고 드러누워 자고 있었다.

사련은 순간 얼이 빠졌다.

"……?"

정말로 벌건 대낮에 자기 신전에서 자고 있는 신관이 있다니?

인기척을 느낀 소년은 뒤척이며 일어나 앉았다. 머리에 한가득한 곱슬머리가 온통 엉망이었다. 소년은 미간을 찡그린 채 머리를 긁적거리면서, 잠결에 가물가물한 눈으로 침상 앞에 솟아난 머리 세 개를 바라보았다. 왜 이런 머리통이 자기 궁전에 나타났는지 이해가 안 가는 모양이었다. 세 사람은 아무 일도 없었다는 듯 서둘러 구멍에서 기어 나왔다. 그런데 사청현이 기어올라오다가 갑작스레 소리를 질렀다. 사련은 뒤를 돌아보았다. 뜻밖에도 손 하나가 그의 발목을 잡고 있었다.

그 손의 주인은 바로 배명이었다. 땅굴 안에서도 기품이 철철 넘치는 모습이었다.

"어디서 온 쥐새끼가 내 궁전 밑에 굴을 뚫었나 했더니. 청현,

왜 뛰쳐나온 것이냐? 어디로 가려고? 네 형이 화를 내면 어찌 되는지 알지 않느냐. 아직 들키지 않은 틈에 어서 돌아가라."

약야가 날아들어 그의 손을 격퇴했다. 배명이 앞으로 훌쩍 뛰어올랐다.

"태자 전하, 지사 대인. 두 분도 참 한가하신가 봅니다. 풍사에게 가출을 부추기다니, 이게 말이 됩니까."

사련이 대답했다.

"풍사 대인은 수사 대인의 동생이지만 누가 뭐래도 어엿한 신관이고, 몇백 살도 더 되었습니다. 배 장군께선 풍사 대인을 세 살배기 아이처럼 말씀하지 마십시오. 논리적으로 생각해 봐도, 이유 없이 상천정 동료를 감금한 수사 대인 쪽이 더 말이 안 될 텐데요."

행여나 사련의 추측이 맞는다면 풍사는 정말로 상천정에 남아 있을 수 없다. 권일진은 침상 위에서 멍한 눈빛으로 이쪽을 보고 있었다. 아직 상황 파악이 되지 않은 모양이었다. 배명이 검을 들고 정신을 가다듬으며 말했다.

"기영, 그만 구경하고 이리 와서 거들어라. 일단 붙잡고 나서 얘기하자."

그러자 권일진이 잠시 곰곰이 생각해 보더니 다가와서 거들었다.

침상에서 뛰어내린 그는 자신이 누워 있던 침상을 들어 배명에게 내던졌다. 거들어 준 것은 맞다. 다만 사련 일행을 거들어 주었을 뿐. 갑자기 침상에 정통으로 얻어맞은 배명은 놀라서 얼이 다 빠졌다.

"기영! 뭘 어쩌자고 날 공격하는 것이냐?"

권일진이 사련을 향해 빨리 가라는 듯 손을 휘휘 내저었다. 사련 일행은 잠시 당황했지만 서둘러 자리를 떴다. 사청현은 부상으로 기력이 쇠한 탓인지 얼마 달리지도 못하고 얼굴이 퍼렇게 질렸다. 사련이 부축하려 하자 명의가 그를 직접 붙들어 등에 업었다. 사련은 문 위에 손을 얹고 주사위 두 개를 꺼낸 다음, 권일진을 돌아보며 말했다.

"정말 고마워요!"

권일진은 아직도 배명을 두드려 패고 있었다. 그의 공격은 흉포하고 사나우면서도 막무가내였다. 배명의 기량이 뛰어났기에 망정이지, 다른 사람이 이렇게 마구잡이로 내리찍는 권법에 두들겨 맞았다면 벌써 온 얼굴이 피투성이가 되었을 터다. 공격을 막아 내던 배명이 핏대를 세우며 고함쳤다.

"위병! 막아라!"

그가 지원군을 불러오기 직전, 사련은 주사위를 던지고 문을 연 다음 밖으로 뛰쳐나가 다시 문을 닫았다. 이렇게 상천정에서 줄행랑을 친 셈이었다. 그러나 꿈에도 예상치 못한 장면이 그를 기다리고 있었다. 문을 닫고 다시 돌아섰을 때 그의 눈앞에 나타난 것은, 한쪽 발로 새 공덕함을 딛고 웃통을 벗은 채 땀을 닦고 있는 화성이었다.

"……."

"……."

"……."

허름하고 자그마한 보제관이 이렇게 큰 신들을 다 수용할 수 있을 리가 없다. 사련은 숨이 턱 막히는 것 같았다. 바깥에서는 인간 몸뚱이에 혼연일체로 달라붙은 귀신이 듣기 싫은 목소리로 외치고 있었다.

"곡자야~ 이리 와서 아버지 다리나 좀 두드려라~."

한참 뒤에야 화성은 나무를 깎고 있던 액명을 툭 던지고 한쪽 눈썹을 약간 치켜올렸다.

"……?"

드러난 상반신은 살빛과 윤곽이 한없이 아름답고 눈부셨다. 사련은 그 빛에 눈이 멀어 버릴 것 같았다. 분명 제대로 보지도 못했건만, 걷잡을 수 없는 혈기가 치솟아 눈앞이 아뜩해졌다. 허겁지겁 화성의 앞으로 뛰어든 사련은 두 팔을 벌려 명의와 사청현의 시선을 가로막았다.

"눈 감아요, 눈 감아요! 빨리 감으세요!"

그 두 사람은 얼굴을 굳히고 괴상한 표정으로 그들을 쳐다보았다. 화성은 사련의 어깨에 손을 얹고 재미있다는 듯이 말했다.

"……형, 뭘 그렇게 긴장해."

사련은 그제야 정신이 들었다. 그래, 긴장할 필요가 있나? 화성이 아가씨도 아닌데 웃통을 벗고 일하는 게 뭐 어쨌단 말인가?

하지만 그는 꿋꿋하게 양팔을 벌린 채 화성을 되도록 빈틈없이 가리며 말했다.

"아무튼…… 일단 옷부터 입어."

"응, 형 말대로 할게."

어깨를 으쓱하며 대답한 화성은 태연하게 옷을 가져와 설렁설렁 몸에 걸쳤다.

사청현은 그의 태연자약하고 자연스러운 모습을 보고는 멋쩍어하며 말했다.

"저기, 죄송하게 됐어요. 미처 몰랐네요. 두 분이…… 하하하, 이거 참, 하하하. 뭐, 그렇군요. 하하하."

"……."

잠시 침묵한 사련이 입을 열었다.

"대인, 하고 싶은 말씀은 그냥 하셔도 돼요. 뭔가 오해가 있으면 저도 잘 설명할게요. 그렇게 웃음으로 대체하지 마시고요……."

시간이 촉박하다. 조금 있으면 배명이 찾아올 테니 보제관에 오래 머무를 수는 없었다. 명의는 사청현을 내려놓고 바닥에 축지천리 진법을 그렸다. 사련이 목적지를 물으려던 찰나, 등 뒤에서 화성의 한숨 소리가 들려왔다.

사련은 풍사 쪽 사람들을 가까이하지 말라던 그의 충고가 떠올라 결국 뒤를 돌아보았다.

"삼랑, 미안해."

화성은 이미 옷을 다 갖춰 입은 모습이었다.

"난 형이 수수방관하지 않을 줄 알았어."

짧게 침묵한 그는 미소를 지으며 말을 이었다.

"그런데 왜 형이 나한테 사과해? 설마 형은 내가 며칠 전에 했던 말만 기억하고, 예전에 했던 말은 잊은 거야?"

사련은 내심 당황하면서 속으로 중얼거렸다.

'어떤 말?'

이때 불현듯 기억이 떠올랐다.

청귀 소굴에서의 그날 밤에 화성이 했던 말.

– 형은 그냥 마음대로 하면 돼.

기억을 더듬어 낸 사련은 눈을 가만히 깜박거렸다. 무슨 말을 해야 좋을지 모를 노릇이었다. 그저 갑자기 화성에게 무언가를 해 주고 싶었다. 하지만 당장은 마땅한 일이 떠오르지 않았다. 끙끙대며 고민하던 그의 시선에 문득 화성의 붉은 옷깃이 스쳤다.

"잠깐만!"

한마디 외친 그는 재빨리 달려들어 화성의 옷깃을 정돈해 주었다. 아까 화성이 아무렇게나 옷을 걸치느라 옷깃이 말려 들어간 모양이었다. 정리가 끝나자, 사련은 옷깃을 찬찬히 살피고는 웃으며 말했다.

"됐다."

화성도 웃으며 입을 열었다.

"고마워."

사련은 마음속으로 나직하게 화답했다.

'나야말로.'

저쪽 두 사람은 차마 이쪽을 쳐다보지 못했다. 명의가 그린 원이 조금 비뚤어진 것도 같았다. 진을 다 그린 그는 문을 열었다. 사련은 음산한 동굴이나 우뚝한 궁전이 등장할 줄 알았다. 하지만 예상과는 달리 문 바깥에는 드넓은 밭이 펼쳐져 있었다. 저 멀리 어스름한 청산과 대나무가 보였다. 논밭 곳곳에 흩어진 농부들은 농사일에 여념이 없었다. 반지르르하게 윤기가 나는 덩치 큰 검은 소도 밭을 갈고 있었다.

이 광경을 본 사련은 자신이 아직 보제 마을에 있는 게 아닐까, 생각하면서 잠시 넋을 놓았다. 명의는 사청현을 업고 걸어 나간 뒤였다. 사련이 걸음을 내딛기도 전에 화성이 먼저 문을 나섰다.

네 사람은 둘씩 짝지어 논두렁 위를 거닐었다. 착각인지는 모르겠으나 그 검은 소가 그들을 계속 주시하는 것 같았다. 얼마나 걸었을까, 네 사람은 작은 초가집 하나를 발견하고는 들어가 자리를 잡고 앉았다. 사청현은 그제야 한숨을 푹 내쉬었다. 사련이 물었다.

"이제 도망가지 않아도 되나요? 혹시나 배 장군이 여기까지 쫓아오면요?"

화성은 잠시 바깥을 바라보았다. 특히나 그 검은 소를 빤히 쳐다보다가, 다시 문을 닫고 무심하게 말했다.

"안심해. 그자는 여기 주인을 함부로 못 건드려. 와 봤자 매운맛만 보겠지. 제아무리 수횡천이라도 여기선 경거망동하지 못해."

사련은 고민 끝에 말을 꺼냈다.

"삼랑, 이번 일은 너무 복잡해. 어쩌면 상천정이 깊게 엮였을지도 몰라. 넌 따라오지 않는 게 좋겠어."

하지만 화성은 웃으며 대답했다.

"상천정이 어떻든 내 알 바 아니야. 그냥 형을 따라 여기저기 구경하는 거지."

이때 사청현이 불쑥 말을 꺼냈다.

"다들 이제 그만 따라와요."

초가집 안의 다른 세 사람이 모두 그를 바라보았다. 사청현이 말을 이었다.

"태자 전하의 말씀이 옳아요. 이 일은 너무 복잡하고 엮인 사람들도 많아요. 저는 여기 틀어박혀서 나가지 않을 거예요. 친우 여러분, 이제 더 도와주지 않아도 됩니다. 여기서 끝내죠."

사련이 유유히 말했다.

"풍사 대인. 여기서 끝낼 수 있을지는 대인이 아니라 수사 대인과 백화진선이 결정하게 될 겁니다."

이 말에 사청현의 안색이 굳어졌다.

사련이 말을 이었다.

"풍사 대인. 한 가지 여쭐까 하는데, 부디 언짢게 생각하지 마셨으면 해요."

"뭔데요?"

"대인과 수사 대인, 그 백화진선에게 어떤 약점이 잡혀 있는 것 아닌가요?"

사청현의 얼굴이 언뜻 창백해졌다.

사실 경주대에서 보낸 그날 밤, 사련은 몹시 견고한 방어진을 설치했었다. 문을 열고 나가지만 않았다면 사청현은 해를 입지 않았을 것이다. 그런데 어째서 스스로 문을 열었을까?

다만 한 가지. 누군가 그에게 통령을 하면서 다짜고짜 그 약점을 꺼냈다면, 그래서 반항하기는커녕 남들에게 알리지도 못하고 부득이하게 상대방의 지시를 따라야만 했다면 이야기가 달라진다.

사련이 탁자 옆에 앉으며 말했다.

"저는 그게 수사 대인의 약점일 가능성에 무게를 두고 있었어요. 그런 확신이 있었거든요. 예전에 무슨 일이 있었든 풍사 대인께선 전혀 모르고 계셨을 거라는 확신."

그래서 내막을 알게 되자 그토록 극렬하게 반발한 것이다. 심지어는 상천정에 거부감을 느꼈고, 인간계로 내려가 떠돌이 신선을 자처하는 한이 있어도 상천정 신관으로는 남고 싶지 않았을 것이다.

명의가 미간을 찌푸리며 물었다.

"무슨 약점입니까?"

사청현이 얼뜨기도 아니고, 음해를 당해 법력을 잃었다면 극도로 분노해 진상을 캐내고 진범을 두들겨 패야 정상이었다. 하지만 이런 반응은 눈을 씻고 찾아봐도 없었다. 분노는 있었으나 그 분노는 백화진선 대신 자신의 형을 향했다. 그리고 옆 사람들에게는 '여기서 끝내자'고 말했다.

당연하게도 비정상적인 반응이다. 다만 단 한 가지, 예외가 존재한다.

사청현이 선경에 오른 것 자체가 비정상적인 경우!

하늘을 거스르고 운명을 고쳐, 본디 등선하지 못했을 사람을 신단에 모시는 것. 그야말로 간덩이가 부은 대역무도한 소행이다. 사련은 이런 일은 난생 들어 본 적이 없었다. 이게 사실이라면, 폭로되었을 경우 엄청난 파장을 몰고 올 터였다. 생각해 보라. 선경에 오르고 싶어 하는 사람마다 이런 수단을 쓸 수 있다면 천지간 질서가 형편없이 무너지지 않겠는가?

터무니없는 추측이지만 생각해 볼수록 합리적이었다. 사청현은 태어나면서부터 수년간 백화진선의 괴롭힘에 시달렸다. 벗어날 수 있는 유일한 방법은 바로 선경에 오르는 것이었는데, 그는 기가 막히게 정말로 선경에 올랐다. 불과 몇 년 사이에 두 형제가 연달아 등선했다. 이는 천하에 둘도 없는 경사이자 우연이었다.

사련은 결코 사청현이 선경에 오른 사실을 의심하고 싶지 않았다. 하지만 풍사가 자연의 이치대로 선경에 오른 인물이라면 이토록 맥없이 법력을 잃었겠는가? 요괴가 신관을 평범한 인간으로 바꾸는 것이 이렇듯 쉬운 일이었다면, 벌써 수많은 신관들이 이런 보복을 당하고도 남았을 터였다.

다만 이런 경우라면 이야기가 달라진다. 사청현이 애초에 평범한 인간이라면. 풍사가 선경에 오를 당시, 수사가 어떤 부정한 수법을 썼다면.

수행 길의 밑천으로 귀한 보물을 쏟아붓는 것쯤은 도가 지나치다고 할 수 없다. 인간계에서 왕조나 정권이 바뀌는 때를 노려 전쟁과 살육을 동원해 선경에 오르는 것도 마찬가지다. 세상 형편이란 게 본디 그러하기에 새삼스러운 일도 아니다. 영광은 으레 피를 수반하며, 선경에 오르면 살육 따위 단숨에 없던 일로 변해 버린다. 반면 도가 지나친 일도 있다. 만약 어떤 사람이나 어떤 신관이 누군가를 선경에 올리기 위해 부정한 수법을 동원하고 사술로 다른 이의 목숨을 해한다면, 상황은 크게 달라진다.

사련이 나직한 목소리로 물었다.

"풍사 대인. 대인께서 선경에 오르신 그날 밤이, 한로 전날 밤이었나요?"

잠시 뒤, 사청현이 깊이 숨을 들이마시고 입을 열었다.

"맞아요."

그는 잠시 머뭇거리다 말을 이었다.

"그날 박고진에서 기억났어요. 한로 전야라면, 내가 선경에 오른 날이잖아? 원래는 모두에게 물어보려고 했어요. 이게 단서가 될까? 뭔가 관련이 있지 않을까? 우연의 일치는 아닐까?

하지만 어쩐지 꺼림칙해서 결국 못 여쭤봤어요. 관련이 있는지 없는지는 이제 아셨겠지만요."

관련이 있다. 그것도 커다란 관련이.

백화진선은 왜 하필 그날을 골라 사청현을 박고진으로 보내 멋들어진 혈사화 가극을 보여 준 다음, 다시 경주대로 데려가 그를 해쳤을까? 분명 아무 이유도 없이 이렇게 공을 들이진 않았을 터다. 이 시각과 두 지점을 이어 보자. 옛날 옛적 박고진의 어느 한로 전날 밤, 하생이라는 평범한 인간이 무수한 사람을 죽이고 자신도 죽으면서 철저하게 망가졌다. 그리고 경주대의 어느 한로 전날 밤, 사청현이 선경에 올랐다.

이렇게 되면, 백화진선이 말하고자 했던 바가 더없이 뚜렷해진다.

사청현, 네 등선은 이 혈사화 속 주인공의 죽음과 무관하지 않다!

사련의 좋지 않으면서도 합리적인 추측은 바로 이것이었다.

선경에 오른 사무도는 사청현을 백화진선의 손아귀에서 빼내기 위해 비밀리에 조건이 맞는 사람을 찾아냈다. 그러곤 어떤 부정한 수법을 써서 그 사람을 사청현의 액막이 용도로 삼았다. 자명하게도 그 사람은, 가난하면서도 누구보다 총명했으나 갑자기 연이은 액운에 끝내 패가망신하게 된 하생이다.

하생은 사청현의 이름을 대신했고, 백화진선은 깜빡 속아 넘어갔다. 그렇다면 하생의 운세는 사청현이 차지하게 되었을 것이다. 똑같은 한로 전날 밤. 한 사람은 인간 세상에서 몸소 생지옥을 맛보았고, 다른 한 사람은 든든한 보호막 속에서 성공적으로 천겁을 겪고 선경에 올랐다.

그러니까 이 두 사람은, 본디 주어진 운명이 뒤바뀐 것이다!

60장 신을 끌어올린 신보다 귀신을 삼킨 귀신이 낫다

사련이 말을 이었다.

"감히 추측해 보자면, 하생의 이름은 외자로 '현(玄)'이었을 겁니다. 그리고 사주팔자가 풍사 대인과 같았겠죠."

천하를 감쪽같이 속이려면 아무 사람이나 찾아서 될 일이 아니다. 필연코 어떤 특정 조건에 부합해야 한다.

백화진선이 처음 사청현을 붙잡았을 때 물었던 세 가지 질문을 생각해 보면, 당시 백화진선은 두 가지 사실만큼은 똑똑히 알고 있었다.

첫째, 사냥감의 이름에 '현'이 들어간다는 것. 둘째, 사냥감의 사주팔자. 그러나 백화진선은 사청현이 먼저 찾아오지 않는 이상 사냥감의 얼굴을 알아볼 수 없었다. 사씨 일가가 일찍이 조치를 마련했으니 이 두 가지 외에는 아는 게 없었을 터다.

그러므로 사청현의 액막이로 삼을 사람을 찾으려면, 반드시 사청현과 같은 해, 같은 달, 같은 날, 같은 시에 태어난 동시에 이름에 '현'이 들어간 남자여야 했다.

이런 희생양을 구하기란 너무나 어렵다. 그러나 이 너른 천하, 필사적으로 뒤지면 꼭 없으리란 법도 없었다. 대단하신 수사의 기세를 등에 업고 그물을 던지니, 정말로 그런 사람이 걸려들었다. 게다가 선경에 오를 잠재력을 지녀 머지않아 천겁을 겪을 사람이었다!

이 좋은 횡재를 어찌 놓칠 수 있으랴? 고달픈 수행에 비하면 참으로 쉬운 길이다. 다시는 돌아오지 않을 절호의 기회다!

이쯤 되니 명의도 상황을 파악했는지 표정이 점점 굳어 갔다. 사청현은 고개를 끄덕이다가, 문득 무언가가 떠올랐는지 문가에 기대 있는 화성을 바라보았다. 아무래도 귀신 앞에서 토론할 만한 일은 아니었으니까. 하지만 화성은 팔짱을 낀 채 웃으며 말했다.

"풍사 각하는 나를 쳐다볼 필요 없을 텐데. 당신이 걱정해야 할 건 내가 아냐. 이 일은 나와 아무 상관 없어. 차라리 상천정에 당신 형님의 이 약점을 잡은 다른 신관이 있지는 않은지부터 걱정하지 그래."

명의가 가라앉은 목소리로 말을 얹었다.

"역시 상천정에 밀정을 두고 있군."

화성은 아랑곳없이 대꾸했다.

"일찌감치 알고 있었잖아?"

지사는 애초에 이 사실을 조사하기 위해 귀시장에 파견되었었다. 하지만 그 밀정이 아주 깊숙이 숨은 탓에 십 년이 넘도록 잠복해 있었는데도 정체를 알아내지 못한 모양이었다. 물론 사련은 이 일이 자신과 무관하다는 화성의 말을 믿었기에 더 깊이 생각하지는 않았다. 그러나 화성은 '상천정의 다른 신관들을 걱정하라'고 했다. 사련은 문득 또 다른 일을 떠올리고 사청현에게 물었다.

"풍사 대인, 그날 밤 경주대에서 왜 먼저 호법진의 문을 여셨어요? 누군가가 불러낸 건가요? 그게 누구였습니까?"

"맞아요, 백화진선이었어요. 놈이 초장부터……."

사련은 양 소매를 포갠 자세로 물었다.

"하지만 백화진선이 대인의 통령 구령을 어떻게 알았을까요?"

"……."

명의가 불퉁한 얼굴로 끼어들었다.

"이 인간이 온종일 가는 곳마다 친구를 만들고 허구한 날 떠들어 댄 덕분이 아니겠습니까! 말이 많아서요!"

사청현이 억울한 목소리로 말했다.

"명 형, 그런 식으로 말하면 안 되지. 나랑 수다 떨러 오는 사람들은 다 상천정 신관들이야. 난 그놈한테 자기소개한 적 없거든!"

사련이 입을 열었다.

"백화진선은 오랜 동면 끝에 권토중래[#9]해서 수사 대인의…… 이런 비밀까지 낱낱이 알아냈으니, 풍사 대인의 통령 구령을 손

#9 권토중래 捲土重來. 실패 후 다시 정비해 쳐들어감

에 넣는 것쯤은 어렵지 않았겠죠. 분명 누군가가 대인의 통령 구령을 누설한 겁니다. 고의였든 아니든, 그 누군가를 단서로 조사하면 되겠네요."

다시 명의가 물었다.

"그래서 어떻게 생긴 놈이었는지는 제대로 봤어? 놈이 너를 불러내서 무슨 짓을 했지?"

"……."

사청현은 머리가 지끈거리기 시작했다.

"생긴 건 모르겠어. 놈이 주술을 걸어서 눈앞이 흐릿했거든."

그는 말끝을 얼버무렸다. 무언가를 보았다는 말도 하지 않았다. 명의의 안색이 서늘해졌다. 아마 사청현이 본 것이 혈사화의 기원이 된 잔혹한 장면들이라 차마 묘사하지 못하는 것이리라고, 사련은 어림짐작했다. 잠시 뒤, 사청현이 한숨을 내쉬며 말했다.

"다 제가 무능한 탓이에요. 혼자 힘으로 선경에 올랐다면 이런 일은 일어나지 않았을 텐데."

사청현의 원래 사주는, 평범한 사람들 사이에서라면 아주 좋은 사주에 속할 것이다. 그러니 백화진선도 그를 노렸으리라. 하지만 선경에 오르기에는 턱없이 부족한 사주였을 터다. 선경에 오를 사람은 몸에 영기를 두르고 있어 삿된 것들이 손대기 어렵다. 하물며 어떤 요괴가 작정하고 미래의 신관을 건드리려 하겠는가?

무릇 등선이란 총명하다고 해서 되는 일이 아니고, 총명함에 노력까지 더한다고 되는 일도 아니다. 귀한 보물을 많이 쏟아부을수록 효과가 좋아지는 것도 아니다. 십 년을 공부한 자가 문장력을 타고나 시상을 줄줄 읊는 자를 이길 수 없듯이. 백 년을 기울인 심혈이 찰나의 깨달음을 이기지 못하듯이.

그런 운명은 타고나야만 한다. 수사가 아무리 큰 밑천을 동생에게 퍼부었어도 운명을 바꾸지 않았다면, 기껏해야 중천정에 머물면서 하급 신관들의 우두머리 노릇이나 했을 터다. 지금처럼 무한한 영광을 누리게 된 건, 오롯이 그의 형이 다른 사람의 운명을 훔쳐다 그에게 준 덕분이다. 다만 그에게는 일말의 양심과 자존심이 남아 있었으니, 진실을 알게 된 후의 심정이 어땠을지 짐작하기 어렵지 않았다.

만약 이 일이 없었다면, 원래 진정으로 선경에 오를 운명이었던 그 사람은 오늘날 얼마나 대단한 영광을 누렸겠는가?

여기까지 생각한 사련은 불현듯 머릿속이 번뜩였다.

"아닙니다. 풍사 대인, 대인을 불러낸 건 백화진선이 아니었어요."

사청현이 고개를 들며 말했다.

"네? 그건 놈의 목소리가 분명해요. 제가 잘못 기억했을 리 없어요."

"아뇨, 아니에요. 목소리가 같다고 해서 본체까지 백화진선이란 법은 없죠. 여러분, 기억하시나요. 백화진선이 노렸던 사냥감들은 결국 하나같이 자살로 생을 마감했어요. 하지만 단 한 사람만은 예외였습니다."

잠시 침묵한 그가 말을 덧붙였다.

"하생은 어떻게 죽었을까요? 혈사화 연극에서는 어떻게 묘사됐나요? 자살이었나요?"

사청현이 눈을 크게 떴다.

"자살이 아니었어요. 그건……."

명의가 말을 이어받았다.

"기력이 다해 죽었습니다."

사련이 말했다.

"맞아요! 아무리 액운에 시달렸어도, 마지막 순간까지 하생은 자살할 생각은 하지 않았어요."

그는 침착하게 말을 이었다.

"잘 생각해 보면, 이 사람은 심지가 무서울 정도로 굳건했어요. 보통 사람이라면 불공정하고 불행한 타격을 연달아 입었을 때 선뜻 자포자기하거나 자살로 상황을 해결하려 했겠죠. 하지만 그는 끝까지 대항했고, 어떤 일에도 굴복하지 않았어요. 어쩌면 백화진선은 그를 찾아간 뒤로 한 번도 본인이 원하는 것을 빨아들이지 못했을지도요. 두려움 말이에요. 하생은 공포와 절망으로 희망을 잃고 자살한 게 아니었어요. 백화진선은 그를 끈질기게 괴롭혔지만, 정작 좋은 열매는 하나도 먹지 못했죠. 오히려 깨물고 보니 철판이라 이가 깨져 결국엔 완전히 패했을 테고요."

이야기를 듣고 있던 사청현은 느릿하게 고개를 저으며 진심으로 탄식했다.

"……전 확실히 그 사람보다 못하네요."

사련이 말을 이었다.

"그는 살기와 원기를 품고 죽었습니다. 과연 이렇게 탄생한 혼백이 그대로 편히 잠들었을까요. 분명 안식하지 못하고 복수를 갈망했겠죠. 그러니 풍사 대인, 지금 그 '백화진선'은 사실 대인이 태어났을 때 찾아왔던 백화진선이 아닐 확률이 높아요. 그건 죽는 순간까지 모질게 대항하다가 거꾸로 백화진선을 집어삼킨 하생, 아니 하현이에요!"

이 말이 나오자 사청현과 명의는 나란히 얼을 뺐다. 화성이 담담하게 그의 말을 받았다.

"귀신이 귀신을 삼킨 거지."

사람이 사람을 잡아먹는다면 기껏해야 배를 채우고 말 터다. 그러나 귀신이 귀신을 잡아먹는다면, 옳은 방법으로 먹었을 경우 상대의 능력과 법력을 자기 것으로 소화할 수 있다.

사련이 다시 말했다.

"이 추측이라면 '백화진선'이 어째서 속사정을 낱낱이 알고 있었는지도 설명돼요. 원래 이런 요괴들은 둔하고 괴팍하지, 이 정도로 똑똑하진 않거든요. 하지만 지금 대인들을 찾아다니는 건……."

그는 '결합체'라는 말을 쓰려고 했지만 썩 정확하지 않다는 생각이 들었다. 이때 화성이 말했다.

"강화체(強化體)."

"맞아요. 백화진선을 삼켜 버린 하생의 의식은 완벽하게 주도권을 장악했어요. 지금 그는 저주하는 능력을 지닌 데다 무척 영리해요. 게다가 두 분을 향한 막대한 원한까지 품고 있죠."

그래서 사청현의 통령 구령을 미리 알고 있었음에도 처음부터 통령술로 저주를 내리는 대신, 한 걸음씩 덫을 조여 가며 그가 스스로 귀와 눈을 막고 빈방에 홀로 갇히도록 몰아세웠다. 마치 고양이가 잡은 쥐를 당장 죽이지 않고 제풀에 놀라 죽을 때까지 가지고 노는 것처럼.

잠시 뒤, 명의가 말문을 뗐다.

"이 상황에서 이제 어쩔 생각이냐."

모두가 사청현을 바라보았다. 사청현은 저도 모르게 제 머리카락을 마구 헝클어뜨리고는 망연하게 말했다.

"……저 쳐다보지 말아 주실래요? 저도…… 어떻게 해야 좋을지 모르겠다고요! 그냥…… 당장은, 우리 형을 어떻게 봐야 할지 모르겠어요……."

누가 뭐래도 자신의 친형이다. 하물며 자신을 위해서 그런 극악한 죄를 범해 사람의 목숨을 해쳤으니, 한동안 갈피를 잡지 못하는 것도 당연하다. 사청현이 말을 이었다.

"하지만 먼저 여기서 여러분께 부탁할게요. 일단은, 절대로 바깥에 말하지 말아 주세요! 잠깐, 그냥 잠깐이면 되니까, 대체 어쩌면 좋을지…… 고민할 시간을 주세요. 며칠 생각해 봤지만 전혀 예상치 못한 일이라, 아무튼 저부터 진정해야……."

마지막 말을 할 무렵 그는 초점 풀린 눈으로 횡설수설하고 있었다.

사무도는 말끝마다 사청현의 '병을 고친다'고 떠들었다. 그러나 무슨 병을 고친단 말인가? 단지 신단에서 떨어져 평범한 인간으로 돌아갔을 뿐인데. 정녕 이 '병'을 고치려면 다시 운명을 바꾸고 다시 한번 선경에 올라야 할 터다. 그런 적임자를 하나 더 찾기란 하늘의 별 따기겠지만, 사무도가 또 어떤 부정한 수단을 쓸지 누가 알겠는가? 그러니 사청현도 평범한 인간이 될지언정 신선은 하지 않겠다고 소리치며 부랴부랴 도망친 것이리라.

그리고 오류투성이였던 백화진선 두루마리는 사청현이 정확한 방향을 조사하지 못하도록 잘못 이끌 목적이었던 게 틀림없다. 이 두루마리의 출처가 사무도인지 영문인지는 알 수 없다. 다만 당시 사무도는 조건에 맞는 사람을 찾기 위해 영문전의 힘을 빌려 그물을 쳐야 했을 터다. 영문 본인은 정말로 이 일에 관해 아무것도 몰랐을까? 사청현이 이런 방식으로 선경에 오른 신관이라면, 같은 처지인 두 번째, 세 번째, 심지어 더 많은 신관들이 존재하지 않을까?

정녕 그렇다면 너무나 끔찍한 일이었다. 세상을 혼란에 빠트릴 사안이니만큼 신중하게 접근해야 했다. 화성은 무관심하게 여유를 즐겼지만, 작은 초가집에 모인 나머지 사람들은 비상사태를 맞은 듯 근심에 잠겨 있었다. 바로 이때였다. 갑자기 초가

집 밖에서 소란이 일어났다. 소가 음매, 하고 노성을 질렀다. 농민들도 여럿이서 고함을 쳤다.

"막아라! 막아!"

"뭔데 이리 살기등등하게 굴어!"

사련이 문틈으로 밖을 내다보았다.

"배 장군이에요."

아까 권일진이 날린 침상에 흠씬 얻어맞았던 배명이 지금 멀쩡히 밖에 서 있었다. 그의 앞으로 경계선을 알리는 비뚜름한 비석이 보였다. 뭔가 꺼림칙한 것인지, 그는 섣불리 쳐들어오지 못하고 검을 든 채 제자리에 서 있을 뿐이었다. 괭이와 낫을 든 농민들은 불청객을 맞이하는 표정을 지었다. 밭에 있던 그 검은 소가 코로 거친 숨을 내뿜더니, 별안간 두 발로 일어나 우람한 체구의 사내로 감쪽같이 변했다. 꽤 준수한 용모에 코에는 작은 쇠코뚜레를 낀 모습이었다. 그 소가 웃으며 말했다.

"어이, 이거 배 장군 아니신가. 귀한 손님이시군. 무슨 바람이 불어서 오셨나? 먼저 말해 두겠는데, 당신네 소배 일은 우리와 관계없소이다."

사련은 생각에 잠겼다. 아까 그 논밭과 검은 소를 보면서 어렴풋이 떠오르는 인상이 있었는데, 역시 이곳은 우룡산의 우사촌이었다. 과거에도 저 소 형님이 우사립을 빌려준 덕에 비를 내릴 수 있었다. 오랜 세월 만나지 못했지만, 여전한 풍채로 예전처럼 성실하고 힘차게 쟁기질을 하고 있었다. 문틈 앞으로 비집고 들어온 사청현이 사련에게 말했다.

"우사 대인 댁의 소네요. 참 괜찮은 소라니까요."

배명은 우사에게 쓴맛을 본 전적이 있었기에, 정중하지만 비굴하지 않은 태도로 깍듯하게 말했다.

"송구합니다. 이 몸은 이번에 우사 국주를 뵈러 온 것이 아닙니다. 혹 풍사 대인이 마을에 오시진 않았는지요?"

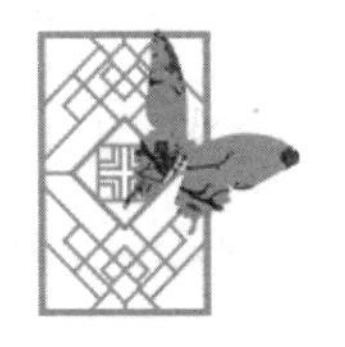

61장 천겁을 건너니 동쪽 바다 일어나고

그 소가 말했다.

"허, 칭찬하지도 않았는데 뭐가 송구하다는 거요? 이쪽은 농사짓느라 바빠서 누가 오는지 못 봤소."

"정 그러시다면야."

배명은 짧게 대꾸하며 앞으로 한 걸음 성큼 내디뎠다. 그러자 농부들이 우르르 괭이를 치켜들며 말했다.

"밟아 죽였다! 당신이 밟아 죽였어!"

배명이 얼굴을 슬며시 찡그렸다.

"뭘 밟아 죽였다는 겁니까?"

소가 대답했다.

"이들이 고생고생해서 심은 농작물을 밟아 죽였군. 사과하시지."

아래를 흘끗 내려다본 배명이 인내심 있게 말했다.

"잘못 본 게 아니라면 이건 그냥 잡초잖습니까."

그 소는 희한하다는 투로 대꾸했다.

"댁같이 남들 때리고 죽이는 장군이 뭘 안다고? 잡초인지 작물인지, 농사짓는 우리가 댁보다 모르겠소?"

사련은 우사촌 사람들이 일부러 배명을 괴롭히고 있다는 걸 알면서도, 덩달아 그 풀이 잡초인지 작물인지가 궁금해졌다. 북방을 관장하는 위풍당당한 무신 배명이 어찌 이런 시시한 이유로 농민들에게 사과할 수 있겠는가? 그는 외면하며 앞으로 몇 걸음을 내딛고는 목청을 높였다.

"청현, 나와라! 네 형이 지금 천겁을 치르는데 형세가 좋지 않아. 큰일이 날 것 같다!"

"……."

사청현은 집 안에 숨어 나가지 않기로 마음먹은 참이었다. 어차피 배명이 무리하게 난입하지는 않을 테니까. 그러나 이 말이 나오자 그는 냅다 문밖으로 뛰쳐나갔다.

"뭐라고요?"

배명이 그 소를 흘겨보며 말했다.

"역시 또 여기로 도망쳤구나!"

아연실색했던 사청현은 이내 다시 정신을 차리고 뒤쪽으로 훌쩍 물러났다.

"다, 다, 당신, 지금 누굴 속이려고요. 이렇게 빠를 리가 있어요? 너무 갑작스럽잖아요. 전 적어도 몇 달은 더 있어야 하는 줄 알았는데요?"

하지만 아까 선경에 있을 때, 수사는 정말로 중요한 일이 생긴 것처럼 황급하게 떠났었다. 사청현은 즉시 두 손가락을 모아 관자놀이로 가져갔다. 이는 통령술의 수인[#10]이었으나, 그는 손을 들고 나서야 제 법력이 말끔히 사라졌다는 사실을 자각했다. 낙담할 겨를도 없이 그는 허겁지겁 사련을 붙들고 말했다.

"태자 전하께서 대신 물어봐 주세요. 이게 사실인가요?"

사련과 명의는 통령진에 들어갔다. 아니나 다를까, 진 안은 곤죽이 되어 발칵 뒤집힌 지 오래였다. 적잖은 신관들이 하나같이 동쪽 해역을 둘러보며 웅얼거리고 있었다.

"맙소사……. 이 기세…… 역시 수횡천입니다!"

"이이이, 이걸 견뎌 낼 수 있을는지……."

법력이 강하고 천겁을 치른 횟수가 많은 신관일수록 한층 위험한 천겁을 맞이하게 된다. 물길을 독점하고 돈길을 장악한 사무도. 그의 세 번째 천겁이니 볼 것도 없이 난도가 엄청날 터였다. 사련이 입을 열었다.

"사실이에요."

소가 길을 가로막은 탓에 섣불러 뛰어들 수 없었던 배명은 멀리서 외쳤다.

"네가 어린애도 아닌데 이런 식으로 널 속이겠느냐! 천겁이 무슨 식사 약속도 아니고, 길일에 새 옷으로 차려입고 치르러

#10 수인 手印. 주문을 외울 때 취하는 손동작

갈 수 있는 줄 아느냐? 준비할 새도 없이 오는 거라고! 네 형은 지금 동해(東海) 바다 위에 있다. 지금 큰 파도가 일어서 아무도 들어가지도 나오지도 못해. 그가 한창 파도에 맞서고 있는데 네가 도망쳤다는 보고가 들어왔으니, 어떻게 마음 놓고 천겁을 치르겠느냐!"

사청현이 말했다.

"그럼 빨리 제가 우사촌에 있다고 전해 주면 되잖아요?"

사련은 통령진에 실시간으로 전달되는 상황을 듣고 말했다.

"안 되겠어요. 지금 수사 대인이 천겁을 치르는 해역 전체에 광란에 가까운 법력장이 펼쳐졌어요. 혼란스러운 상황이라 말을 전할 수 있는 사람이 없을 거예요!"

사청현이 앞으로 뛰어들었다.

"절 데려다줘요!"

배명이 손을 내밀며 외쳤다.

"가자!"

그런데 명의가 갑자기 몸을 날려 사청현의 앞을 가로막았다. 차갑게 굳어진 표정이었다. 사청현이 물었다.

"명 형, 왜 그래?"

명의는 미간을 굳힌 채 말이 없었다. 하지만 사련은 그가 무슨 생각을 했는지, 어째서 사청현을 막아야 했는지 알 것 같았다.

지금 수사가 천겁을 치르도록 돕는 게 정말 옳은 일인가?

만약 명격을 바꾼 일이 사실이라면 수사는 반드시 그에 상응

하는 징벌을 받아야 한다. 그렇다면 책임을 묻기도 전에 한 단계 경지를 올리도록 돕는 것은, 정말 아무 문제 없을까?

사련 역시 이 점을 고민하고 있던 참이라 명의의 생각을 읽어낸 것이었다. 사청현은 머뭇거린 끝에 긴 한숨을 내뱉었다.

"……명 형, 정말…… 신세 많이 졌어. 하지만 어쨌든, 난…… 아무래도 마음이 놓이지 않아. 지금은 눈앞의 관문부터 처리해야겠어!"

말을 마친 그는 배명의 곁으로 달려가 뒤돌아보며 말했다.

"감사해요, 태자 전하! 감사합니다, 우사 대인! 소도 고마웠어요! 다들 고마웠습니다! 나중에 다시 보답할게요!"

그렇게 두 사람은 먼저 급하게 떠났다. 제자리에 잠시 서 있던 명의가 뒤를 따랐다. 사련은 그들의 뒷모습을 가만히 바라볼 뿐이었다. 화성이 방에서 느릿하게 걸어 나왔다.

"형은 안 가?"

사련은 짧게 고민하고는 고개를 가로저으며 천천히 말했다.

"이건 내가 관여할 일이 아니야. 우선 모두가 어떻게 해결할지 지켜보려고."

사건의 중심인물인 사청현마저 지금껏 해결책을 찾지 못했으니, 사련도 오죽 난처한 게 아니었다. 그는 사무도가 무슨 연유로 그런 짓을 했는지 이해할 수 있었지만, 그 방법만큼은 인정할 수 없었다. 이상적인 결말은 사무도가 자진해서 죄를 인정하고 벌을 자청하는 것이다. 아마 명의도 이를 바랐기 때문에 사청현을 막은 것이리라. 하지만 수사의 강한 자존심과 교만하고 방종한 성정을 생각하면 거의 불가능한 일이었다. 그 높은 지위에 그토록 오래 앉아 있었는데 어느 누가 기꺼이 내려오려 하겠는가.

다른 상대였다면 사련은 이번 일을 즉시 상천정에 고했을 것이다. 하지만 풍사의 한결같고 두터웠던 호의를 생각하면, 차마 그의 형이 위급한 시기에 매정하게 돌아설 수가 없었다. 그건 마치 지난날의 정을 외면하고 남의 위기를 틈타 해를 가하거나, 우물에 빠진 사람에게 돌을 던지는 일 같았다. 당장은 그들이 어떻게 해결할지 지켜볼 수밖에. 만약 그러다 올바른 해결책이 나오지 않는다면…….

여기까지 생각이 미치자, 사련은 화성에게 자조적으로 말했다.

"삼랑, 네 지난번 충고가 옳았던 것 같아. 으음, 이 일은 참."

화성이 어렴풋이 웃으며 입을 떼려는 순간, 사련의 표정이 갑자기 변했다. 통령진에서 영문의 목소리가 들렸다.

"뭐라고요? 어민 수백 명의 배가 휘말려 들어갔단 말입니까? 지금 이 상황에?"

움찔한 사련이 생각할 새도 없이 물었다.

"어민이요? 어디로 휘말렸습니까? 동해인가요?"

아까의 통령진이 곤죽이었다고 한다면, 이제는 그 곤죽이 개차반처럼 땅에 엎질러진 판국이었다. 영문은 대답할 정신도 없었지만 목소리는 그런대로 침착했다.

"실례지만 어느 무신이 당직입니까? 노배?"

배명이 진 안에서 말했다.

"침착하세요. 지금 청현을 데리고 그쪽으로 가는 길입니다. 지사 대인도 계시고요. 영문은 우선 정확히 몇백 명이 풍랑에 갇혔는지 세어 주십시오. 우리가 최대한 한 사람도 빠뜨리지 않고 전부 데리고 돌아올 테니."

영문이 대답했다.

"그럼 부탁드리겠습니다. 지금 수사 대인은 타인이 천겁 범위 안으로 들어오지 못하도록 결계를 펼쳐 놓은 상태입니다. 중천정의 신관이 들어갔다간 음식물 찌꺼기처럼 짓이겨지겠죠. 상천정의 신관이 나서서 장벽을 돌파해야 할 겁니다. 휘말린 사람은 2백 명이 넘는 듯합니다. 두 분만으로는 일손이 부족할 텐데요. 무신이 하나 더 필요하겠어요. 지금 어떤 전하가 통령에 계시죠? 남양 장군? 현진 장군?"

누군가가 대답했다.

"두 장군은 선경 파손죄로 근신 중이잖습니까. 당장은 부를 수 없습니다……."

"태화는? 태화 전하는 돌아오셨습니까?"

"돌아오지 않았습니다! 아직 나가 있어요."

"기영은요?"

"어디로 도망갔는지 누가 안답니까. 그 사람은 사시사철 모든 통령을 차단하고 아무 말도 듣지 않는다는 거 모르지 않으실 텐데요!"

이 몇 사람이 아니면 상천정에서 어떤 무신을 후보에 올릴 수 있겠는가? 초조한 와중에도 사련은 약간 울적함을 금치 못했다. 그가 무신 출신이라는 사실을 모두가 잊을 정도로 고물신의 후광이 강했던 것일까? 사련이 서둘러 입을 열었다.

"저요! 제가 있습니다. 제가 갈게요. 동해로 가서 어민들을 구하면 되나요?"

영문이 말했다.

"태자 전하, 지금 동해상에 풍랑이 아주 험합니다. 전하의 법력은 효력이 떨어지거나 사라지기도 하니, 만에 하나……."

"괜찮아요. 저는 사방 모든 바다에서 고기잡이를 해 봤는데, 나갈 때마다 항상 거대한 풍랑을 만났거든요. 바다 위에서 열흘, 보름 동안 떠다니는 일이 다반사라 이젠 익숙해요."

신관들은 저절로 이런 생각이 들었다.

'그런 것도 해 봤다고? 대체 안 해 본 게 뭐야!'

한시가 위급해 다른 방도를 생각할 겨를이 없었다. 영문이 재빨리 말했다.

"좋습니다. 그럼 전하께 부탁드리겠습니다. 배 장군, 협조 부탁드립니다!"

배명이 대답했다.

"알겠습니다!"

사련은 통령을 닫고 뒤를 돌아보며 말문을 뗐다.

"삼랑, 동해 쪽에……."

예상 밖에, 고개를 돌리자마자 보인 화성은 벌써 산뜻한 어부 차림을 갖춘 뒤였다. 그는 한 손으로 주사위를 던졌다 받으면서 다른 한 손을 문 위에 얹고 시원스레 말했다.

"가자!"

잠시 멍해진 사련은 곧 웃음을 터트리며 대답했다.

"좋아!"

그러곤 화성의 뒤를 따랐다.

문을 열자 보인 것은 가구들이 아니라 온통 잿빛인 모래사장이었다.

두 사람은 해변가에 있는 어촌 판잣집에서 빠져나왔다. 이 작은 집은 동해에서 가장 많이 사용하는 축지천리 지점 중 하나였다. 해변 너머로는 광대하고 아득한 바다가 펼쳐져 있었다. 해변이 잿빛인 까닭은 모래가 잿빛이라서가 아니라, 하늘과 바다가 잿빛이기 때문이었다. 하늘을 뒤덮은 먹구름이 새까맣게 굽이쳤다. 어두침침한 기운에 짓눌려 숨이 턱 막힐 지경이었다.

이따금 먼바다에서 하늘에 닿을 듯한 거대한 파도가 일었다. 마치 평지에 거대한 벽이 솟았다가 곧바로 무너져 내리는 것만 같았다. 아울러 수룡 같은 물기둥이 치솟아 회오리바람처럼 맹렬하게 날뛰며, 일어나고 쓰러지기를 반복했다. 하늘가에는 새파란 섬광이 흉악하게 비틀린 가지를 뻗었다.

해변에는 새것처럼 보이는 커다란 배 한 척이 정박해 있었다.

바다 위에는 발을 디딜 곳이 마땅치 않다. 공중을 날면 벼락에 맞을지도 모르므로 배가 필수였다. 물론 이 배는 결코 평범한 배가 아니다. 사청현, 배명, 명의 세 사람은 이미 배에 타고 있었다. 화성과 사련이 어촌 판잣집에서 나오자 배명이 외쳤다.

"태자 전하!"

사청현은 한숨을 내쉬며 말했다.

"태자 전하…… 어휴, 고생이 많으세요. 정말 죄송해요."

사련이 배에 오르며 대답했다.

"이게 제 소임인걸요. 이 배는 어떻게 움직이나요?"

배명은 사련의 뒤에서 느긋하게 팔짱을 끼고 있는 화성을 보더니 경계하며 말했다.

"관계없는 사람은 발 빼라. 이 풍랑은 애들 장난이 아니다."

이 순간 화성은 헝겊 조각으로 기운 소박한 옷을 입고 있었다. 하지만 그 준수함과 기민함은 가려지지 않았다. 그는 곱상한 소년 어부처럼 웃으며 말했다.

"난 관계없는 사람이 아니야. 우리 집 전하를 따르고 있을 뿐이지."

사련도 한마디 거들었다.

"그는 제 신전 사람입니다."

그러나 배명은 검을 빛내며 한 치의 양보도 없이 단호하게 말했다.

"물러나라."

사련이 미처 대답하기도 전, 화성은 이상하리만치 확고하게 말했다.

"아니. 이번에는 꼭 당신과 같이 가야겠어."

짧은 갈등이었지만, 사청현에게는 그 찰나가 사계절처럼 느껴졌다. 그가 배명에게 말했다.

"배 장군, 이 사람은 문제없으니까 어서 출항해요!"

말이 오가는 사이에 하늘가에서 천둥이 치더니 벼락이 해수면을 내리쳤다. 섬광이 흐른 온 바닷물이 번쩍번쩍 빛나면서 영롱한 옥색으로 물들었다. 마치 거대한 심장이 홀연히 박동하며 숨을 쉬는 것 같았다. 가히 장관이었으나, 동시에 무척 스산한 광경이었다. 사청현의 말대로 배명도 더는 지체하고 싶지 않았다.

"출발한다!"

선체가 별안간 요동치더니 톱니바퀴가 도는 듯한 굉음이 울려 퍼졌다. 키를 잡은 사람도 없건만, 저절로 해안을 벗어난 배는 바다 먼 곳을 향해 빠르게 질주하면서 벼락이 쏟아지는 사나운 파도 속에서 길을 열었다.

억센 풍랑에도 사련과 화성, 배명과 명의는 안정적으로 서 있었다. 다만 사청현은 명의가 붙잡아 준 덕분에 겨우 중심을 잡았다. 사련이 목청을 높여 물었다.

"이 배가 이런 풍랑을 버틸 수 있을까요?"

배명이 대답했다.

"지금은 간신히 버티겠지만, 나중에는 어떻게 될지 모릅니다!"

배는 양쪽 바닷물이 높은 물보라를 일으키며 갈라질 만큼 빠르게 나아가고 있었다. 하지만 사청현이 재촉했다.

"좀 더 빨리 갈 순 없어요?"

배명이 대꾸했다.

"이 배는 법력을 태워. 지금이 최고 속도다!"

사청현은 오른손으로 주먹을 꽉 쥐었다. 그 손은 본디 풍사선을 쥐던 손이었다. 적당히 바람을 일으켜 배의 뒤를 밀면 못해도 4할은 더 빠르게 나아갈 수 있었을 터다. 그러나 지금 이 손에는 아무것도 없다. 그는 자신도 모르게 긴 한숨을 내쉬었다. 이때, 화성이 사련을 툭 치더니 나직한 목소리로 말했다.

"형."

고개를 튼 사련은 눈을 크게 떴다. 불과 일고여덟 장 떨어진 바다 위, 작은 어선 한 척이 사나운 파도 속을 맴돌고 있었다. 배 위로 사람들의 그림자가 어른거렸다. 구조 요청을 보내고 있는 듯했지만, 그 목소리는 거친 파도와 천둥에 삼켜졌다.

조난당한 어민들이다!

이것이 바로 그가 이번에 출행한 목적이었다. 약야가 뛰어나가 어민들의 허리를 감아올렸다. 두 발로 거대한 갑판을 디딘 어부들은 하마터면 다리의 맥이 풀릴 뻔했다. 배명은 즉시 선실 한 칸의 문을 열고 그들을 모조리 던져 넣었다. 그 어민들이 다시 문을 연다면 저들이 이미 뭍에 올라왔다는 걸 발견할 것이다.

화성과 사련이 어민 30, 40명을 건져 올렸을 무렵, 요동치는 배는 폭풍과 거대한 파도 중심에 가까워지고 있었다. 분명 이 순간에도 많은 신관들이 멀리서 이 살벌한 광경을 지켜보고 있을 터다. 그뿐 아니라 인간들도 하늘의 위세에 경외심을 금치 못하고 있을 것이다. 배를 향하는 번개도 갈수록 늘어나고 있었다. 법력의 근원에 이끌리는 이 번개는 법력이 강한 사람을 쫓아 내리꽂힌다. 이게 바로 다른 신관이 천겁을 치를 때 멀리 피해야만 하는 이유였다. 고래 싸움에 등이 터져 버릴지도 모르는 노릇이니까.

지금 사청현은 평범한 인간이고, 사련의 법력은 통령진에 말을 물어볼 수 있을 정도이며, 화성의 법력은 쓸 필요가 없어 잘 거둬 놓은 상태였다. 그런 이유로 그 번개는 오직 배명에게만 알은체를 했다. 그는 여유만만하게 검으로 번개를 여러 번 되받아쳤다. 이 솜씨에 사련은 내심 탄복했다. 중천정의 신관이 이 자리에 있었다면 번개에 쫓기면서도 반격할 방법이 없었을 터다. 그래서 그들을 들여놓을 수 없는 것이다. 파도의 장벽을 뚫고 지나간 지 얼마 되지 않아, 사청현이 별안간 소리쳤다.

"형!"

사련이 시선을 들었다. 과연, 하늘을 들이받는 일고여덟 마리의 수룡 사이에서 흰 옷자락을 나부끼며 공중에 머무른 채 전투용 수인을 맺고 있는 사무도가 보였다.

그는 온몸으로 거대한 파도를 누르고 있었지만, 심신이 산란한 탓인지 그다지 안정적이지 못했다. 날뛰는 수룡들은 그를 배

속으로 삼켜 버릴 요량으로 시시각각 접근할 기회를 노리면서 아슬아슬하게 스쳐 지나갔다. 배는 아직 수십 척이나 떨어져 있었다. 풍사선이 있었다면 사청현이 단번에 풍랑을 제압했을 터였다. 그러나 지금 그는 평범한 인간의 몸이라 목소리조차 멀리 전하지 못하고 애태울 수밖에 없었다. 배명이 입을 열자, 쩌렁쩌렁한 목소리가 먼 곳까지 울려 퍼졌다.

"수사 형! 청현을 찾았습니다!"

말이 끝나기 무섭게 사무도가 두 눈을 떴다.

동시에 거대한 파도가 하늘 높이 치솟았다가 맹렬하게 아래로 내리꽂혔다. 파도에 얽혀 허공으로 솟구친 커다란 배는 파도가 추락하는 속도를 따라가지 못하고 공중에 송두리째 떠 있다가 급속히 떨어져 내렸다. 사련은 천근추로 몸을 고정하고 화성의 손을 꽉 붙잡았다.

"조심해!"

참 이상했다. 분명 화성은 저보다 키가 크고, 전혀 힘들이지 않고 한 손으로 그를 안아 들 수 있다. 그런데도 사련은 어쩐지 그가 날아갈 듯 가볍게만 느껴졌다. 까딱하면 금세 사라져 버릴 것만 같은 기분에 그를 단단히 붙들어야 했다. 화성도 동시에 사련의 손을 꽉 맞잡았다. 저쪽에서 배명이 외쳤다.

"수사 형! 정신을 집중해요! 풍랑을 누르지 못하면 수사 형 동생이 물에 빠져 죽을 겁니다!"

사무도가 이쪽에서 넘실대는 배를 발견했다. 배명의 말도 똑똑히 들은 참이었다. 그는 살벌한 표정을 짓나 싶더니 갑자기 수인을 바꾸었다. 온몸에서 진동하는 결계가 그의 주변을 내내 맴돌던 용오름 일고여덟 줄기를 순식간에 격파했다. 수룡들은 자욱한 소나기가 되어 후드득 쏟아져 내리기 시작했다.

낙석처럼 쏟아진 비는 요란한 소리를 내며 갑판을 때렸다. 맞고 있자니 몸도 은근히 욱신거렸다. 다만 그 뒤로는 풍랑이 약간 누그러졌다. 사무도가 천천히 하강해 배 위로 내려섰다. 다들 비에 흠뻑 젖어 물에 빠진 생쥐 꼴이었다. 사청현은 얼굴을 닦으며 더듬더듬 운을 뗐다.

"……형."

사무도의 얼굴은 여전히 노기등등하게 질려 있었다. 그는 성큼 걸어오며 일갈했다.

"얌전히 있으랬더니 왜 쓸데없이 뛰쳐나가! 내가 분통 터져 죽는 꼴을 봐야 기쁘겠느냐!"

사실 사청현도 무슨 말을 해야 할지 몰랐다. 만나지 않는 동안은 걱정에 마음을 졸였지만, 막상 만나고 나면 다시 그 일이 떠올랐다. 마음이 아직 그 고비를 넘기지 못한 것이다.

"……으음, 난 그냥…… 난……."

말을 흐리던 그는 끝내 머리를 긁적이며 한숨지었다.

"형이 천겁을 마쳤으면 됐어. 그래도, 나는 아직……."

이때 사무도가 그의 말허리를 끊었다.

"누가 천겁을 마쳤다고?"

사청현이 놀란 얼굴로 되물었다.

"방금 그거 아니었어?"

배명은 물에 젖은 머리를 양손으로 쓸어 올리며 말했다.

"아직 기뻐하긴 이르다. 네 형은 이게 세 번째 천겁인데 어디 그리 간단하려고. 적어도 꼬박 일주일은 걸릴 테지. 아까 그건 개막식에 불과하고."

사실, 첫 번째 천겁도 그리 간단하지는 않다. 생각해 보면 과거 사청현이 겪었던 '천겁'은 다른 사람에 비해 한참 간소화된 수준이었다. 본인도 이 부분이 마음에 걸렸는지 낯빛이 다시 어두워졌다. 이번 여정의 목적을 염두에 두고 있던 사련이 통령진에 물었다.

"영문? 저희는 지금 수사 대인이 천겁을 치르는 해역에 들어왔습니다. 풍랑에 휘말린 어민들의 위치를 알려 주시겠어요?"

"잠시만요."

이윽고 그녀가 다시 말했다.

"번거롭게 됐네요. 오늘 어민 261명이 수사 대인의 천겁 범위 안으로 말려들었습니다. 게다가 너무 넓은 곳까지 드문드문 퍼져 있어서……."

몇 마디 나누지도 않았는데 그녀의 목소리가 끊기기 시작했다. 제대로 듣지 못한 사련이 물었다.

"무슨 일이에요? 영문?"

그는 자신의 법력이 또 바닥난 줄 알았다. 하지만 배명의 안색을 보니 사정은 마찬가지인 모양이었다. 모두가 상의해 보기 전, 사련은 멀지 않은 바다에 부서진 채 떠다니는 조각배 몇 척을 발견했다.

"아마 방금 있었던 개막식의 여파가 너무 커서 통령이 원활하지 못한 것 같네요. 조금 있으면 나아질 겁니다. 영문 말로는 260명 남짓한 어민이 파도에 휩쓸려 흩어졌다고 해요. 일단 구할 수 있는 만큼 구해 보죠."

당연히 반대하는 사람은 없었다. 배명이 입을 열었다.

"수사 형, 일단 들어가서 좀 쉬어요. 이제 막 첫 관문을 끝냈으니 언제 또 올지 모르잖습니까. 이번에는 운수가 사납군요. 이리 많은 인간이 말려들게 되다니."

사무도는 확실히 조금 지친 듯 고개를 까딱이고는 다른 선실의 문을 밀고 들어가 좌선하기 시작했다. 사청현은 무언가 중대한 이야기를 꺼내고 싶은 기색이었다. 하지만 사무도가 천겁을 다 치르지 않은 지금은 입을 열 수 없었기에 말을 삼켜야 했다. 그는 명의를 따라 울적하게 옆으로 걸음을 옮겼다. 그런데 이때 사무도가 다시 눈을 뜨더니 엄한 목소리로 말했다.

"쓸데없이 나돌아 다니지 말고, 이리 와서 여기 앉아라."

사청현은 하는 수 없이 그의 곁에 쪼그리고 앉았다.

반나절이 흐르고 밤이 깊어지자, 배는 동해의 한층 깊은 곳까지 흘러갔다.

통령은 자꾸 끊어졌다 이어지기를 반복했지만 그럭저럭 쓸 수는 있었다. 그동안 사련과 일행들은 2백 명에 달하는 어민을 구조했다. 그 어민들은 평소처럼 고기를 잡으러 바다에 나간 사람들이었다. 그런데 난데없이 큰 풍랑이 일어 먼바다까지 휩쓸리고 말았으니, 혼자 힘만으로는 도저히 되돌아갈 수가 없었다. 며칠 내리 표류했다면 다들 바다 위에서 굶거나 탈수해 죽어서 햇볕에 바싹 마른 시체가 되었을 터다. 예상에 없던 구조의 손길에 구사일생으로 살아남은 어민들은 기쁨에 몸 둘 바를 몰라 했다.

이런 식으로 바다 위를 표류한다면 며칠을 꼬박 떠다녀야 모든 어민을 구할 수 있을지 알 수가 없었다. 사무도의 세 번째 천겁도 언제 본격적으로 시작될지 모르니, 언제든 위험해질 가능성이 짙었다. 그런데 이런 상황에서도 배명의 버릇은 여전했다. 밤이 되었을 무렵, 그는 어부 여인 몇 명을 구조했다. 겁에 질린 여인들은 눈이 짓무르도록 울었다. 그는 여인들을 품에 안고 부드러운 목소리로 위로하며 다정다감한 모습을 뽐낸 뒤에야 선실로 들여보냈다. 아쉬움이 남은 몇몇 여인들은 다시 문을 열고 나왔을 때 그를 만날 수 있기를 소망했다. 한편 오랫동안 좌선하며 수양을 한 사무도가 한결 나아진 안색으로 눈을 뜨며 말했다.

"자네는 눈이 꽤 높지 않았나?"

그 여인들은 한창 청춘이기는 했지만 용모가 평범했다. 확실히 배명이 예전에 추구하던 여색의 기준에는 턱없이 모자랐다. 그러거나 말거나, 여인을 품에 안은 뒤로 배명의 얼굴은 환하게 피었다. 그가 턱을 쓰다듬으며 웃었다.

"수염 덥수룩한 어부 어르신들 70, 80명을 연달아 구했더니 여인을 보기만 해도 절세미인으로 느껴집니다. 하하하하."

이 말에 사청현과 명의는 그를 쳐다보고 싶지 않아졌다. 사련도 고개를 내저었지만, 내심 조금은 우스웠다. 그는 화성과 나란히 한쪽에 앉았다. 잠시 앉아 있다 보니 문득 배 속이 헛헛했다.

이 배에 오른 다른 신관들은 밥을 먹을 필요가 없다. 사청현은 지금 평범한 인간 신세이긴 하지만, 사련은 사무도가 그에게 며칠간 허기를 없애는 선단(仙丹)을 먹인 게 아닐까 싶어졌다. 그래서인지 지금도 그는 배가 고파 보이지 않았다. 게다가 이 배는 인간계에서 만들어 내보낸 배가 아니니 따로 식량을 준비하지는 않았을 터였다. 사련은 바다에서 물고기 몇 마리를 낚아 볼까 생각하며 몸을 일으켰다. 그런데 옆에 있던 화성이 무언가를 건네주었다. 고개를 숙이니 하얗고 부드러운 찐빵이 보였다.

그는 다시 자리에 앉고 작은 목소리로 말했다.

"고마워, 삼랑."

화성도 소리를 낮추어 말했다.

"형, 일단은 이걸로 버티자. 조금 있으면 나아질 거야."

두 사람은 찐빵 하나를 반으로 쪼개고 나란히 앉아 야금야금 뜯어 먹었다. 배명은 다른 한쪽에서 그들이 소곤거리는 말을 듣더니 머리를 쓸어 넘기며 말했다.

"두 분, 뭔가 발견한 겁니까? 둘만의 작은 세계를 떠나서 우리와도 얘기 좀 해 보면 어떻습니까?"

사련은 몇 마디로 얼버무리려다가 불현듯 미간을 찡그렸다.

"여러분, 혹시 이상한 점 느끼지 못하셨나요."

명의도 미간을 좁히며 고개를 들었다.

"느꼈습니다."

사련이 자리에서 일어섰다.

"배가 많이 느려진 것 같아요. 법력이 부족해진 건가요?"

배명이 대답했다.

"그럴 리가. 이 배가 출발하기 전에 주입한 법력으로는 이틀을 더 달릴 수 있습니다."

사련은 배 가장자리로 걸어가 뱃전을 짚어 보며 말했다.

"하지만 어쩐지 이 배가 갑자기 가라앉은 것 같은……."

말을 끝맺기도 전에 그의 목소리가 뚝 멎었다. 사무도를 제외한 다른 사람들이 뱃전에 모여들었다.

"무슨 일입니까?"

물을 필요도 없이 보는 것만으로도 무슨 일인지 알 수 있었다. 어둑한 하늘빛 속에서도 어렴풋하게 보였다. 이 배의 흘수[#11]가 심상치 않게 낮아져 있었다. 게다가 지금도 끊임없이 가라앉고 있었다!

사련이 재빨리 물었다.

"배 밑에서 물이 새는 건가요? 좌초? 아니면 뭔가가 물 밑에

#11 흘수 吃水. 배가 물속에 잠긴 깊이

서 구멍을 뚫고 있다든지요?"

배명이 대답했다.

"불가능합니다! 좌초됐으면 우리가 어찌 몰랐겠습니까? 그리고 이 배는 평범한 배가 아니라 보통 물건으로는 구멍을 뚫을 수 없습니다. 다만……."

그는 무언가 떠오른 듯 말을 잇지 못했다. 명의가 물었다.

"다만, 뭡니까?"

배명이 중얼거렸다.

"큰일이군."

사청현도 물었다.

"뭐가 큰일인데요?"

배명이 홱 돌아서며 말했다.

"이 배는 귀계 해역에 들어서면 가라앉아. 우린 흑수 귀역(黑水鬼蜮)으로 흘러온 거다."

62장 귀역으로 나아간 배는 곧 가라앉으리

사련이 입을 열었다.

"'사대절'의 하나, 흑수침주?"

"'사대해'입니다. '절'이 아니라요."

"……."

사련은 그제야 자신이 무의식적으로 척용의 존재를 지워 버렸다는 것을 깨달았다. '청등야유'를 다른 셋과 같은 계급에 두려니 마음이 영 내키지 않았던 모양이다.

한때 벼락치기로 두루마리를 읽었던 사련은 흑수침주에 대해서도 조금은 알고 있었다. 전설에 따르면 이 흑수침주는 먼 해역에 은거하는 큰 물귀신이다. '혈우탐화'와 마찬가지로 동로산에서 살육을 벌여 세상에 나왔다. 사시사철 조용하다고는 하나, 그건 인간계와 천계에만 통하는 이야기였다. 그가 집어삼킨 각지의 저명한 요괴와 귀신은 확인된 것만 해도 5백여 마리였다. 개중 4백여 마리는 법력이 아주 강했던 물귀신이었다. 흑수 귀역이란, 바로 그 흑수침주가 서식하는 지반이었다.

마치 귀시장이 화성의 지반인 것처럼. '이 경계를 넘으면, 법도 하늘도 없다'는 셈이었다. 그들의 구역에 발을 들이는 순간, 모든 결정권은 그들에게 넘어간다. 귀계에 널리 퍼진 '뭍에서는 적이 왕이고, 물에서는 흑이 주인이다'라는 유명한 구절이 바로 여기서 유래된 것이다. '적'이란 당연히 붉은 옷의 혈우탐화를, '흑'은 흑수현귀를 가리킨다.

배명이 말했다.

"수사 형, 이번에는 정말 운수가 사납게 됐군요. 현귀는 청귀와 달리 말썽을 일으키는 걸 좋아하지 않습니다. 그나마 아주 멀리 떠내려가진 않았으니 들키지 않은 틈에 빨리 뱃머리를 돌립시다."

다른 사람들이 그를 쳐다보았다.

"직접 돌리면 되잖아요? 이 배는 장군이 조정하고 계신 것 아닌가요?"

배명도 괴이쩍다는 듯 말했다.

"돌렸잖습니까? 배가 알아서 방향을 잡으니 손을 댈 필요는 없어요."

그러나 배의 키는 꼼짝도 하지 않았다. 배명은 하는 수 없이 직접 올라가 키를 잡아당겼다. 곧 그의 미간이 일그러졌다. 사련도 다가가며 물었다.

"안 움직이나요?"

절대 배명의 완력이 부족한 탓은 아니다. 힘이라면 제법 자신이 있는 사련도 키를 움직이지 못했다. 명의가 올라와서 잠시 살펴보더니 말했다.

"뭔가에 걸렸을지도 모르겠습니다. 제가 내려가서 확인해 보죠."

사청현이 말했다.

"명 형, 나도 같이 갈래."

그러자 사무도가 다그쳤다.

"이리 와! 더는 못 나돌아 다닌다."

그는 아직 천겁을 치르는 중이라 그의 심기를 건드리거나 정신을 흩트려 기분에 영향을 주어서는 안 되었다. 사청현은 찍소리도 못 내고 꾸물꾸물 돌아갔다. 명의는 혼자 갑판 아래로 상황을 살펴보러 내려갔다. 사련도 마음 같아선 거들고 싶었지만, 수리 솜씨가 지사보다 못하니 따라가도 도움이 되지 못하리라는 걸 잘 알았다. 게다가 칠흑같이 새카만 사면 바다를 둘러보고 있자니 더욱 중요한 일이 떠올라 진중하게 말했다.

"이 일대에도 표류하는 어민들이 있을까?"

안력이 뛰어난 화성은 아까까지도 사련과 꾸준히 손발을 맞추며 어민들을 구조했다. 그 많은 어민들은 그가 먼저 발견한 것이었다. 그는 사위를 한 바퀴 둘러보고 말했다.

"없을 거야. 흑수 귀역은 남해(南海)에 있어. 어민이 이렇게 멀리까지 떠내려올 순 없지. 게다가 이 일대 해역에는 장벽이 있어서 특별한 상황이 아니면 보통 사람은 들어올 수 없고. 만일 들어왔더라도 못 구해. 떠내려온 것들은 대부분 가라앉아 버리거든."

여기가 벌써 남쪽이었다니. 어느새 이렇게나 멀리 떠내려온 것이다. 사련은 다시 통령을 시도해 보았지만, 역시 통령술은 완전히 차단된 뒤였다. 전에는 끊기기는 했어도 어렵게나마 연결이 되었는데, 지금은 쥐 죽은 듯 조용했다. 눈앞에 보이는 바다는 잠잠한 편이지만, 어떤 위험한 암류(暗流)가 물 밑에 도사리고 있을지 모를 노릇이었다. 날도 점차 저물고 있었다. 그는 심상치 않은 분위기를 직감하고 말했다.

"이 일대를 헤매는 어민들이 없는 이상, 이따가 지사 대인이 배를 수리하지 못하신다면 우선 배를 포기하고 뭍으로 가는 편이 좋겠습니다. 수사 대인께선 다시 천겁을 치르던 동해로 돌아가시고, 우리는 수색을 계속하면 되겠죠."

"그것도 괜찮겠군요."

짧게 대답한 배명은 곧장 선실 문을 열었다.

그러나 누가 알았으랴. 문을 열자 보인 것은 육지의 풍경이 아닌 텅 빈 선실 내부였다. 그의 표정이 돌변했다.

"축지천리가 효력을 잃었다고?"

화성이 하핫, 웃음을 흘리며 입을 열었다.

"당연하잖아. 통령술도 효력을 잃었는데 축지천리를 쓸 수 있겠어?"

배명이 화성 쪽을 돌아보며 말했다.

"이 아우님은 어려 보이는 나이치고는 상당히 침착하군. 조금도 걱정이 안 되나?"

화성이 대답했다.

"배는 이미 귀역으로 떠내려왔고, 아직도 가라앉고 있어. 그렇다고 걸어갈 수도 없으니 난관을 해결할 방법부터 생각해야겠지."

사청현이 갑판 아래를 향해 외쳤다.

"명 형, 어때 보여? 고칠 수 있겠어?"

명의가 밑에서 대답했다.

"망가지진 않았어! 뭔가에 걸린 것도 아니고. 다른 것 때문에 작동을 멈춘 거다."

배명이 가라앉은 목소리로 말했다.

"현귀의 결계로군."

대화가 오가는 사이에 또다시 갑판이 덜컥 가라앉았다. 사련은 거듭 흘수를 확인했다. 놀랍게도 이미 선체 절반이 물속에 잠겨 있었다. 선가(仙家)에서 건조한 배라 지금까지도 끈질기게 버티는 것이지, 보통의 배였다면 진즉에 버티지 못했을 것이다. 사련이 말했다.

"모든 일에는 예외란 게 있잖아. 이 수역이라고 뭐든 가라앉을 리는 없어! 분명 안 가라앉는 물건이 있을 거야."

화성이 대답했다.

"있어."

모두의 시선이 일제히 그를 향했다. 화성은 팔짱을 낀 채 한가롭게 말했다.

"흑수 귀역의 물 위에 띄워도 가라앉지 않는 나무가 한 종류 있지."

사련은 흔히 볼 수 있는 특수한 목재 몇 가지를 헤아려 보았다.

"박달나무? 침향나무? 회화나무?"

그러나 화성은 예상 밖의 대답을 꺼냈다.

"관을 짠 나무."

"관을 짠 나무?"

화성이 말을 이었다.

"응. 지금까지 흑수 귀역에 잘못 흘러든 사람은 아무도 살아 돌아가지 못했어. 대신 단 한 번 예외가 있었지. 가족의 시신을 배에 싣고 바다를 건너 귀향하던 사람. 배가 침몰하자, 그 사람은 관을 타고 뭍으로 돌아갔어."

배명이 눈썹을 까딱 올리며 말했다.

"이 아우님은 아는 게 제법 많으시군."

화성도 눈썹을 치켜세우며 대꾸했다.

"별말씀을. 당신이 아는 게 별로 없을 뿐이지."

여전히 수인을 맺은 채 좌선을 하고 있던 사무도가 눈을 가늘게 뜨며 시선을 옮겼다.

"배 형. 아까부터 물어보고 싶었는데, 저자는 대체 누군가? 뭐 하는 사람이지? 왜 자네들과 같이 다녀?"

배명이 대답했다.

"글쎄요. 태자 전하께 여쭤봐야 할 겁니다. 좌우간 태자 전하의 사람이니까요."

사청현이 끼어들었다.

"됐어요, 이쯤 해요. 아는 게 많고 적고가 문제가 아니잖아요. 지금은 법술도 부릴 수 없는데 어디서 관을 찾아오겠어요?"

배명이 말했다.

"그야 쉽지. 자, 이 형님이 이 자리에서 하나 만들어 주마. 자급자족이란 게 뭔지 내 직접 보여 주지."

"……."

화성이 찬물을 끼얹었다.

"소용없어. 반드시 죽은 사람이 실린 관이어야 해."

그러면 방법이 없었다. 당장 관을 짜고 그들 중 한 사람을 죽여 안에 넣을 수도 없는 노릇이었다. 이야기하는 동안 배가 다시 물속으로 반쯤 가라앉았다. 사람들이 서 있던 갑판도 약간 기울어졌다. 수면과 같은 높이가 되기 직전이었다. 단정하게 좌선하고 있다가 덩달아 쓰러질 뻔한 사무도가 냉담하게 입을 열었다.

"됐다! 내가 하는 편이 낫겠군."

그는 접부채를 꺼내 그 끝으로 이마를 톡 두드리고 단숨에 펼쳤다. 부채의 앞면에는 '수(水)'라는 글자가, 뒷면에는 세 가닥의 물결이 그려져 있었다. 그가 외쳤다.

"물이여, 와라!"

말이 끝나기 무섭게 사련은 다시 선체가 위로 솟구쳐 오르는 느낌을 받았다. 수면보다 몇 척 높이 오른 발밑에서 안정감이 느껴졌다. 그는 신기하다는 투로 말했다.

"수사선은 흑수 귀역의 물도 다룰 수 있는 건가요?"

화성이 말했다.

"귀역의 물이 아니야. 다른 곳의 물을 옮겨 왔어."

사실 그들은 흑수 귀역으로 흘러든 지 오래되지 않았다. 이제 막 경계를 넘은 참이라, 사무도가 근처 남해의 바닷물을 불러들여 배 밑바닥을 떠받친 것이다. 배명이 말했다.

"수사 형, 잘하셨습니다! 키가 무용지물이라 뱃머리를 돌릴 수가 없어요. 어서 물로 방향을 바꿔야 합니다."

사무도가 무어라 대답하기도 전에 선체가 다시 가라앉았다. 귀역의 바닷물은 굴복하지 않고 바깥에서 온 해류와 맞섰다. 이번에는 배가 훨씬 세차게 가라앉았다. 갑판이 아까보다 심하게 기울어지며 균형을 잃었다. 사람들은 뱃머리 쪽으로 미끄러지다가 바쁘게 중심을 잡았다. 사무도는 고상하고 수려한 얼굴로 태어났으나 성정은 무척이나 완강해 절대로 고개를 숙이는 법이 없었다. 무언가가 자신과 맞선다는 걸 알아챈 그의 얼굴에 노기가 어렸다. 수사선을 한 번 접고 다시 펼치자 세 가닥의 물결무늬가 세차게 일렁거렸다. 바다의 물살도 한층 위력을 더하며 선체를 거듭 위로 들어 올렸다.

한 힘은 배를 침몰시키려고 아우성치고, 다른 힘은 배를 띄우겠다고 고집을 부렸다. 배가 위아래로 들썩이는 모습이, 마치 쌍방이 팽팽하게 대치하는 줄다리기 같았다. 거대한 선체가 바다 위를 멈칫멈칫 나아가다 멈추고, 수시로 가라앉았다가 떠올랐다. 물보라가 사방으로 튀고 이따금 바닷물이 역류했다. 속이 바짝바짝 타는 광경이었다. 만약 평범한 사람들이 이 배에 탔다면 진작에 겁에 질려 실성했을지도 모른다. 사련은 한 손으로 뱃전을 붙잡고, 다른 손으로는 화성을 꽉 잡았다.

"뭐지? 배가 돌기 시작했어!"

사련의 말마따나 배는 한 방향을 따라 서서히 돌고 있었다. 게다가 도는 속도가 빨라지면서 점차 아래로 가라앉았다. 사련은 불현듯 깨달았다. 이 선체는 이미 거대한 소용돌이에 빠졌다. 그들은 지금 소용돌이의 중심부 깊숙이 끌려 들어가고 있는 것이다!

그가 소리쳤다.

"다들 조심하세요! 양쪽 물이 싸우고 있어요!"

안타깝지만 이곳은 사무도의 지반이 아니었다. 그가 바깥에서 옮겨 온 바닷물은 위력이 횡포하기는 했지만, 경계를 넘으면서 힘이 꺾여서, 귀역의 해류에 맞서기에는 불리할 수밖에 없었다. 아니나 다를까, 사련이 한마디를 외치고 나자 배는 소용돌이 속으로 빨려 들어갔다. 사련은 마지막 순간에 방심을 던지고 화성을 끌어당겼다. 두 사람은 곧장 방심을 딛고 날아올랐다.

방심이 날지 못할까 봐 마음을 졸인 사련은 갑판을 떠나고 나서야 겨우 한숨을 돌렸다. 비틀거리기는 했으나 어쨌든 날 수는 있었다. 위에서 내려다본 바다는 온통 짙고 무시무시한 검정 빛이었다. 아래에서 빛깔이 다른 거대한 두 해류가 충돌하는 모습이 선명하게 보였다. 해류는 추격을 거듭해 서로를 물어뜯으면서 거대한 소용돌이를 만들었다. 소용돌이의 중심이 배를 삼키자 두 해류는 단숨에 갈라졌다. 하지만 싸움을 포기하지 않고 흡사 두 마리 독사처럼 끈질기게 상대를 공격했다. 충돌할 때마다 사나운 파도가 일었다. 사련은 주변을 둘러보며 외쳤다.

"풍사 대인? 지사 대인? 배 장군? 다들 계세요?"

뒤쪽으로 십여 장 남짓 떨어진 곳에서 사청현의 목소리가 들려왔다.

"태자 전하! 저희 여기 있어요!"

"여러분도 어검을……."

입을 열면서 뒤돌아본 사련은 순간 할 말을 잃었다. 명의는 월아산의 손잡이를 딛고 서 있었고, 사청현은 삽 머리에 앉아서 이쪽을 향해 손을 흔들고 있었다.

이건 어검이 아니라, 어…… 삽이다. 차마 눈 뜨고는 못 볼 장면이었다.

저편에서 배명의 목소리도 들려왔다.

"수사 형은?"

그는 홀로 검을 딛고 서 있었다. 수사가 보이지 않자 사청현도 소리쳤다.

"형? 형?"

사련이 말했다.

"진정하세요. 수사는 물의 신이니 물에 빠졌을 리 없어요."

하지만 이 소용돌이치는 바다의 위력을 생각하면 함부로 얕볼 수는 없었다. 그는 뒤를 돌아보며 말했다.

"삼랑, 내 허리 꽉 잡아. 힘 풀었다가 떨어지면 안 돼."

화성은 짐짓 얌전한 모습으로 대답했다.

"응, 알겠어. 하지만 형, 한 가지 알려 줄 게 있는데."

"뭔데?"

"흑수 귀역의 상공에서는 날 수 없어. 뭔가가 나올 거야."

말이 끝나자마자 귀청을 찢는 긴 울부짖음이 들렸다. 육중하고 거대한 흰색 물체가 물을 뚫고 나와 배명을 덮쳤다.

검술의 고수인 배명은 습격해 오는 괴물을 보자마자 무의식적으로 검을 뽑으려 했다. 그러나 검이 발밑에 있어 헛손질을 하고 말았다. 다행히 그는 민첩하게 뛰어올라 검을 쥐고 공중으로 휘둘러 괴물을 반으로 잘랐다. 그러고는 추락하기 전에 허공에서 한 바퀴 돌아 침착하게 검 위에 다시 올라섰다. 그는 머리카락조차 흐트러지지 않은 모습으로 차분하게 말했다.

"저게 뭐지?"

배명의 검에 잘려 나간 괴물이 애처롭게 울부짖으며 바다에 떨어지는 것이 어렴풋이 보였다. 사련은 눈을 가늘게 뜨고 자세히 들여다보았다.

"물고기?"

확실히 물고기였다. 다만, 평범한 물고기가 아니라 몸길이가 다섯 장에, 너비는 두 장에 달하는 물고기 뼈였다!

이 '물고기'는 살도 비늘도 없었다. 온몸은 섬뜩한 백골에다, 입 안에는 날카로운 이빨이 빼곡했다. 독이 있는지는 몰라도 저 이빨에 물린다면 이만저만한 낭패가 아닐 터였다. 배명이 더 높이 날아오르며 외쳤다.

"다들 조심해! 분명 한 마리가 아닐 테니!"

과연, 그가 '한 마리'라는 말을 꺼냈을 때 두 번째가 펄쩍 뛰어올랐다. 이번 목표물은 명의와 사청현이었다.

불행히도 지사는 무신이 아니라 공격력이 강하지 않았다. 풍사도 평범한 인간의 몸인 데다, 명의는 어검…… 이 아닌 어삽에 서툴렀다. 사청현이 허공에서 떨어지며 절망적으로 말했다.

"명 형! 앞으론 이 법보 좀 자주 써 봐—!"

명의가 대꾸했다.

"꺼져—!"

배명이 어휴, 한숨을 내쉬고는 두 사람을 구하러 날아갔다. 그의 실력이라면 혼자서도 충분히 대처할 만한 일이었다. 그리 생각한 사련은 속으로 중얼거렸다.

'이건 정말 지사 대인의 잘못이 아니야. 낯가죽 얇은 신관이 어떻게 삽 같은 법보를 들고 다니겠어…….'

이때, 오싹한 한기가 등줄기를 타고 올랐다.

사련은 곧장 정신을 가다듬고 부드러운 목소리로 말했다.

"삼랑, 꽉 잡아. 조심해. 뭔가가 왔어."

"응."

짧게 대답한 화성은 사련의 허리에 두른 양팔을 단단히 조였다.

머지않아 사방에서 골어(骨魚) 네 마리가 물줄기와 함께 하늘로 치솟았다!

그런데 이 거대하고 으스스한 뼈다귀들은 '물고기'라기보다는 '용'에 가까웠다. 머리뼈는 앙상하고 뿔이 날카로웠다. 꺼지지 않는 도깨비불이 두 눈구멍 안에서 거대한 등롱처럼 타오르고 있었다. 네 발을 갖춘 채 수면에서 내민 몸뚱이는 물을 담아두는 항아리만큼 굵었다. 몸길이가 적어도 예닐곱 장은 되어 보였다. 물속에 파묻힌 몸뚱이는 얼마나 길지 감도 잡히지 않았다. 이 네 마리 뼈다귀는 사련과 화성을 중심으로 주위를 에돌며 모든 방향을 틀어막았다. 이 허공에서 위로 향하자니 방심이 더 높이 날 수 없었고, 아래로 내려가자니 고요한 죽음의 바다가 기다리고 있었다.

사련은 한숨을 쉬었다.

"그럼…… 누구부터 시작할까."

그는 짧은 고민 끝에 손바닥을 마주치며 말했다.

"그냥 한꺼번에 처리하자."

말이 끝나기 무섭게, 동쪽을 가로막고 있던 골룡(骨龍)이 날카롭게 울부짖으며 먼저 돌진해 왔다. 사련은 손을 들고 손가락으로 허공을 톡 두드렸다.

그 골룡은 순식간에 제자리에 굳어졌다.

나름대로 거대하고 육중한 몸뚱이가 무려 검 한 자루, 사람 하나, 손가락 하나에 얽매여 그 자리에 꼼짝없이 붙박였다. 아무리 발악해도 한 걸음조차 뗄 수가 없자 골룡은 꼬리와 뒷발을 난폭하게 흔들며 바다에 큰 파도를 일으켰다. 다른 세 마리도 우르르 달려들었다. 사련은 손가락을 바짝 펼쳐 골룡의 머리에 돋은 뿔을 붙잡고, 골룡을 무기 삼아 한 바퀴 빙 휘둘렀다. 바람을 가르는 굉음 속, 세 마리 골룡은 사련이 휘두른 골룡에 꿰뚫려 꼴사나운 '서른 삽(卅)' 자 모양새가 되었다.

골룡들은 날카롭게 아우성치며 바닷속으로 떨어져 내렸다. 수면을 들이받은 뼈는 영락없이 산산조각 부서졌다. 상황을 정리한 사련은 뼛조각이 떠다니는 바다를 내려다보며 손을 탁탁 털고, 안도의 숨을 내쉰 뒤에야 고개를 돌렸다.

"삼랑, 괜찮아?"

화성이 싱긋 웃으며 말했다.

"형이 지켜 주는데 무슨 문제가 있겠어?"

그가 이렇게 말하자 사련은 되레 쑥스러워졌다. 생각해 보면 화성도 이 괴물들을 손쉽게 처리했을 텐데, 자신이 그에게 괜찮은지 묻고 있자니 일부러 제 공로를 칭찬해 달라는 것 같았다. 바로 이때, 갑자기 검이 가라앉았다. 사련이 미처 반응하기도 전에 두 사람은 쏜살같이 추락해 차가운 바닷물 속으로 곤두박질쳤다.

무언가에 끌려간 게 아니다. 방심이 정말 나이가 들어서 한계에 다다른 것이다. 이렇게 오래 날았으니 이제 쉬어야 했다!

뼛속을 파고드는 차가운 바닷물이 사방팔방에서 쏟아졌다. 바닷물을 두어 모금 삼켜 버린 사련은 입을 꾹 다물고 위를 향해 힘껏 헤엄쳤다. 하지만 이 흑수 귀역의 물은 참으로 괴이쩍었다. 사련은 수영에 일가견이 있는 편인데도 이 바다에서는 몸이 납덩이처럼 묵직하게 가라앉아 도저히 떠오를 수가 없었다. 그는 눈을 떠 보았다. 물속마저 먹물을 푼 듯해 화성이 어디 있는지 보이지 않았다. 그는 바닷속에서 팔을 허우적대며 주위를 더듬었다. 떨어진 방심은 손에 잡혔으나 사람의 감촉은 느껴지지 않았다. 사련은 저도 모르게 약간 초조해졌다. 마음이 초조할수록 위로 나아가기는커녕 몸만 빠르게 가라앉았다. 다행히 오래 지나지 않아 손 하나가 짙은 안개를 가르는 것 같았다. 사련의 눈앞이 밝아졌다. 다음 순간, 누군가가 그의 손을 잡고 허리를 끌어안으며 위를 향해 떠오르더니 금세 수면을 뚫고 나왔다. 사련은 한참 숨을 들이마시고 얼굴을 닦아 냈다. 그를 데리고 나온 사람은 바로 화성이었다.

그러고 보니 이상한 점이 있었다. 이치대로라면 화성은 죽은 사람이다. 이른바 '시체처럼 무겁다'라는 말이 있듯이, 죽은 사람은 비교적 무거우니 그는 사련보다 빠르게 가라앉아야 했다. 그런데 이 물속에서 자유롭게 움직여 수월하게 떠오른 것이다. 화성이 사련을 내려다보며 물었다.

"괜찮아?"

사련은 고개를 끄덕였다. 그나저나 이 상황이 무척 낯익었다. 그는 문득 지금과 똑같았던 지난번의 한 장면을 떠올리고 말았다. 순간 가슴이 뜨겁게 달아올랐다. 화성은 한쪽 손으로 사련을 끌어안고, 다른 한 손으로 유유히 물을 헤치며 나아갔다.

"형, 꽉 잡아. 놓치면 가라앉을 거야."

사련은 마땅한 대답이 떠오르지 않아 고개만 마구 끄덕였다. 이때, 먼발치의 물결이 요동쳤다. 상어의 지느러미처럼 수면 위로 올라온 날카로운 뿔이 두 사람을 향해 빠르게 접근했다. 사련에게 휘둘려 기절했던 골룡들이 원수를 갚으려는 듯이 다시 주변을 포위했다.

골룡들은 호시탐탐 간을 보며 한동안 두 사람 주변을 맴돌았다. 그러다 잠시 뒤, 결국엔 인내심을 저버리고 사납게 달려들었다. 사련은 방심을 붙들고 반격할 틈을 노렸다. 이때, 그의 정수리 위에서 귀찮다는 듯이 화성이 쯧, 하고 혀를 차는 소리가 들렸다.

그런데 두 사람의 눈앞까지 들이닥친 골룡들이 이 소리를 듣더니 거짓말처럼 살기를 감추었다. 빼곡한 송곳니로 사련의 목을 물어뜯으려던 것 같았으나, 달려들고 나서는 방심의 검날 끝에 주둥이를 문지르고 두어 번 입까지 맞추는 게 아닌가.

"……?"

사련은 얼빠진 표정을 지었다. 그 골룡들은 겁에 질린 것처럼 꼬리를 흔들며 우왕좌왕 헤엄쳐 달아났다. 사련은 한참이나 말문이 막혔다. 화성은 계속 그를 데리고 헤엄치며 말했다.

"형, 봤지. 앞으로 애완동물을 기른다면 저런 건 안 돼. 폐물이야."

"……."

애완동물?

사련이 대답했다.

"아니, 기를 생각 없는데……."

이때 수룡 한 마리가 난데없이 바다를 뚫고 나와 하늘로 솟구쳤다. 사련은 고개를 들었다. 사무도가 그 수룡의 머리꼭지에 앉아 두 손으로 강력한 수인을 맺고 있었다. 격렬한 싸움에 임한 것인지 표정이 살벌했다. 가뜩이나 평온하지 못한 수면이 한층 울렁거렸다. 사련이 외쳤다.

"풍사 대인! 지사 대인! 배 장군! 다들 어디 계세요?"

그는 달빛을 빌려 간신히 주위를 둘러보았다. 다른 사람들은 보이지 않았다. 대신 자신이 커다란 그림자 속에 잠겼다는 것을 발견했다. 뒤를 돌아본 순간, 눈을 휘둥그레 떴다. 거대한 파도가 만든 높은 벽이 천지를 뒤엎으며 엄습해 왔다. 뒤이어 그의 시야가 까맣게 암전됐다.

바다에서 떴다 잠기기를 얼마나 반복했을까, 사련은 마침내 눈을 떴다.

몸을 일으켜 앉지는 않았지만, 몸 아래에 닿는 감촉을 보건대 이미 뭍에 오른 것 같았다. 잠시 누워서 기력을 모은 그는 한쪽 팔을 들어 올려 보았다. 손바닥이 물에 불어 쪼글쪼글해져 있었다.

문득 허리 아래가 약간 배겨 왔다. 사련은 고개를 살짝 비틀었다. 그의 몸을 배기게 만든 건 몸 밑에 깔린 화성의 팔이었다. 화성은 그의 옆에 누워 있었다. 보아하니 한 번도 손을 떼지 않고 내내 그를 끌어안고 있은 모양이었다.

그는 벌써 깨어났는데 화성은 아직도 두 눈을 굳게 감은 채 깨어나지 못했다. 사련은 벌떡 일어나 앉아 그를 살짝 흔들었다.

"삼랑? 삼랑?"

화성은 답이 없었다. 사련은 그를 흔들면서 사방을 훑어보았다. 이곳은 뭍이기는 했으나 부두나 인기척, 집 대신에 무성한 숲만 있었다. 육지라기보다는 외딴 섬에 가까웠다. 게다가 놀랍게도 벌써 대낮이었다. 설마 하룻밤을 꼬박 흘러온 걸까? 대체 어디로 떠내려온 거지?

한참을 흔들었지만 곤히 잠든 화성은 움직이지 않았다. 귀신은 익사하지 않는다. 사련도 화성이 물에 빠질 리가 없다고 믿어 의심치 않았다. 그러나 바닷속에서 독침이 달린 뼈물고기 따위가 은밀히 그를 기습했을지도 모르는 노릇이었다. 사련은 화성의 몸에 상처가 있는지 살펴볼 작정으로 가슴, 팔, 다리를 일일이 더듬어 보았다. 하지만 화성의 몸매가 정말 좋다는 결론 외에는 아무것도 발견하지 못했다. 사련은 멍하니 넋을 놓고 있다가 조금 당황스러운 심정으로 중얼거렸다.

"삼랑, 너 장난치지 마."

돌아오는 대답은 없었다.

다급해진 사련은 그의 가슴에 머리를 대고 심장이 뛰는지 확인했다. 하지만 머리를 대고 나서야 기억났다. 귀신이 어떻게 심장이 뛰겠는가? 그런데 무슨 일인지, 예상과 달리 정말로 심장 박동 소리가 들렸다. 얼떨떨해진 사련은 곧장 정신을 차리고 제멋대로 추측하기 시작했다.

화성의 본존이라면 당연히 물에 빠지지 않을 터다. 하지만 열여덟 살 인간 소년으로 둔갑한 지금이라면, 물에 빠질 수도 있지 않을까?

물론 화성이 이런 실수를 할 가능성은 희박하다고 생각했으나, 지금은 정말로 어쩔 도리가 없었다. 사련은 화성의 가슴을 여러 번 누르고 깨웠지만 그는 끝까지 일어나지 않았다. 잠시 망설인 그는 천천히 두 손을 내밀고 화성의 얼굴을 살짝 감쌌다.

이 얼굴은 지나치게 아름다웠다. 눈을 감고 있는 지금, 날카로움은 옅어지고 부드러움이 더해졌다. 이렇게 얼굴을 감싸고 바라보면서 자신이 다음으로 할 일을 생각하자니 평정심이 무너질 것 같았다. 긴 고민이 이어졌다. 둘러본 주변에는 아무도 없다. 다시 바라본 화성은 여전히 깰 줄을 모른다. 그렇게 마침내 마음을 다잡은 사련은, 이를 콱 악물고 작은 소리로 말했다.

"……미안해."

속절없이 떨리는 목소리였다. 사련은 말을 마치고 양손을 모아 한참을 조용히 기도한 뒤에야 고개를 숙이고, 눈을 감고, 입술을 가져갔다.

동시에, 화성도 홀연히 눈을 떴다.

63장 관 배를 타고 귀신의 바다로 나가다

그러나 지나치게 긴장하고 불안에 떠느라 눈을 꽉 감고 있었던 사련은 이를 전혀 깨닫지 못했다.

지난번 물속에서 공기를 넘겨받았던 일은 화성이 주도한 것이었다. 움직임이 너무 강하고 깊은 입맞춤이라, 사련은 나중에도 그날 일을 제대로 돌이켜 보지 못했다. 그저 입술이 부어 아프고 저릿했던 감각만 기억하고 있었다. 이번에는 그가 주도하게 되었지만, 조심조심 입술을 겹쳤을 뿐 깊게 입을 맞출 용기가 나지 않았다. 화성을 깨울까 봐 노심초사하는 모양새였다. 하지만 그의 원래 목적은 화성을 깨우려던 게 아닌가? 게다가 입맞춤이 너무 얕아 꼭 맞닿지 않은 입술 틈으로 숨이 새어 나온다면, 말짱 헛수고가 되지 않겠는가?

그리하여 사련은 눈을 감은 채 도덕경을 속사포로 묵독했다.

동시에 입술을 살짝 떼었다가 숨을 가볍게 들이마신 다음, 다시 입술을 겹쳤다.

이번에는 아까보다 한결 깊은 입맞춤이었다. 사련은 화성의 얇고 서늘한 입술을 완전히 입에 머금고 천천히 숨을 흘려 넣었다.

그는 숨을 건네는 내내 눈을 꽉 감은 채 쳐다볼 엄두를 내지 못했다. 숨을 대여섯 번 불어넣었으니 이제 화성의 가슴을 압박할 차례였다. 그런데 누가 알았으랴. 눈을 뜬 순간, 그는 화성의 커다래진 눈을 정면으로 마주쳤다.

"……."

"……."

사련은 양손으로 화성의 볼을 감싼 채였다. 이제 막 떨어진 두 입술에 부드럽고 저릿한 감촉이 남아 있었다. 두 사람은 순식간에 바람이 한 번만 스쳐도 부서질 것 같은 석상으로 변했다. 일찌감치 넋이 나간 사련도 사련이지만, 이번에는 태산이 눈앞에서 무너져도 낯빛 하나 바뀌지 않을 듯한 화성마저 얼이 빠졌다.

사련은 당장이라도 머리에 피가 몰려 죽을 수 있을 것 같았다. 그는 한참 만에 겨우 운을 뗐다.

"삼랑, 정신이 들었구나."

화성은 말이 없었다.

사련은 황급히 두 손을 떼고 뒤쪽 멀리까지 펄쩍 뛰어올랐다.

"……아아아아아아니! 아니야, 아니야! 네가 생각하는 그런

거 아니야! 난 그냥 너한테…….”

너한테 뭐? 공기를 준다고?

귀신이 공기를 건네받을 필요가 있을까? 자신이 말하고도 못 믿을 말이었다!

사련이 삐걱대자 화성도 벌떡 일어나 앉았다. 그는 애써 태연함을 가장하면서 손을 뻗었다.

“……전하. 우선, 진정하세요.”

사련은 양손으로 머리를 끌어안았다. 온몸이 완전히 덜그럭거리고 있었다. 결국, 그는 손을 모으고 화성을 향해 허리를 굽히며 외쳤다.

“미안해, 미안해, 미안해!”

말을 마친 그는 빙글 돌아서서 허겁지겁 꽁무니를 빼고 달아났다. 화성은 그제야 정신을 차리고 자리에서 일어나 뒤를 쫓았다. 사련의 뒤에서 그가 소리쳤다.

“전하!”

사련은 두 귀를 틀어막고 뛰어가면서 목청 높여 사과했다.

“미안해!”

죽어! 빨리 죽어! 못 죽겠으면 구덩이 파고 죽은 척해!

그는 정신없이 달려 순식간에 빽빽한 숲 깊은 곳까지 돌진했다. 그리 한참을 뛰고 있는데, 맞은편에서 난데없이 날카로운 화살 같은 것이 날아왔다. 사련은 비록 큰 충격을 받은 상태였지만 여전한 신체 반응으로 손을 휘둘러 뼈로 된 가시 하나를 낚아챘다. 그는 급히 걸음을 멈추고 가시가 날아온 쪽을 바라보았다. 수풀만 바스락거리며 흔들릴 뿐, 다른 것은 보이지 않았다. 사방에 위험이 도사리고 있음을 깨닫자, 그는 단숨에 냉정을 되찾고 다시 되돌아 뛰었다.

"삼랑!"

화성이 뒤를 바짝 뒤쫓고 있던 터라 사련은 돌아서자마자 그의 품에 뛰어들 뻔했다. 사련은 그의 손을 잡고 밀림 밖으로 내달렸다.

"빨리 뛰어, 숲속에 뭔가 있어!"

그를 쫓아 달려왔던 화성은 도로 그에게 끌려갔다. 해변으로 되돌아오고 나서야 사련은 숨을 돌리며 말했다.

"다행이다, 다행이야. 안 쫓아왔네."

화성도 입을 열었다.

"응. 섬에 자잘한 것들이 좀 있긴 한데, 걱정 마. 따라오지는 못할 거야."

이 말을 들은 사련은 문득 생각났다. 화성이 이런 걸 두려워할 리가 있을까? 고개를 숙여 보니 자신은 아직도 화성의 손을 붙든 채였다. 그는 다시 굳어져서 잽싸게 손을 놓고 떨어졌다.

두 사람은 몇 걸음 떨어져 서서 긴 침묵에 빠졌다. 화성은 한숨을 쉬고 옷깃을 툭툭 여미면서 말했다.

"방금은 구해 줘서 고마웠어. 인간의 몸은 정말 불편한 게 많아. 바다에 빠져서 바닷물까지 먹고. 더럽게 짜네."

사련도 그렇게 바보는 아니다. 이건 화성이 자신에게 궁지에서 벗어날 기회를 주는 것이니 넙죽 맞장구를 칠 수밖에 없었다. 그는 고개를 숙이고 어물어물 대답했다.

"아냐, 별말을."

그런데 잠시 뒤, 화성이 말을 덧붙였다.

"하지만 형이 한 건 조금 틀렸어."

당황한 사련이 멋쩍은 기색으로 말했다.

"틀렸어? 난…… 공기만 주면 되는 줄 알았는데."

"응, 틀렸어. 앞으론 함부로 다른 사람에게 그렇게 하지 마. 자칫 그랬다간……."

그랬다가는 사람의 목숨을 구하기는커녕 도리어 해칠지도 모른다. 진지한 화성의 말에 사련은 무척 부끄러워졌다. 예전에는 이런 짓을 하지 않아서 다행이라는 생각이 들었다. 아니었다면 정말 유감스러운 일이 벌어졌을 것이다. 그는 서둘러 약속했다.

"안 할게, 다시는 안 해."

화성은 고개를 끄덕이고 빙긋 웃었다. 사련은 내심 숨을 건네는 정확한 방법을 배우고 싶었다. 하지만 더는 이 문제를 파고들 자신이 없었기에 우선 조용히 기억만 해 두고, 다시 주변을 둘러보며 말했다.

"이 섬은 정말 무인도였구나. 사람은 하나도 없나?"

화성이 대답했다.

"없지. 여기는 흑수 귀역의 중심인 흑수도(黑水島)야."

그는 퍽 침착했다. 혈우탐화와 흑수침주, 이 두 '절'은 서로 안면이 있을 터였다. 사련이 물었다.

"삼랑, 여기 와 본 적 있어?"

화성은 고개를 저으며 대답했다.

"없어. 하지만 이런 섬이 있다는 건 알아."

사련은 미간을 찌푸리며 말했다.

"풍사 대인과 다른 분들은 어디로 떠내려갔을까. 이 섬에 있으려나 모르겠어."

이곳은 남해에 있는 흑수 귀역, 즉 다른 자의 지반이다. 배명의 근거지는 북방에 있고 지사는 무신이 아니며, 풍사가 어떤 상황인지는 더 말할 것도 없었다. 만에 하나 일이 틀어져 흑수현귀의 심기를 건드린다면 그와 맞서 싸울 만한 사람은 사무도가 유일했다. 그러나 천겁이 언제 닥칠지 모르니 낙관적인 형편은 못 되었다. 사련이 물었다.

"삼랑, 흑수현귀는 화가 많은 편이야? 만약 신관이 실수로 그의 영역에 들어와 자기 집 대문에 발을 들였다면 어떻게 반응할까?"

화성이 대답했다.

"글쎄. 하지만 형도 그 말은 들어 봤을 거야. 뭍에서는 적이 왕이고 물에서는 흑이 주인이라는 말. 흑수 귀역에서는 나도 방심할 수 없어."

비단 근거지가 아니라는 이유 때문만은 아니다. 동시대에 사는 같은 '절'끼리는 서로 조금은 체면을 세워 주어야 훗날 웃는 낮으로 만날 수 있었다. 사련이 말했다.

"그럼 빨리 떠나야겠네."

두 사람은 섬을 얼추 돌아보았다. 한 바퀴 도는 내내 숲에는 깊이 들어가지 않았다. 사련은 한동안 소리쳐 불러 보았지만 풍사나 다른 사람들의 대답은 돌아오지 않았다. 화성이 말했다.

"흑수도로 흘러오진 않았나 봐."

두 사람은 다시 해변으로 돌아왔다. 바다 수면은 생기 한 톨 없이 침울했다. 사련은 오는 길에 주운 나뭇조각을 멀리 던졌다. 원래라면 이런 나뭇조각은 물 위에 떠야 정상이다. 그러나 수 장 바깥 수면에 떨어진 나뭇조각은 순식간에 가라앉았다. 사련은 고개를 돌려 숲을 바라보았다.

"아무래도 나무를 베어서 배를 만드는 건 소용없을 것 같아. 축지천리도 쓸 수 없는데, 우린 어떻게 이 섬을 떠나지?"

그런데 화성이 말했다.

"소용없다고 누가 그래?"

"하지만 죽은 사람이 담긴 관이어야 흑수 귀역에 뜰 수 있다고……."

사련은 말을 이으려다 문득 깨달았다. 관을 짠다면, 지금 사방에 널린 게 나무다. 그리고 죽은 사람이라면, 눈앞에 있지 않나?

과연, 화성이 웃으며 말했다.

"내가 누우면 되는 거 아냐?"

그는 웃고 있었지만, 사련은 어쩐지 가슴이 조금 시큰거렸다.

화성이 손바닥을 펼치자 곡도 액명이 나타났다. 말이 나온 김에 두 사람은 목재를 고르기 시작했다. 숲속 깊이 들어가지 않은 터라 어둠 속에 도사린 괴물들을 마주치지는 않았다. 잠시 뒤, 밑동이 잘린 나무가 한 아름 쓰러졌다. 하루를 바삐 보냈더니 어느덧 해 질 녘이 되었다. 두 사람은 철저하게 분업해 무슨 일이든 앞다투어 먼저 했다. 덕분에 능률이 크게 올라 저녁에는 관을 얼추 다 만들 수 있었다.

여정 내내 찐빵 반 개만 먹은 사련은 아까부터 허기에 시달렸다. 하지만 빨리 관을 만들어야 더 일찍 떠날 수 있다는 걸 염두에 두고 있었기에, 관이 모양을 갖춘 뒤에야 핑계를 대고 물고기를 잡으러 갔다. 그러나 흑수 귀역의 물에 무슨 물고기가 살겠는가? 빈손으로 돌아선 그는 그다지 위험하지 않은 숲 가장자리 지대에서 과일을 조금 땄다. 그런데 누가 알았으랴. 돌아왔을 무렵, 모닥불을 피우고 불 옆에 앉은 화성이 보였다. 한 손으로 턱을 괸 채 다른 한 손으로 나뭇가지에 끼워진 산토끼를 굽고 있었다.

그 산토끼는 깨끗하게 다듬어진 뒤였다. 황금빛으로 바삭하게 굽힌 껍질에 기름이 흘렀다. 먹음직스러운 고기 냄새가 사방에 진동했다. 사련이 돌아온 것을 본 화성이 빙긋 웃으며 산토끼구이를 건네주었다. 사련은 나뭇가지를 받고 다시 과일을 건네며 말했다.

"전부 먹을 수 있는 것들이야."

둘 다 물에 빠진 생쥐 꼴이었다. 바닷물에 젖은 것 말고도 옷에 땀이 잔뜩 스며 있었지만, 두 사람 모두 암묵적으로 옷을 벗어 모닥불에 말리자는 이야기는 꺼내지 않았다. 산토끼구이는 역시나 겉은 바삭하고 속은 연했다. 한 입 살짝 베어 물자 이가 뜨거워졌지만 혀끝에 남는 고기 맛에 반해 자꾸만 손이 갔다. 사련은 고기를 반으로 나누다가 한숨지으며 감탄했다.

"삼랑은 손재주가 참 좋아."

화성이 웃으며 대답했다.

"그래? 칭찬 고마워."

"그렇다니까. 목공을 하든 요리를 하든 난 너보다 솜씨 좋은 사람을 본 적이 없어. 그 금지옥엽의 귀인이라는 사람은, 정말 몇백 년을 수행해야 구해지는 귀한 인연을 얻었네."

사련은 이 말을 하면서 토끼구이를 먹느라 바쁜 듯 굴었다. 화성은 어쩐지 묵묵부답이었다. 잠시 뒤에야 그가 담담한 목소리로 대답했다.

"그분과의 만남이야말로 내가 몇백 년을 수행해야 얻을 수 있는 거였어."

"……."

사련은 무슨 말을 해야 좋을지 몰라 더욱 열심히 고기를 물어뜯는 체했다. 얼마나 지났을까, 정신을 차리고 보니 화성이 자신을 부르고 있었다.

"형, 형."

사련이 멍하니 되물었다.

"왜?"

화성이 손수건 하나를 건넸다. 사련은 그제야 자신이 고기를 있는 힘껏 물어뜯느라 얼굴 반쪽이 우스꽝스러운 기름 범벅이 되었다는 걸 깨달았다. 당황한 그는 곧바로 손수건을 건네받아 기름을 닦았다. 화성은 다른 산토끼구이를 절반 건네주며 말했다.

"배가 많이 고팠나 보네. 천천히 먹어."

고기를 건네받은 사련은 잠시 멍하니 있다가, 결국 참지 못하고 물었다.

"삼랑, 그 귀인은 대체 어떤 사람이야? 왜 네가 따라잡지 못해?"

사련은 진심으로 이렇게 생각했다. 화성이 누군가를 얻고자 한다면, 이 세상에 그의 공세를 막아 낼 수 있는 사람은 아무도 없을 거라고. 그런데 그날 화성은 자신이 아직 그 사람을 따라잡지 못했다고 말했다. 사련은 저도 모르게 조금 우울해졌다. 그 귀왕의 배필에 대한 이상한 감정이 마음속에 일었다. 참 안목이 없는 사람이구나 싶으면서도 복에 겨운 사람인 것 같다는 생각도 들었다. 화성이 말했다.

"우습게 들리겠지만, 그럴 엄두가 안 나."

편을 들고 싶은 마음에서였을까, 아니면 화성이 스스로를 비하하듯 낮춰서였을까. 사련은 진지하게 말했다.

"왜 네가 엄두를 못 내? 너는 절경귀왕이고 혈우탐화잖아."

화성이 하핫, 웃음을 흘리며 대답했다.

"귀왕은 개뿔. 내가 정말 그리 대단했다면 몇백 년 전에 날 달아매고 때리던 자들에게 속수무책으로 당하진 않았겠지. 하하하하……."

사련이 말했다.

"에이, 그런 말이 어디 있어. 누구나 다 그런 걸 겪으면서 자라잖아……."

하지만 말을 마치자마자 생각났다. 자신은 선경에 오르기 전까지 거꾸로 매달려 맞는 단계는 거치지 않았던 것 같다. 사련은 가볍게 헛기침을 했다. 화성이 다시 말했다.

"그 사람은 내 가장 꼴사나웠던 모습을 봤어."

"근데, 나는 그게 부러운데."

사련의 말에 화성이 그를 바라보았다. 사련은 고기를 내려놓고 부드러운 목소리로 말했다.

"지금 네 마음…… 나도 조금은 이해가 가."

잠시 말을 고른 사련이 입을 열었다.

"나도 한동안 안 풀리는 때가 있었어. 그때는 항상 그렇게 생각했지. 만약 진흙탕을 뒹굴면서 일어서지도 못하는 내 꼴을 보고도 나를 좋아해 주는 사람이 있었으면, 하면서. 그런 사람이 있었을지는 나도 잘 모르겠어. 하지만 나도 다른 사람에게 그런 모습을 보일 엄두는 나지 않아."

그가 말을 이었다.

"그래도 난 삼랑이 동경하는 사람이라면, 설령 네 가장 꼴사나운 모습을 봤더라도 '아, 이 사람도 그저 그렇잖아' 같은 말은 하지 않을 거라고 생각해."

사련의 목소리가 진중했다.

"내겐 한없는 영광을 누리는 것도 너고, 먼지 속으로 추락한 것도 너야. 중요한 건 '너'지, '어떤' 너인지가 아니야."

사련이 다시 덧붙였다.

"나는, 정말로…… 삼랑을 좋아해. 그래서 네 모든 걸 알고 싶어. 누군가 훨씬 옛날부터 그런 너를 봤다는 게 참 부러워. 이건 우연히 만날 순 있어도, 바란다고 구해지는 인연이 아니거든. 그리고 그 인연을 이어 갈 수 있을지는, 3할은 하늘의 뜻에 달렸지만 7할은 네 용기에 달려 있겠지."

모닥불이 타닥거리는 소리를 내며 타들어 갔다. 두 사람은 긴 침묵에 빠졌다. 사련은 가볍게 기침을 하고 미간을 문지르며 말했다.

"내가 너무 말을 많이 했지. 미안해."

"아니, 정말 좋았어. 맞는 말이야."

조용히 안심한 사련은 냉큼 다시 산토끼구이를 붙잡고 뜯기 시작했다. 화성이 한마디를 덧붙였다.

"이것 말고도 이런저런 이유가 있어."

사련은 자신이 너무 떠들었다는 생각에 서둘러 이 화제를 끝맺고 싶었다. 방금 자신이 왜 그렇게 떠들어 댔는지도 도통 이해가 가지 않았다. 진심으로 은애하는 사람이 있다면 용감하게 구애하라, 왜 그런 격려를 했을까? 연분을 관장하는 신관도 아니면서. 할 말이 없어진 사련이 중얼거렸다.

"그래……."

이야기를 끝마친 두 사람 사이에 다소 미묘한 공기가 흘렀다. 그들은 재빨리 남은 음식을 먹어 치우고 일을 계속했다. 머지않아 관이 정식으로 완성되었다.

화성은 새 관을 물에 밀어 넣고는 가뿐하게 뛰어 들어가 안에 자리를 잡고 앉았다. 이 길고 묵직한 나무토막은 역시 가라앉지 않고 수면 위에 머물렀다. 썩 넓지 않은 관이라 사련이 도포 자락을 걷고 들어서니 앉을 만한 곳이 없는 것 같았다. 이때, 하늘가에서 먹먹한 천둥소리가 울리고 먹구름이 꿈틀거렸다. 보랏빛 번개가 시시각각 어른거리더니, 귓전을 때리는 천둥소리와 함께 가는 빗줄기가 날리기 시작했다. 차츰 빽빽해지던 빗줄기는 금세 억수 같은 장대비가 되었다.

두 사람이 관을 짜면서 꾀부리지 않고 관 뚜껑까지 만든 게 다행이었다. 안 그랬으면 바다에 띄운 지 얼마 못 가 빗물이 들어차는 바람에 관이 물밑으로 꼬르륵 가라앉았을 것이다.

두 사람의 시선이 맞닿았다. 사련이 작은 목소리로 말했다.

"실례할게."

화성도 별말 없이 관 안에 누웠다. 사련은 몸을 낮추며 관 뚜껑을 닫았다. 등불을 불어 끈 것처럼 칠흑 같은 어둠이 찾아왔다.

바다로 출항한 관 배는 한동안 넘실넘실 흘러갔다. 바깥에서 쏟아지는 폭우가 무섭게 관 뚜껑을 두드렸다. 한편 관 안쪽, 두 사람은 말없이 비좁은 공간에서 부대끼고 있었다. 바짝 달라붙은 몸이 파도를 따라 엎치락뒤치락했다. 사련은 한 손으로 관 가장자리를 짚고 최대한 자리를 내 보려다가 판자에 머리를 툭툭 부딪혔다. 그런데 화성이 한 손을 뻗어 그의 등을 감싸고 자신의 가슴께로 당기더니 다른 손으로 그의 머리를 감쌌다. 사련은 차마 가쁜 숨도 몰아쉴 수가 없었다.

"삼랑…… 아니면 우리 바꿀까?"

"뭘 바꿔?"

"……네가 위로, 내가 아래로."

"위나 아래나 똑같지 않나."

사련은 제 몸이 화성을 짓누를까 걱정이었다.

"우리, 적어도 하루는 떠다녀야 할 거야. 지금 네 몸은 겨우 열여덟 살 정도잖아. 난 명색이 무신이라 엄청 무거운데……."

말을 끝내기도 전에 사련이 다시 말했다.

"삼랑, 너…… 갑자기 커지지 마."

어둠 속이라 잘 보이지는 않아도 자신과 붙어 있는 화성에게서 무언가 변화가 느껴졌다. 지극히 미묘한 변화였지만, 사련은 그가 본모습으로 돌아왔다는 날카로운 직감이 들었다. 아니나 다를까, 화성이 입을 열면서 흘린 낮은 웃음소리는 본존의 목소리가 맞았다. 사련은 그의 가슴팍에 하릴없이 엎드렸다. 하지만 막상 이런 상황이 되니 이유 모를 어색함이 옅어졌다. 그는 자리를 옮기려고 다리를 살짝 들어 자세를 바꾸었다. 그러자 화성이 문득 웃음을 거두고 낮은 목소리로 말했다.

"움직이지 마."

사련은 몸을 굳혔다. 바로 이때, 굉음과 함께 두 사람이 탄 관 배가 덜컥 가라앉았다. 놀란 그가 더럭 외쳤다.

"무슨 일이지?"

굉음이 거듭 울려 퍼졌다. 두 사람은 별안간 관 안에서 한 바퀴를 돌았다. 관 배가 송두리째 뒤집힌 것 같았다. 다행히 아직 물은 새지 않았지만, 몇 번 더 뒤집히면 어떻게 될지 장담할 수 없었다. 화성이 사련을 누른 채 입을 열었다.

"뭔가가 이 관을 노리고 있어."

말이 끝나기 무섭게 두 사람의 발밑이 가벼워졌다. 누워 있던 몸은 일어선 자세가 되었다. 불쑥 세워진 관 배가 다시 빠르게 쓰러지나 싶더니, 사정없이 뒤집히며 곤두박질쳤다!

화성은 사련의 허리를 단단히 끌어안고 다른 손으로 그의 머리를 감싼 채 말했다.

"날 꽉 잡아!"

바깥에 있었다면 이보다 세 곱절은 더 뒤집혀도 대처할 수 있었을 것이다. 그러나 사련은 좁은 공간에 꼼짝없이 갇힌 신세가 아니던가. 지금은 대체 무엇을 맞닥뜨렸는지도 모른 채 경계심을 곤두세우고 마음을 졸여야 했다. 사련이 말했다.

"관 배가 부서지면 어쩌지?"

"괜찮아. 부서지면 어때. 내가 있는 한 형은 가라앉지 않아!"

지금 두 사람은 서로 빈틈없이 밀착한 상태였다. 화성의 이 말은 사련의 머리카락에 입을 맞추다시피 하며 흘러나왔다. 사련은 그의 목울대에서 전해 오는 작은 진동마저 느낄 수 있었다. 마음이 조금 흐트러졌지만, 관이 다시 격렬하게 요동치면서 온 신경이 옮겨 갔다. 이 관은 젖먹이 아이가 마구잡이로 흔들고 휘두르는 장난감이 된 것 같았다. 사련은 하는 수 없이 한 손으로 화성을 꽉 껴안고 다른 손으로 관 옆면을 짚었다.

혼란 속 두 사람은 위아래로 엎치락뒤치락하느라 몇 번이나 자세가 바뀌었는지 몰랐다. 서로의 몸 구석구석이 엉망으로 부딪치고 쓸리기를 반복했다. 화성은 겉보기에는 얼추 소년 같지만, 이렇게 오래 부딪치고 나니 새삼 그의 온몸이 참 단단하다는 것을 알게 되었다. 사련은 구르고 시달리느라 눈앞에 별이 보일 지경이었다. 겨우 조용해졌다는 걸 느꼈을 무렵, 깨닫고 보니 자신은 화성의 아래에 깔린 처지였다. 묵직한 무게에 눌려 숨도 몰아쉴 수가 없었다. 사련은 간신히 한 손을 들고, 자신의 몸 옆을 짚은 화성의 건장한 팔을 잡으며 작게 신음했다. 현기증에 눈앞이 가물거렸다.

"이제 끝난 건가……."

무슨 영문이었을까, 화성은 대답이 없었다. 사련은 한마디를 끝맺기도 전에 숨이 턱 막혔다. 이유는 따로 있었다. 문득 자신의 몸 어딘가에서 다소 예사롭지 않은 변화가 일어났음을 알아챈 탓이다.

"…………………………."

그 찰나, 사련은 소철나무에 핀 꽃을 본 것보다도 더 믿기지 않는 심정이었다. 아니, 소철나무에 핀 꽃을 봤더라도 지금처럼 머릿속이 백지가 되진 않았을 것이다.

엄청난 수치심과 난감함이 관 바깥의 폭풍보다도 맹렬하게 몰려와 그를 무참히 때려눕혔다. 사련은 당황하여 허둥지둥 무릎을 굽혔다. 하지만 이 자세가 훨씬 난감할 줄 누가 알았을까. 위로 굽힌 무릎이 어딘가 건드리지 말아야 할 곳에 닿은 듯, 화성이 나직하게 소리쳤다.

"움직이지 마!"

화성의 어조는 무척 심각했다. 사련은 다시 허둥지둥 다리를 오므렸다. 하지만 무릎을 굽히지 않는다면 화성이 지금 그의 몸에 일어난 반응을 알아차릴까 봐 두려웠다. 그렇게 되느니 관에 머리를 부딪쳐 죽는 게 나았다. 원래라면 '몸이 마음 같지 않았다'고 설명할 수 있겠지만, 난감하게도 그는 아까 섬에서 세운 전적이 있었다. 한 번은 고의가 아니었다고 쳐도 또다시 그런다면 뭐라고 설명하면 좋단 말인가?

다급한 나머지 사련은 입에서 나오는 대로 외쳤다.

"안 돼! 삼랑, 너…… 나 건드리지 마!"

짧게 침묵한 화성이 가라앉은 목소리로 말했다.

"좋아. 나가자."

사련은 사면받은 죄인처럼 냉큼 외쳤다.

"나가자!"

문득 강렬한 무중력감이 밀려들었다. 두 사람을 실은 관 배가 이제는 공중으로 솟구쳐 오른 것이다.

그 순간 화성과 사련은 동시에 관 벽면을 내리쳤다. 관 배는 곧장 산산이 조각났다. 두 사람은 관에서 빠져나와 나란히 뛰어올랐다. 달빛 아래, 사련은 뒤를 돌아보았다. 거대한 수룡이 조각조각 부서진 관을 물고 장대비 속에서 포효했다. 송곳니로 먹이를 물어뜯었으나 속이 텅 비었다는 걸 깨닫고 부아가 치민 모습이었다. 틀림없다. 아까는 이 수룡이 관을 물고 휘두르며 사방으로 뒤엎은 것이리라.

관 배는 바다로 출항해 한참을 흘러갔지만, 결국 수룡이 헤엄쳐 제자리로 물고 돌아왔다. 두 사람이 떨어진 곳은 다시 흑수도였다. 해변에는 사람의 형체 두 개가 늘어 있었다. 다름 아닌 수사무도와 배명 장군이었다. 사무도는 그 수룡을 불러들이려는 것인지 비바람을 맞으며 주술을 유지했다. 배명이 그의 어깨를 두드렸다.

"수사 형! 수사 형, 쉬엄쉬엄합시다! 이번 판은 지나갔잖습니까. 다음 천겁이 언제 올지 모르니 힘을 비축해 둬야지요."

아무래도 아까 그 갑작스러웠던 장대비는 사무도의 천겁에 곁들여진 배경음이었던 모양이다. 빗줄기는 서서히 잦아들었다. 사무도는 소매를 휙 뿌리치며 화성과 사련을 돌아보더니 한마디 쏘아붙였다.

"두 사람, 무슨 일이 있었던 거지?"

"……."

배명도 말했다.

"그래요, 태자 전하. 두 분이 설명 좀 해 보시지요. 무슨 일이 있었습니까? 저 안에서 뭐 하고 있었던 겁니까?"

분명 그 관이 폭발하면서 두 사람이 꼭 껴안고 있던 모습이 생생하게 눈에 띄었을 것이다. 사련은 눈을 끔뻑거리며 입을 달싹였다. 그 순간, 자신과 화성은 비좁은 관 안에서 한바탕 뒹굴고 난 후라 둘 다 머리카락이 헝클어지고 옷은 흐트러진, 남사스러운 꼴이라는 것을 문득 깨달았다. 빗물로 씻어 낸 뺨도 여전히 뜨거웠다.

화성은 한 걸음 내디뎌 사련의 앞을 가로막았다. 잠시 뒤, 사련이 가볍게 헛기침을 하며 말했다.

"……아무 일 없었습니다. 그냥…… 관을 너무 작게 만들어서요."

사무도는 영문을 모르겠다는 듯 말했다.

"난 그걸 물은 게 아니오만."

배명은 두 사람이 모래사장에 남긴 폐목재 더미를 가리키며 말했다.

"그 관은 두 사람이 만든 것 아닙니까? 왜 좀 더 크게 만들지 않으시고?"

"……."

이 관의 규격은 화성과 사련이 함께 정한 것으로, 당시에는 정말 누구도 크게 만들어야 한다고는 생각하지 않았던 것 같다. 사련은 어영부영 말했다.

"그러게요. 하하, 하하. 두 분 대인께선 이제 막 이 섬에 떠내려오신 건가요?"

배명이 대답했다.

"맞습니다. 수사 형이 흑수 귀역의 해류와 싸우던 길에 막 도착했는데, 보니까 관 하나가 흑수 귀역 바다 위에 떠 있는 게 아닙니까. 참으로 신기하더군요."

사련의 마음이 슬쩍 내려앉았다. 그는 미소를 지으며 말했다.

"맞아요, 정말 신기하죠."

사무도가 운을 뗐다.

"너."

그는 화성을 돌아보며 눈을 가늘게 떴다.

"배에 있을 때, 흑수 귀역에서 가라앉지 않는 건 죽은 자를 실은 관뿐이라고 하지 않았나?"

배명이 검을 뽑으며 유유히 말을 얹었다.

"그래. 관은 있는데, 그 죽은 자는 어디 있지?"

화성도 희미하게 웃으며 말했다.

"누가 죽은 게 그리 마음 쓰이면 직접 자결하지 그래."

배명이 검을 쳐들어 그를 겨누었다.

"오만방자한 것. 역시 혈우탐화였군!"

아니나 다를까, 그는 진즉에 눈치를 채고 있었다. 화성은 소리 내어 웃었다. 일촉즉발의 공기가 흐르자 사련은 화성의 앞을 막아서며 말했다.

"두 분 대인, 잠시 기다려 보세요. 안심하셔도 됩니다. 삼랑은 좋은 마음으로 동행한 거예요."

배명이 대꾸했다.

"삼랑? 저는 혈우탐화가 어느 집 몇째인지 들어 본 적도 없습니다만. 좋은 마음? 태자 전하, 그 말이 가리키는 게 저자가 확실합니까?"

가장 주목받는 자리에 서야 직성이 풀리는 사무도는 배명을 밀치고 엄한 목소리로 말했다.

"네가 이번 여정에 농간을 부린 것이냐? 무슨 목적으로 우리를 흑수 귀역에 끌어들였지? 청현은 어디 있느냐?"

"여기는 남의 지반인데, 난들 오고 싶었겠어?"

사련은 이런 상황에 도가 튼 터라 노련하게 화제를 바꾸었다.

"풍사 대인은 아직 찾지 못하셨나요? 배 장군께서 두 분을 구하러 가신 줄 알았는데요?"

배명이 양손을 펼치고 어깨를 으쓱하며 말했다.

"건질 수 있었는데 수사 형이 큰 파도를 일으켜서 완전히 흩어지고 말았습니다."

사무도가 말했다.

"배 형, 말은 바로 해야지. 내가 파도를 일으키지 않았어도,

바닷속에 있던 놈들이 줄줄이 덤벼 와서 건질 수 없었을 텐데!"

사련이 다급히 끼어들었다.

"진정, 진정하세요. 어쨌든…… 풍사 대인과 지사 대인이 함께 계시니 큰일은 없을 겁니다."

사무도는 코웃음을 치며 말했다.

"지사? 지사가 무슨 소용인가! 어중간한 실력에 무신도 아니건만. 법력도 청현만 못해."

그는 여기까지 말하고서야 사청현에게 법력이 한 톨도 없다는 사실을 떠올렸는지, 안색을 굳히며 입을 다물었다. 하지만 사련은 사람마다 지닌 특기가 다르다고 생각했다. 비록 명의는 무신이 아니고 법력도 특별히 강하지 않지만, 수사의 말대로 크게 모자란 수준은 아니었다. 오히려 반월관에서 보았던 지사의 실력은 제법 훌륭한 편이었다. 최상급은 아니더라도 형편없지는 않았다. 배명도 말을 얹었다.

"일단 과한 걱정은 삼가시죠. 현귀와 맞서지 않는 한 지사 대인도 나름대로 대처할 수 있을 겁니다."

화성이 웃으며 말했다.

"천겁이 당신 때문에 흑수 귀역까지 쫓아왔는데, 흑수의 수역을 휘저어 놓고도 이곳 주인에게 들키지 않길 바라나?"

갑자기 사무도의 안색이 미묘하게 변했다. 그는 옷깃 속에서 금빛 장명쇄 하나를 꺼냈다. 배명이 물었다.

"수사 형, 무슨 문제라도 생겼습니까?"

손에 들린 그 장명쇄는 희미하게 떨고 있는 것 같았다. 사무도가 말했다.

"청현이 여기 근처에 있어……. 게다가 다쳤다!"

사련은 그 장명쇄를 쳐다보았다. 뜻밖에도 지난번 사청현이 몸에 지니고 있다가 진을 치기 위해 벗어 두고 미처 챙기지 못했던 장명쇄와 똑같았다. 사련이 물었다.

"풍사 대인이 아직 그 장명쇄를 가지고 계신가요? 벗어 두셨던 걸로 기억하는데요."

"내가 주워다 다시 걸어 주었소."

알고 보니 이 장명쇄 두 개는 짝이 맞는 두 금정(金精)을 조각해 만든 것이었다. 너무 멀리 떨어져 있지 않을 때, 한쪽 주인이 상처를 입으면 서로가 호응해 거리가 가까울수록 강하게 공명했다. 이는 법술의 효력이 아니고 자연적인 특성이므로 귀역의 결계에 영향을 받지 않는다. 사무도는 자신의 장명쇄를 목에서 벗었다. 그러곤 사슬 부분을 잡고 앞쪽으로 늘어뜨린 뒤 천천히 한 바퀴를 돌았다. 한 방향을 마주한 순간, 장명쇄가 불현듯 강하게 진동했다.

마주한 방향은 헤아릴 수 없이 깊숙한 외딴 섬의 중심부, 밀림이었다. 사무도가 진중한 표정으로 말했다.

"청현은 지금 이 섬에 있다."

말을 마치자마자 그는 숲을 향해 성큼 걸음을 옮겼다. 배명도 자연스레 뒤따랐다. 사련은 잠시 고민에 빠졌다. 풍사와 지사가 이 섬에 있고, 심지어 풍사는 상처를 입었다고 의심되는 상황이다. 그렇다면 우선 두 사람부터 찾는 게 급선무였다.

"두 분 대인, 숲속에 잡귀들이 잠복해 있습니다. 날아오는 화살에 맞지 않게 조심하세요."

화성도 뒤를 따라나섰다. 그의 손을 잡으려던 사련은 아까 자신이 관 안에서 보인 터무니없는 추태를 떠올렸다. 순간 내밀었던 손이 절로 움츠러들었다. 결국 사련은 그의 얼굴을 차마 쳐다보지 못하고 화성의 소매를 끌어당겼다. 배명은 흥미롭다는 듯 몇 번이고 두 사람을 돌아보았다.

"태자 전하는 혈우탐화와 정말 아교풀처럼 딱 붙어 다니시는군요. 그리고 귀왕씩이나 돼서 이리 대놓고 우리를 따라다니다니, 의심을 피할 생각도 없는 건가?"

사련이 침착하게 받아쳤다.

"배 장군, 그게 무슨 말씀이십니까? 이런 상황에선 우리를 따라와야 의심을 피하겠지요. 행여나 두 분 대인이 위험에 처해 삼랑의 뒷손질을 의심하신다면, 삼랑이 어떻게 결백을 증명하겠어요?"

배명이 대꾸했다.

"절의 경지에 오른 자인데, 우리 눈앞에 있으면 뭐가 달라집니까? 분신술 정도야 식은 죽 먹기일 텐데요?"

말이 끝나기 무섭게 바람을 가르는 날카로운 소리가 들려왔다. 배명은 불시에 날아온 화살을 한 손으로 붙잡았다.

"역시 뭔가 있군. 위험했어! 수사 형, 조심……."

한마디를 이으려는 순간 또다시 바람 소리와 함께 화살 일고여덟 대가 날아왔다. 배명은 검을 한 바퀴 휘둘러 요란하게 화살을 내치고 짜증스레 말했다.

"이게 무슨 짓거리야?"

"배 형, 본인 먼저 조심하지 그래!"

웃음을 터트리며 말한 사무도는 계속해서 걸음을 재촉했다.

어둠 속에 숨어 화살을 쏘기만 한다면 겁낼 필요도 없다. 그래 봐야 성가실 뿐이지. 심기가 불편해진 배명은 수풀을 납작하게 짓밟은 끝에 잡귀 몇 마리를 집어 들었다.

"용기가 참 가상해?"

얼굴이 누렇게 뜨고 말라빠진 잡귀들은 확실히 가장 낮은 급의 졸개들이었다. 다들 배명의 손에 덜렁 붙잡힌 채 몸을 둥글게 웅송그리고 연신 용서를 빌었다. 좌우간 이곳 섬의 문지기이니 외부자의 침입을 막는다고 나무랄 수는 없는 노릇이었다. 배명은 몇 마디 으름장을 놓고 잡귀들을 풀어 주었다. 하지만 유난히 독하고 교활한 잡귀들이 등장하면서는 아예 놈들을 공처럼 찌그러뜨리고 손으로 통통 튕기면서 걸어갔다. 네 사람은 울창한 밀림 속에서 나무와 잎줄기를 헤치며 나아갔다. 얼마나 시간이 흘렀을까. 사무도가 들고 있는 장명쇄가 점점 더 강하게 공명했다. 마침내, 그들은 숲 한가운데에 탁 트여 펼쳐진 개활지에 다다랐다.

숲의 중심은 거대한 호수였다. 다 같이 근처로 향하는 와중에 배명이 불쑥 말했다.

"혈우탐화, 또 장난질하면 더는 못 봐준다."

화성과 사련은 나란히 그를 바라보았다가 다시 서로를 마주 보았다. 배명은 인상을 찌푸리며 말을 이었다.

"싸우고 싶다면 정정당당하게 덤벼라. 나는 과거의 신관 서른 세 명과는 달리 네놈이 두렵지 않아. 자꾸 그렇게 밀쳐 봤자 시시할 뿐이다."

화성은 눈썹을 치켜올리며 말했다.

"형, 믿어 줘. 나랑은 관계없는 일이야."

사련도 입을 열었다.

"배 장군, 삼랑은 이렇게 시시한 장난은 치지 않아요."

배명은 의심스럽다는 기색이었다.

"그렇습니까?"

사련은 경계심을 곤두세웠다.

"이 섬에서 다른 것들이 작간을 부리는지도 몰라요."

배명은 말이 없었다. 이때 사무도가 걸음을 늦추었다.

"여기다."

그 장명쇄는 이 근방에서 가장 강하게 공명했다. 즉 사청현이 이곳 바로 근처에 있다는 뜻이었다. 하지만 명백하게도 이곳에는 호수 하나 빼고는 아무것도 없었다. 배명이 말했다.

"지하 궁전이 있는 게 아닐까요?"

사무도는 수면을 응시했다. 사련이 대답했다.

"그럴 가능성도 있네요. 물밑이라든지."

그러나 무턱대고 이 흑수도의 호수로 뛰어들 수는 없었다. 내려가면 다시 나올 수 없을지도 몰랐다. 물결 하나 없이 잔잔한 호수는 거대한 거울처럼 밤하늘 높이 걸린 창백한 달을 비추었다. 별과 구름은 찾아볼 수 없었다. 넷은 호숫가 가장자리를 따라 한 바퀴를 걸었다. 사련이 호수 바닥을 살펴볼 만한 방법을 고민하던 도중이었다. 급작스러운 비명이 밤하늘을 갈랐다.

앞장서서 걷던 사람은 사무도였고, 맨 뒤에서 걷던 사람은 배명이었다. 앞쪽 세 사람이 일제히 뒤를 돌아보았다. 비명을 지른 범인은 배명이 도중에 잡아 온 그 잡귀였다. 뼈만 앙상한 몸뚱이는 땅에 서 있었지만, 머리가 감쪽같이 사라진 목에서는 검은 피가 길게 뿜어져 나왔다. 비명을 지르는 건 공중으로 날아오른 머리였다. 사련이 물었다.

"배 장군, 왜 갑자기 잡귀를 죽이셨습니까?"

"아닙니다!"

배명이 말을 제대로 끝내기도 전이었다. 그는 몸을 움찔 숙이더니 한쪽 무릎을 땅에 꿇었다. 화성이 웃으며 말했다.

"이렇게 예를 차릴 필요는 없는데?"

그러거나 말거나, 배명은 아연실색한 표정으로 외쳤다.

"수사 형, 조심하십시오!"

하지만 뭘 조심하라는 말인가? 호숫가에는 네 사람을 제외하고는 아무것도 없는 것을!

배명은 마치 형체가 없는 무언가에 갇힌 것 같았다. 사무도가 재빨리 도우러 달려왔다. 그런데 눈앞 허공에서 섬뜩한 빛이 스쳤다. 그는 즉시 피했으나 한쪽 뺨에 가느다란 핏자국이 맺혔다. 손으로 피를 닦아 낸 그의 낯빛이 돌변했다.

사련은 화성을 등 뒤로 감싸며 외쳤다.

"은신술?"

배명은 자신을 옭아맨 형체 없는 무언가에서 겨우 벗어나 목청을 높였다.

"모이십시오! 흩어지면 안 됩니다!"

그러나 사무도는 다른 것 따위 신경 쓰지 않았다. 그는 거듭 공명하는 장명쇄를 들고 호숫가를 따라 달리며 큰 소리로 외쳤다.

"청현! 청현!"

몹시도 혼란스러운 상황이었다. 반면 사련은 이 혼란 속에서 아주 기이한 현상을 알아차렸다.

넓고 평탄한 호수 기슭의 가장자리에는 아무것도 없다. 그러나 호수의 수면에 비친 물기슭은 달랐다.

수면에 비친 맞은편 호수 기슭에는 어두침침한 건물이 서 있었다. 을씨년스러운 그 집은 인가라기보다는 감방에 가까워 보였다. 문은 찾아볼 수 없었다. 대신 높다랗게 달린 창마저 쇠창살로 무자비하게 막혀 있었다. 그리고 쇠창살 사이로 비어져 나온 창백한 손이 살려 달라는 듯 허우적대고 있었다.

사련은 머리를 쳐들고 맞은편 기슭을 바라보았다. 확실히 아무것도 없었다. 사무도는 바로 그 자리에서 장명쇄를 들고 있었다. 다시 내려다본 호수 수면에는, 역시나 스산한 철창 감옥이 비쳤다. 사무도는 지금 이 철창 앞에서 사방을 둘러보는 중이었으나 그 존재를 전혀 보지 못했다.

사련이 서둘러 외쳤다.

“두 분 대인! 찾았습니다! 이쪽에…….”

바로 이때, 그의 동공이 덜컥 조여들었다. 흑수호 수면에 새로운 무언가가 비친 탓이었다.

새카만 사람의 그림자가, 기척도 없이 그와 화성의 등 뒤에 나타났다.

64장 유명수부, 검은 옷과 백골

그러나 강기슭 뒤편에는 여전히 아무도 없었다!

여정 내내 방심을 지니고 다닌 사련은 그 모습을 보자마자 손을 뒤로 돌려 검을 내찔렀다. 그는 분명 검으로 그림자를 찔렀다. 그러나 그것은 마치 물살을 찌른 것처럼 잔잔한 물결로 흩어지더니 그 자리에서 사라졌다. 화성도 고개를 틀고 그림자가 사라진 방향을 바라보며 미간을 좁혔다. 이윽고 수면에 비친 어스레한 그림자가 한층 늘어났다. 창백한 얼굴들과 쌍쌍의 손이 어두운 밤빛 속에서 유독 눈에 띄었다. 사련은 검을 휘두르며 외쳤다.

"배 장군! 물가로 가셔서 수면을 보세요! 수면에 이것들의 그림자가 비칩니다!"

애초에 귀역 밖이었다면 이런 잡귀들은 신관에게 접근하지도 못했을 터다. 방금까지 적을 보지 못했던 배명은 이제 실마리를 잡았다. 그는 수면을 응시하면서 검을 휘둘러 자신을 에워싼 허깨비를 깡그리 없애 버렸다. 사무도도 마침내 수면에 비친 수상한 그림자를 알아차리고 물가에 꿇어앉아 머리를 숙였다.

"청현? 거기 있느냐!"

칠흑처럼 어두운 물과 새카만 쇠창살이 한데 녹아들어 제대로 알아보기 어려웠다. 그러나 그 손만큼은 희었다. 잠시 뒤, 갑자기 쇠창살 가운데로 얼굴 하나가 비어져 나왔다. 다름 아닌 사청현이었다!

그 역시 철창 밖의 사무도를 보지 못한 듯, 자못 소름 끼치는 표정을 하고는 두 손으로 쇠창살을 움켜잡고 필사적으로 머리를 내밀었다. 목청 높여 구조 요청을 외치는 것 같았으나 아무 소리도 들려오지 않았다. 길게 소리를 지르지도 못했건만, 별안간 비쩍 마른 손 대여섯 개가 그의 머리와 얼굴, 목과 어깨를 그러쥐고 사정없이 끌어냈다.

이를 본 사무도는 욕을 내뱉고 곧장 물속으로 뛰어들려 했다. 그러나 배명이 그를 확 잡아끌며 말했다.

"수사 형, 안 됩니다! 만약 함정이면 어쩌시려고요? 남해의 물을 옮겨 올 수도 없고, 수신관의 몸으로 남의 수역에 들어왔으니 지금 수사 형은 도마 위에 오른 고기인 셈이 아닙니까?"

"번거롭겠지만 배 형이 바깥에서 잘 살펴봐 주게."

사무도는 그의 어깨를 다독이며 한마디를 남기곤 배명을 밀치고 흑수호 안으로 몸을 던졌다.

물속에 들어간 사무도는 다시 떠오르지 않았다.

"수사 형!"

배명이 그를 애타게 부르며 외쳤지만, 차마 따라가지는 못했다. 이 호수 밑이 나름의 '경계선'이라는 사실을 잘 알고 있던 탓이었다. 고분에 설치된 장치와 같은 원리다. 외부인은 바깥에서 무덤의 문을 열고 난입한다. 그러나 들어가는 순간 무덤의 문이 저절로 닫힌다. 안에서는 열 수 없는 문이라 도굴꾼은 그대로 갇혀 죽게 된다. 확실치는 않으나 물속 '경계선' 역시 이런 원리로 작동할지도 몰랐다. 사련이 말을 꺼냈다.

"배 장군! 내려가지 마세요. 지금 장군의 발밑에 시체들이 있으니, 어서 해변으로 돌아가셔서 관을 만들고 떠날 채비를 하세요. 제가 내려가겠습니다!"

"태자 전하가요? 괜찮으시겠습니까?"

"장군의 법력도 이쯤이면 꽤 소모되었을 테니 저나 장군이나 엇비슷하겠지요. 맨주먹 싸움이라면 제가 장군보다 더 경험이 많습니다!"

배명은 다시 사련의 옆에 있는 화성을 쳐다보았다. 그러고 보니 화성은 물에 뜰 수 있었다. 여기서는 이 두 사람이 저보다 쓸모가 많으면 많았지 적지는 않았다. 그는 군말 없이 바닥에 널린 잡귀 시체를 들고 밀림을 달려 나갔다. 사련은 옆을 돌아보며 말했다.

“삼랑, 법력을 조금만 빌리고 싶은데…… 조금, 아주 조금이면 돼!”

화성은 말없이 그의 등허리를 톡 두드렸다. 방심검이 거대한 기둥 같은 빛줄기를 휘둘러 그들을 공격하러 온 잡귀들을 일격에 처리했다. 그 장면에 잠시 침묵하던 사련이 검을 거두며 말했다.

“그럼 가 보겠습니다!”

두 사람은 나란히 물속으로 뛰어들었다. 흑수호 바닥은 호수가 이상하리만큼 차갑다는 걸 빼면 의외로 별다른 이상이 없었다. 게다가 들어가자마자 가라앉는 흑수 귀역의 물과는 달리, 이 물은 사람의 몸이 뜨는 평범한 호수 물 그 자체였다. 사련은 의구심을 품은 채 아래로 헤엄쳐 내려가 금세 호수 밑바닥에 도착했다. 하지만 물속에서는 수상한 장치는커녕 풍사와 수사도 찾아볼 수 없었다. 그는 미간을 좁히고 잠시 생각하다가 다시 위로 향했다. 물을 헤치고 나온 그는 숨을 고르며 얼굴의 물기를 닦아 냈다. 그런데 문득 깨닫고 보니, 물가의 풍경이 달라져 있었다.

흑수호 기슭에 철창 감옥이 생겨나 있었다. 아까 물속에 비친 그 건물이었다.

하지만 그 외에 호숫가에 펼쳐진 풍경은 아까와 영락없이 똑같았다. 오히려 지나치게 조용해 무척 기이해 보였다. 벌써 뭍에 오른 사무도는 커다란 바위로 감옥의 자물쇠를 때려 부수고 있었다. 그는 물을 다스리는 신관이다. 지금은 물과 관련된 또 다른 거물의 구역에 들었으니 자기 구역의 물을 불러낼 수 없다. 이는 곧 송곳니와 발톱이 빠진 맹수 신세였다. 사련과 화성이 뭍에 오르자, 사련을 발견한 사무도가 두 눈을 빛내며 손을 들었다.

"무신! 마침 잘 왔군! 자, 어서 그쪽 무신들의 방식으로 이걸 해결하게!"

"……."

이제 다들 무신의 좋은 점을 알았겠지. 사련은 속으로 생각하며 잠자코 다가가서 발길질을 날렸다. 그 커다란 자물쇠가 쩍 소리를 내며 부서졌다. 다시 한번 걷어차자 감옥 문이 활짝 열렸다. 사무도가 안으로 뛰어들며 운을 뗐다.

"청……."

그러나 누가 알았으랴. 그가 완전히 들어서기도 전에 안에서 사람들이 몰려나오더니 아비규환으로 울부짖었다.

"으아아악, 아아아, 우우우으으!"

사람들은 하나같이 꾀죄죄하게 머리를 풀어 헤치고 있었다. 비쩍 마른 몸에 두 눈에는 생기가 없었다. 허름한 옷가지를 걸친 꼴까지 더하면 마치 십 년은 씻지 않은 것처럼 더러웠다. 앞가슴에 갈비뼈를 줄줄이 드리운 채, 두 손을 마구잡이로 휘두르고 가슴을 치며 발을 구르는 모습이 심히 공포스러웠다. 입에서는 귀곡성 같은 울음소리가 세찬 탁류처럼 흘러나왔다. 사무도는 제자리에 완전히 얼어붙었다.

그러나 이 사람들은 밖으로 도망칠 뿐 공격해 오지는 않았다. 잠시 넋을 놓았던 사무도는 그들을 뒤로하고 다시 감옥 안으로 뛰어들었다.

"청……!"

몇 걸음 뛰지도 못했건만 갑자기 발밑이 휘청거렸다. 바닥이 미끄러워 넘어질 뻔한 것이다. 게다가 철창 안에서는 뭐라 표현하기 힘들 정도로 심한 악취가 풍겼다. 바깥에 있던 사련은 아직 들어가지 않았는데도 냄새를 맡고 숨을 참아야 했다. 사무도는 소매로 코와 입을 가리고 계속 안으로 들어갔다. 그제야 온전한 두 글자를 외칠 수 있었다.

"청현?"

감옥 안은 어두컴컴했다. 주변으로 목멘 울음소리와 기괴한 속삭임이 가득 흘렀다. 잠시 뒤, 한 목소리가 들려왔다.

"……형……."

아니나 다를까, 사청현은 감옥의 가장 깊숙한 구석 벽면에 등을 기대고 주저앉아 있었다. 그 벽 위는 이 감옥에서 유일한 창문이었다. 창밖에서 새어 든 달빛이 그를 머리부터 발끝까지 창백하게 비추었다. 거기에다 추저분한 괴인들이 그의 곁을 한껏 둘러싸고 있었다. 온몸에 부스럼이 곪은 자, 돼지 울음소리를 내는 자, 쌀을 쪼아 먹는 닭을 흉내 내는 자, 사청현을 끌어안고 울면서 제 아이의 이름을 부르는 자. 누구 할 것 없이 실성한 꼬락서니였다.

어쨌거나 존귀한 신관으로 살아온 사청현은 난생 이런 봉변을 당한 적이 없었다. 사무도는 냅다 다가가서 고함쳤다.

"썩 꺼지지 못할까! 이게 다 뭐 하는 놈들이냐!"

그는 사청현과 용모는 비슷해도 기세는 확연히 다르다. 법력이 크게 깎인 처지에도 성질은 한층 거칠어졌다. 지레 겁먹은 광인들이 머리를 감싸 쥐고 쥐새끼처럼 도망쳤다. 사련은 내심 동정심을 느꼈다. 사청현도 입을 열었다.

"형, 때리지 마. 이 사람들은 잡귀가 아니야. 이들은…… 전부 산 사람들이야!"

그 말은 사실이었다. 이 사람들은 귀신보다 더 귀신 같았으나, 자세히 뜯어보면 정말로 살아 있는 사람들이었다. 사련은 얼떨떨한 심정으로 생각했다.

'흑수현귀는 뭐 하러 이 많은 사람들을 여기에 가둬 놓은 거지?'

그러나 사무도는 이런 사실에 관심이 없었다. 그는 한 손에 금빛 장명쇄를 들고 남은 손으로 사청현의 팔을 붙들며 말했다.

"여긴 어찌 오게 된 게야? 어디 다친 데는?"

사청현은 몸이 지저분해졌고 다리에 피가 조금 흐르고 있었지만, 심각한 상태는 아닌 듯했다.

"어떻게 왔는지 모르겠어. 파도에 맞아서 기절했는데 정신을 차리고 보니 여기였어. 이건 그냥 작은 상처라 문제없어. 명 형의 부상이 더 심해."

그들은 그제야 바로 옆 바닥에 누운 명의를 발견했다. 안색이 무척 엉망이었으나 기분이 나빠서는 결코 아니었다. 낯빛이 아예 붉으락푸르락 번갈아 바뀌고 있었다. 사련이 물었다.

"지사 대인께선 어쩌다 이리되셨습니까?"

사청현이 대답했다.

"바닷속에 있던 것들에게 물렸나 봐요. 그 골어들의 이빨과 침에 묻은 푸른 이끼 있잖아요. 전부 독이 있었어요! 제가 가지고 있던 약을 전부 썼지만…… 하아."

사련은 무릎을 굽히고 앉아 명의를 살펴보려다 하마터면 이곳의 악취에 졸도할 뻔했다. 둘러본 주위 곳곳에 나무통이 놓여 있었다. 안에는 구정물이 가득했다. 쉰내와 곰팡내, 그리고 부스럼의 피고름이 썩는 냄새가 풍겼다. 심지어 요강을 몇 달씩 비우지 않은 것 같은 끔찍한 냄새까지 진동했다.

기어코 사무도의 인내심이 바닥났다.

"이렇게 역겨운 악취미라니. 흑수침주의 품위도 영 아니로군. 청현, 가자!"

그는 사청현을 바깥으로 끌어냈다. 그러나 사청현은 그의 손길을 마다했다.

"난 괜찮아. 부축하지 않아도 돼."

그러곤 명의를 부축하고서야 느릿느릿 감옥을 빠져나왔다.

그러나 오기는 쉬워도 나가기는 어려웠다. 흑수호의 경계 통로는 벌써 봉쇄된 참이었다. 몇 차례나 호수에 들어갔다가 나와 보아도 풍경에는 아무런 변화가 없었다. 즉, 그들이 꼼짝없이 흑수호의 경계선 안에 남겨졌다는 뜻이었다.

사청현이 물었다.

"배 장군은요?"

"내가 밖에 남겨 두었다. 배 형도 그쪽에서 방법을 찾아낼 게다."

사련이 말했다.

"제가 배 장군께 우선 관 배를 만들어 달라고 했어요. 다들 여기서 나가는 대로 출발할 수 있을 겁니다."

사무도가 다시 말했다.

"관이 완성되면 배 형이 먼저 복귀해서 소식을 알리고 우릴 찾으러 와도 되겠지."

그러나 명의는 상처를 입었다. 독성이 얼마나 심한지는 몰라도, 되도록 빨리 떠나는 편이 좋을 테니 그렇게 오래 기다리기는 어려웠다. 잠시 고민한 사련이 입을 열었다.

"흑수현귀가 먼바다에 은거하고 있다곤 해도 평생 외출하지 않을 리는 없습니다. 그리고 아무리 그래도 밖에 나갈 때마다 흑수 귀역을 통째로 건너지는 않겠죠?"

"흠, 자네 말이 맞아. 이 섬에도 분명 축지천리를 쓸 수 있는 곳이 있을 터."

본디 사무도는 사련을 특별히 대접하지 않았다. 하지만 함께 고난을 겪은 처지인 데다 사련이 몇 차례 사청현을 구하면서 새삼 그를 다시 보기 시작했고, 그래서인지 흔쾌히 찬성해 주었다. 이때 명의가 한쪽 손을 살짝 들었다. 사청현이 물었다.

"명 형? 뭔가 할 말이 있는 거야?"

힘을 아끼기 위해서였을까. 명의는 입을 여는 대신 손을 더 높이 치켜들었다. 모두가 그가 가리킨 방향을 따라 시선을 돌렸다. 밀림 깊은 곳에 우뚝 솟아 있는 새카만 건물이 보였다.

명의가 손을 떨어뜨리며 잠긴 목소리로 말했다.

"저기가…… 뭐 하는 곳인지, 알고 계십니까?"

사련이 대답했다.

"모르겠어요. 아까 왔을 때는 제대로 못 봤거든요."

사무도가 눈을 가늘게 뜨며 말했다.

"저게 바로 흑수현귀의 '유명수부'겠지."

떠도는 말로는 흑수현귀가 기거하는 집을 '유명수부[#12]'라고 불렀다. 결론을 내린 사무도가 한마디 덧붙였다.

"가자."

뜻밖에도 그는 거리낌 없이 그곳을 향해 걸음을 옮겼다. 무모해 보이기는 하나, 지금 이 상황에서 달리 어디를 더 갈 수 있겠는가?

아까는 그들이 내내 남의 집 앞의 뜰을 맴돌았다고 한다면, 지금은 아예 남의 집 대문에 뛰어드는 셈이었다. 사련이 화성에게 넌지시 속삭였다.

"삼랑, 혹시 불편하면 따라오지 말고."

#12 **유명수부** 幽冥水府, 삼도천에 지어진 저택이라는 뜻

그러나 화성은 굳어진 안색으로 대답했다.

"어서 가자. 형, 되도록 빨리 떠나야 돼."

사련은 고개를 끄덕이고 입을 다물었다. 그는 화성의 꺼림칙한 기색을 얼핏 눈치챘다. 게다가 화성이 꺼리는 대상은 이 땅의 주인이 아닌 다른 존재인 것 같았다.

자꾸만 어딘가 심상치 않다는 생각이 들었다. 오랫동안 쌓인 사소한 의문들이 수없이 떠올라 그를 불안하게 했다. 사방으로 정신없이 줄행랑치는 괴인들을 무시한 채, 사련 일행은 밀림을 뚫고 그 스산한 건물 앞에 다다랐다.

도착해서야 알게 된 사실이지만, 이 '유명수부'는 규모로는 으뜸가는 풍사전, 수사전과 맞먹을 정도로 웅장한 대전이었다. 대전 문은 굳게 닫혀 있었다. 일행은 길게 늘어진 계단을 올랐다. 사련은 바깥에 서서 문을 두드리며 낭랑하게 외쳤다.

"실례합니다. 저희가 본의 아니게 난입하게 됐습니다만, 정말 뜻밖의 사고였습니다. 진심으로 송구하게 생각합니다."

돌아오는 대답은 없었다. 그는 마음을 가다듬고 천천히 대전의 문을 밀어젖혔다.

사실 사련의 다년간에 걸친 경험과 지난 관례에 비추어 보면, 설령 안에 뭐가 있더라도 문을 열자마자 마중 나와 인사를 하지는 않을 터였다. 그런데 예상을 뛰어넘어, 문을 열자마자 뒤통수를 맞았다. 섬뜩한 물체가 다짜고짜 눈앞에 나타난 것이다.

광활한 대전 중앙에는, 놀랍게도 한 사람이 단정하게 앉아 있었다. 검은 옷을 걸친 모습에 얼굴은 새하얀—

시체였다.

사련은 곧장 탁, 하는 소리와 함께 문을 닫았다.

'문을 여는 방식에 문제가 있었나. 보통 한번 열자마자 이런 걸 보여 주진 않잖아?'

속으로 중얼거린 그는 다시 새롭게 인사를 하고 문을 열어 보려 했다. 반면 사무도는 그를 지나치더니 문짝을 열어젖히며 코웃음을 쳤다.

"예까지 왔는데 문전박대를 당할까 봐?"

사련 일행은 대전 안으로 조심스레 들어서서 검은 옷을 입은 백골 곁으로 다가갔다. 사련은 백골을 자세히 살펴보며 말했다.

"이건 누구의 유골일까요? 왜 여기에 모셔진 거죠?"

명의가 미간을 찌푸리며 입을 열었다.

"……배 장군이 혼자 있지 않았습니까? 설마 그 사람일 리는 없겠죠."

그럴 가능성을 완전히 배제할 수는 없었다. 움찔한 사무도는 몇 번을 살펴본 끝에 말했다.

"아닐 거요. 이 유골은 배 장군보다 몸집이 작아."

이때 사청현이 운을 뗐다.

"잠깐."

모두의 시선이 일제히 쏠렸다. 그가 말을 이었다.

"간단한 문제 아니에요? 여기는 유명수부잖아요. 유명수부에 모셔질 수 있는 존재라면, 당연히……."

사련은 그의 말뜻을 단번에 알아들었다.

"흑수현귀?"

사련은 곧바로 자신의 말을 부인했다.

"그럴 리 없어요."

사련은 화성을 바라보며 말을 이었다.

"유골은 귀계 사람들의 급소이자 치명적인 약점입니다. 생각해 보세요. 그 중요한 것을 이렇게 훤히 내놓을 리가 없잖아요?"

이 사실은 그가 화성과 처음 만났을 때 화성이 직접 그에게 말해 준 것이다. 이유는 모르겠지만, 심각하게 말하고 있는 와중에도 화성이 했었던 다른 말들까지 머릿속에 떠올랐다. 화성도 그를 응시하고 있었다. 저도 모르게 넋을 잃은 사련은 금세 시선을 돌리고 헛기침을 했다. 사청현이 물었다.

"그럼…… 이건 대체 누구의 유골일까요?"

일행은 으스스한 해골을 둘러싸고 토론하기 시작했다. 사련이 말했다.

"우선, 이 사람은 남자예요."

"그건 알겠네요."

사련이 말을 이었다.

"다음으로, 이 사람은 손발이 날렵했을 거예요. 특히 손가락이요. 무술은 어느 정도 연마했겠지만 무예 실력이 강했을지는 모르겠어요. 뛰어난 무인은 대체로 동자공(童子功)인 경우가 많은데, 뼈대가 이렇지 않습니다."

하지만 사무도는 두어 번 훑어보고는 자리를 뜨며 말했다.

"일어나서 우리 앞길을 막지 않는 한, 저게 누구인지는 중요치 않소. 지사 대인. 대인이 보기엔 여기에서 축지천리를……."

그런데 예상 밖의 일이 펼쳐졌다. 말을 끝맺기도 전에 그 유골이 불현듯 머리를 쳐들고 사무도를 향해 덤벼든 것이다!

다행히 손발이 민첩했던 사련이 단번에 손날을 세워 유골을 베었다. 해체된 뼛조각이 어수선하게 널브러졌다. 사청현이 외쳤다.

"형!"

이 자리에 있는 다섯 사람 중, 화성은 친히 나서서 남들을 보호할 인물이 아니다. 반면 사련은 유일한 무신이라 단숨에 중요한 역할로 자리매김하게 되었다. 사무도는 난데없이 기습을 당했지만 그래도 침착함을 유지했다. 방금도 겨우 한 걸음 물러섰을 뿐이었다.

"이 유골은 대체 뭐지? 혼백이 흩어지지 않고 뼈대에 씐 건가?"

사련은 허리를 낮추고 한참 뼈 무더기를 뒤적거리더니 고개를 저었다.

"이상하네요."

사무도가 물었다.

"어떤 부분이?"

사련이 몸을 일으키며 말했다.

"이 유골에는 혼백 부스러기조차 남아 있지 않습니다. 만약 남아 있었다면 방금 접근했을 때 이상한 파동을 감지했겠지요."

"그게 사실이라면 왜 갑자기 발작해서 공격을 가한 것이오?"

잠시 고민한 사련이 입을 열었다.

"제 생각엔, 죽기 직전에 잠시 혼이 돌아온 것 같습니다."

사청현이 의아해하며 물었다.

"혼이 돌아와요? 그건 산 사람 몸에 일어나는 현상 아니에요? 죽어 가는 사람도…… 어쨌든 산 사람이니까요."

사련이 대답했다.

"죽은 사람도 마찬가지예요. 예를 들어 칠일제. 망자가 세상을 뜬 뒤 이렛날에 친지들을 만나러 혼령으로 찾아오는 것도 같은 현상입니다. 사실 어떤 모습이든 같은 거죠. 아까 수사 대인께서 저 유골을 자극했고, 그래서 마지막 남은 힘을 쥐어짜 공격을 감행한 거라고 봅니다."

제법 일리가 있는 말이라 사무도는 그의 말에 한층 귀를 기울였다.

"하면 태자 전하의 소견으로는 무엇이 자극을 준 것 같소?"

"대인께서 하신 말씀이거나, 소지하고 계신 어떤 물건일 겁니다."

"방금 내가 뭐라고 했었지?"

명의가 숨을 몰아쉬며 말했다.

"……일어나서 우리 앞길을 막지 않는 한, 저게 누구인지는 중요치 않다."

사청현은 머리를 긁적거리며 아리송한 얼굴로 끼어들었다.

"이 말이 뭐가 이상하죠? 이 친구가 성격이 좀 욱하나?"

추측으로 그 이유까지 알아낼 수는 없는 노릇이었다. 사련이 말을 끝맺었다.

"혼백도 다 흩어졌으니, 그냥 내버려 두죠."

그는 유골을 잘 그러모아 신대에 다시 올려 두곤 손바닥을 모아 몇 차례 절을 올렸다. 사청현도 다가와서 그를 따라 어영부영 절을 했다. 다섯 사람은 이곳 유명수부를 한바탕 쏘다녔지만 아무도 발견하지 못했다. 전설 속 흑수현귀는 집을 비운 모양이었다. 유명수부는 크고 작은 편전들이 빼곡하게 늘어선 탓에 구조가 복잡했다. 그런데 그중 유독 좁고 깊숙이 숨겨진 편전이 보였다. 문 바깥에는 기이한 주문이 그려져 있었다. 축지천리를 사용하고 남은 흔적이었다.

역시 이 흑수도에 축지천리를 사용할 수 있는 곳이 한 군데는 있었다. 그곳이 바로 이 작은 편전이었다. 하나의 방을 특정한 연결점으로 사용하니 새로 진법을 하나 그리는 것보다 소모하는 법력이 적을 터였다. 법력을 흥청망청 쓸 수 없는 사련 일행의 처지에도 딱 알맞았다. 축지천리에 능통한 명의가 주문을 훑어보고 말문을 뗐다.

"단방향 진법입니다."

사련은 내심 알아듣고 되물었다.

"그 말씀은 이곳에선 나갈 수만 있고 다른 곳에서 들어오지는 못한다는 거, 맞나요?”

명의가 고개를 끄덕였다.

“법력의 소모량을 줄일 수 있죠.”

사청현이 말을 얹었다.

“그게 바로 우리한테 필요한 거잖아. 우린 나가기만 하면 되니까. 잘됐다! 집주인 흑수한테 들키기 전에 얼른 가자고.”

그는 한 손으로 명의를 부축한 채 남은 손으로 문을 열려 했다. 그러자 명의가 날카로운 목소리로 외쳤다.

“멈춰! 함정이 있어!”

사청현은 이 말을 듣자마자 뒤쪽으로 석 자까지 후다닥 물러났다.

“무슨 함정?”

명의도 본의 아니게 석 자 뒤로 끌려갔다. 잠시 기가 막힌 그는 다시 자신을 앞으로 부축하라는 손짓을 했다. 문짝에 그려진 주문을 한참 들여다본 그가 단호하게 말했다.

“함정이야. 이 편전에 그려진 진법은 한 번에 최대 한 명까지만 보낼 수 있어.”

“별게 다 있네? 그럼 두 사람을 보내면 어떻게 되는데?”

명의가 냉담하게 대꾸했다.

“그 두 사람이 목적지에 도착했을 때 한 사람으로 짓눌린 모습을 보게 되겠지.”

“…….”

이 사이에서 전문가는 명의가 유일했다. 나머지는 수신관과 풍신관, 무신이라 이 방면에는 썩 자신이 없었다. 사련은 본능적으로 화성을 쳐다보았다. 그는 표정을 굳히고 그 진법을 바라보고 있었다. 달리 반박하지 않는 걸 보니 명의의 말이 빈말은 아닌 듯했다. 사련은 입속말로 중얼거렸다.

"이게 사실이라면 아무것도 모르는 침입자들이 이 진법으로 탈출하려고 해도, 오히려…… 참혹한 끝을 보게 되겠구나. 함정이라고 할 만해."

마침 이때 하늘 멀리서 벼락이 떨어졌다. 창공을 굽이치는 번갯불이 유명수부에 들어온 모두의 얼굴을 희푸르게 비추었다. 그 모습이 흡사 다섯 마리 악귀 같았다. 다들 서로를 멀거니 쳐다보던 와중에 사청현이 말끝을 흐렸다.

"형, 이제 또……."

사무도는 대답 없이 안색을 가라앉혔다. 그러나 모두가 알고 있었다. 천겁이 그를 다시 뒤쫓아온 것이리라. 사련의 귓전에 배명이 무심코 흘렸던 말이 맴돌았다.

– 수사 형, 이번에는 정말 운수가 사납게 됐군요…….

사청현이 말을 이었다.

"어차피 축지천리를 찾았으니까 서둘러 떠나자고요. 만약 벼락이 여기에 내리쳐서 이 유명수부를 부순다면, 그러면……."

그러면 씻지 못할 앙심이 맺힐 터였다. 신관의 신전을 헐어 버리는 건 그 본인의 명예를 실추시키는 짓이며 뼈에 사무치는 원한이 된다. 귀계에도 이런 금기가 있는지는 모르지만, 뜬금없이 집이 헐리는 건 누구라도 원치 않을 것이다. 명의는 상처에 맺힌 피를 손가락에 묻히고 힘겹게 서서 진을 그릴 채비를 마쳤다.

"어디로 가죠? 누구부터 갑니까?"

사련이 대답했다.

"당연히 지사 대인부터 가셔야죠. 부상을 입으셨으니까요."

명의는 고개를 저으며 말했다.

"이 진은 한 번 사용할 때마다 수정해야 합니다. 그릴 줄 아는 사람이 없으니 제가 남아서 고쳐야 해요."

사청현이 말했다.

"그럼 명 형, 내가 같이 있다가 꼴찌에서 두 번째로 가면 되겠다."

그러자 사무도가 일갈했다.

"같이 남겠다고? 넌 지금…… 남아 있어도 쓸모없다. 빨리 먼저 가라. 동해로 가!"

사청현이 대꾸했다.

"쓸모로 따지면 지금은 다들 거기서 거기니까 상관없어. 이번 일은 명 형하고 별 상관도 없는데 괜히 엮여서 이렇게 고생을 했으니, 나는……."

그는 한숨을 푹 내쉬며 덧붙였다.

"정말 면목이 없어."

사무도가 말했다.

"어차피 목적지는 같으니 금방 만날 것을 뭘 그리 걱정하느냐."

예전 같았으면 사청현은 사무도가 짧게 말할 때 재깍 들었을 것이다. 하지만 지금은 달랐다. 사청현은 그의 말을 넘겨듣고 딴소리를 했다.

"우리가 먼저 떠나면 배 장군은? 여기에 혼자 남겨지는 거잖아?"

사무도는 자신의 말을 넘겨듣는 동생의 모습에 다소 마음이 복잡한 기색이었다. 이윽고 그가 말했다.

"괜찮다. 배 형은 명줄이 질겨. 우리가 상천정에 복귀해서 지원군을 불러올 때까진 버틸 수 있을 테지."

"……."

사련은 울지도 웃지도 못했다. 응당 맞는 말이고 악의가 없다는 것도 잘 알았지만, 문득 배명에게 동정심이 일었다. 잠시 말을 고른 그가 입을 열었다.

"잠시만요."

모두의 시선이 쏟아졌다. 사련이 말을 이었다.

"지사 대인, 이 방에 축지천리가 작동하는 게 확실한가요? 혹시 다른 문제가 있지는 않고요? 아무래도 경솔하게 덤빌 일은 아닌 것 같아서요. 시험부터 해 보면 어떨까요?"

그러자 명의가 손을 멈추고 말했다.

"어떻게 시험합니까? 지원자가 필요할 텐데요."

사청현이 손을 들며 말했다.

"그럼 내가 해 볼게."

이때, 한참이나 침묵하던 화성이 팔짱을 끼며 말문을 뗐다.

"방해해서 미안한데, 당신들, 이 문제는 생각 안 해 봤나?"

명의가 되물었다.

"어떤 고견이 있으시기에?"

"시험 삼아 가 본 사람이 목적지에 도착했는지 어떻게 알지?"

사련도 무언가 깨달은 듯 멍하니 말을 받았다.

"그러네요. 지사 대인이 말씀하셨죠. 이건 단방향 진법이라고요."

즉, 한번 이곳을 떠나면 되돌아오지 못하니 남들에게 자신이 무사히 목적지에 도착했는지 알릴 방법이 없다. 하물며 이곳은 외부와 차단되어 있고 통령술도 연결되지 않는 사각지대다. 그들은 방금 이 점을 깜빡 잊은 것이다.

화성이 결론지었다.

"그러니 여기서 이 문제를 논하는 건 하등 쓸모없는 일이다. 갈지 말지나 속전속결로 정해. 자신 없나? 그럼 여기 남고."

그는 미소를 짓고 있었지만, 사련은 화성이 서둘러 이곳을 떠나고 싶은 것처럼 약간 초조해하고 있음을 알아챘다. 사무도가 소환한 수룡에게 물려 되돌아왔을 때부터 계속 존재해 온 초조함이, 지금 한층 심해진 것 같았다.

사무도 역시 더 기다릴 마음은 없었다. 벼락은 바로 귓가에서 터지는 듯했다. 이대로 머뭇거리다가 벼락이 내리치면 다들 쓴 맛을 보게 될 것이다. 그리하여 사무도는 편전에 뛰어들고 세차게 문을 닫았다. 명의가 신속하게 진을 그렸다. 다시 문을 열자 방 안에서 옅은 연기가 흘러나왔다. 사람의 모습은 온데간데없었다.

명의가 말했다.

"됐어. 다음."

사청현이 사련에게 말했다.

"그럼 태자 전하 차례……."

말이 끝나기도 전에 명의가 그를 낚아채 방 안에 욱여넣은 다음, 문을 닫고 빠르게 진을 그렸다. 다시 두 번째 문이 열리자 명의가 나머지 두 사람을 바라보았다. 사련이 말했다.

"삼랑, 먼저 갈래?"

그러나 화성은 그를 끌어당기며 가라앉은 목소리로 말했다.

"형, 같이 가."

사련이 당황한 듯 말했다.

"하지만 이 진법은 한 번에 한 사람만……."

"나는 산 사람이 아니잖아. 걱정 마."

사련은 어쩐지 불안한 기분이 들었다. 다만 이유를 꼬집어 말할 수는 없었다. 그를 데리고 문으로 들어간 화성은 문 바깥의 명의에게 말했다.

"보제관."

명의는 묵묵히 고개를 끄덕였다. 문짝이 사련의 눈앞에서 천천히 닫혔다. 문틈으로 명의의 창백한 얼굴을 바라보며 사련은 하릴없이 생각에 잠겼다.

'지사 대인이 정말 버틸 수 있을까?'

화성은 손수 문을 닫았다. 잠시 멈춰 섰다가 다시 문을 열자 두 사람 눈앞에 보제관 안의 풍경이 펼쳐졌다. 시간은 한밤중이었다. 척용은 횡사한 사람처럼 바닥에 벌렁 나자빠져 자고 있었다. 심지어 이불을 독차지한 채 하늘이 울리도록 코를 골았다. 원래 잠버릇이 얌전했던 곡자는 이 공짜배기 아버지에게 옮은 것인지, 죽은 물고기처럼 척용의 배 위에 가로누워 있었다. 낭형은 옷 몇 벌을 덮고 한구석에 가만히 웅크려 있었다. 사련은 척용이 덮은 이불을 집어 들었다. 그 얼굴에 이불을 콱 내리누르고 싶은 충동을 억누르면서, 그는 두 아이에게 이불을 나누어 덮어 주고 조용히 말했다.

"우리 이제…… 돌아온 건가?"

화성은 그의 뒤에서 문을 닫으며 말했다.

"응. 끝났어."

"아직은 아니야. 아직 풍사 대인 일행이 돌아왔는지 모르니까."

사련은 문을 살그머니 열고 보제관 밖으로 나간 다음에야 목소리를 높였다. 그는 지난번에 임시로 만들었던 통령진에 들어가 외쳤다.

"지사 대인? 다들 돌아오셨나요?"

묵묵부답이었다. 어쩌면 명의의 움직임이 더뎌서 그런지도 모른다. 사련은 다시 상천정의 통령진에 들어갔다. 들어가기 전까지는 몰랐지만, 들어간 순간에는 놀라움을 금치 못했다. 통령진 안은 진작에 발칵 뒤집혀 있었다. 모든 신관이 고래고래 소리를 질렀다. 영문마저 화를 냈다.

"쓸모없는 소식까지 넘기지 마십시오! 대체 하루에 몇 개를 확인하란 말입니까? 본인 머리를 굴려서 생각해 본 다음에 저한테 물으실 순 없습니까?"

사련이 다급하게 물었다.

"영문! 수사 대인 쪽은 돌아오지 않으셨나요?"

영문은 딴사람이 된 것처럼 목소리를 바꾸며 그를 붙잡았다.

"태자 전하! 어째 목소리가 갑자기 커지셨네요……. 동해에서 돌아오신 길입니까? 수사 대인과 배 장군은 다 어디 갔습니까? 왜 아무런 기별이 없습니까?"

사련이 대답했다.

"저는 남해에서 돌아오는 길입니다."

"남해?"

"남해, 흑수 귀역이요."

영문은 아연실색했다.

"아니…… 어쩌다 그곳까지 가셨습니까? 저희는 한 번도 그곳을 건드린 적이 없잖습니까. 노배 쪽 사람들도 거기 있습니까?"

"말하자면 길어요. 수사 대인이 천겁을 치르던 도중에 흑수 귀역에 잘못 들어섰다가 이제 간신히 벗어났어요. 수사 대인과 풍사 대인이 저보다 먼저 돌아오셨으니 지금쯤 동해 바닷가에 도착하셨을 텐데, 보지 못하셨나요?"

"없습니다! 동해는 한참 전에 잠잠해졌고 어민 2백여 명도 전부 수색해서 구조했습니다. 하지만 해안이든 바다든 그들의 종적은 보이지 않았습니다!"

"그럴 리가요! 설마……."

설마라니?

영문이 거듭 물었다.

"설마라니요? 태자 전하? 더 하실 말씀이 남은 겁니까? 당장 남해에 신관을 파견할까요?"

사련은 중얼거렸다.

"이미 늦었어요."

그는 통령진을 닫고 홱 돌아섰다.

"삼랑."

화성은 무슨 질문이 이어질지 예상이라도 한 듯, 뒷짐을 진 채 말없이 사련을 응시하고 있었다. 사련이 물었다.

"너, 오래전에 그분과 어떤 계약을 한 거지?"

화성은 바로 대답하지 않았다. 그가 입술을 달싹이자 사련이 다급히 말했다.

"아니, 아니야. 나한테 말하지 마! 꼭 대답하지 않아도 돼. 네가 다른 사람과 계약을 했다면, 나 때문에 신의를 저버리고 약조를 깨는 건 사양하고 싶어. 갑자기 물은 내 잘못이니까, 너무 곤란해하지 마."

화성이 입을 열었다.

"전하, 죄송합니다."

사련은 고개를 저으며 말했다.

"사과하지 마. 내가 일찍 알아챘어야 했어. 넌 분명 어떤 계약이 있어서 사건에 관여하거나 내게 진실을 말할 수 없었던 거야."

화성도 처음에는 몇 번 만류했지만, 결국 사련의 뜻에 간섭하지 않고 동행하면서 그를 지켰다. 그러면서 어떻게든 그를 데리고 벗어나려 애썼다. 하지만 사련은 온갖 이유 때문에 사건의 중심부를 파고들고 말았다. 사련이 말을 덧붙였다.

"오히려 내가 네게 감사해야지."

화성이 물었다.

"전부 눈치채신 겁니까?"

사련은 고개를 끄덕이며 대답했다.

"대충은. 사실 진작부터 눈치챘어야 했는데, 그분이 너무 대단해서 미처 몰랐어. 난 생각이 너무 많아서 의심하고 번복하느라 가장 직접적인 가능성을 놓칠 때가 많거든."

잠시 침묵한 그가 다시 말했다.

"그리고 그분, 네 체면을 잘 배려해 주셨더라. 나를 평화롭게 내보내려고 길을 빙빙 돌리느라 고생이 많으셨겠어."

"전하."

화성이 운을 뗐다.

"이 일은, 여기까지입니다."

사련이 한숨을 내쉬며 말했다.

"나도 그랬으면 좋겠지만, 아무래도 그분이 조금은 지나쳤던 것 같아."

짧은 침묵이 흘렀다. 화성이 부드러운 목소리로 말했다.

"그래도 이미 돌아오셨으니 귀역으로 되돌아갈 순 없습니다. 이번 일은 그쪽이 알아서 해결하도록 내버려 두죠."

하지만 사련의 의견은 달랐다.

"꼭 그러란 법은 없지."

이 한마디에 화성의 몸이 얼핏 굳어졌다.

"지금 갑자기 생각났어. 풍사 대인과 연락할 수 있는 방법."

그는 두 손으로 수인을 맺으며 말했다.

"그러니까 삼랑, 미안해. 일단 돌아가 봐야겠어."

화성은 그 수인의 첫 동작을 보고 곧장 깨달았다. 이런 방법이 있으리라곤 미처 예상치 못한 듯, 그가 눈을 약간 크게 뜨며 말했다.

"……형?"

사련이 한 글자씩 단호하게 외쳤다.

"이— 혼— 대— 법!"

두 눈을 내리감자 익숙한 무중력감이 끼쳐 왔다. 세차게 끌려나온 혼백이 허공 높이 던져졌다가 다시 추락하는 것 같은 감각. 다시 눈을 뜬 순간, 눈앞에 보이는 것은 화성의 얼굴이 아니라 한없이 어두운 밤과 바람처럼 양옆을 스쳐 가는 수풀이었다. 사련은 자신의 입에서 흘러나오는 가쁜 숨소리와 격렬한 심장 박동을 들을 수 있었다.

성공했다!

이혼대법은 자주 사용되지 않는다. 아울러 법력 소모량이 엄청난지라 통령술보다 강력하고 사악하면서도 드문 법술이다. 때문에 일반적인 결계는 구태여 이런 법술을 막아 내지 않는다.

사련과 사청현이 이혼대법을 펼친 그날 이후, 사청현은 자신의 영식(靈識)을 봉쇄할 틈도 없이 법력을 잃고 평범한 인간이 되었다. 이혼대법은 두 사람이 집 열쇠를 교환하고 서로의 집을 썼던 것과 같다. 사련을 다시 집에 들이지 않으려면 사청현은 돌아온 즉시 자물쇠를 바꿔야 했으나 그러지 못했다. 덕분에 사련은 예전의 열쇠를 사용해 사청현의 집을 열 수 있었다. 물론 사청현은 사련의 집을 열 수 없지만. 좌우간, 이제 두 사람은 같은 몸을 쓰게 되었다. 사련의 몸은 그 자리에서 맥없이 쓰러졌을 텐데, 혹시 화성이 받아 주었을까?

사청현은 숨이 턱 끝까지 차오른 채 간담이 부서져라 뛰고 있었다. 뭔가에 쫓겨 도망치고 있는 것 같았다. 귀를 기울여 보니 처량한 아우성이 뒤쪽에서 바람을 거스르며 들려왔다. 흑수도에서 철창에 갇혀 있던 그 광인 무리였다. 그들은 사청현을 좋아하다 못해 '갈망한다'고 해야 할 정도로 눈을 까뒤집고 혀를 빼물며 애타게 쫓아왔다. 사청현은 늑골과 폐부가 다 시큰거렸다. 울고 싶어도 나올 눈물이 없고 소리를 지르려 해도 목소리가 나오지 않았다. 이렇게 엉망인 호흡으로 달린다면 오래 버티지 못할 터였다. 사련은 직접 몸 상태를 조절하면서 입을 열었다.

"풍사 대인!"

사청현의 입으로 한 말이었다. 식겁한 사청현은 혀를 깨물 뻔했다.

"누구야! 누가 내 몸 안에 있어?"

사련이 말했다.

"진정하세요, 대인. 제가 이혼대법으로 대인을 찾으러 왔어요! 저한테 몸을 넘겨주시면 제가 대신 도망쳐 드릴게요."

사련은 사청현의 눈가에서 뜨거운 눈물이 왈칵 흐르는 것을 느꼈다.

"태자 전하? 정말 안심이 되네요! 정말 믿음직스러우세요! 고맙습니다!"

"별말씀을요! 잘 들으세요, 풍사 대인. 어서 도망치셔야 해요!"

"그 뭐냐, 저 지금 도망치고 있는 거 아니에요?"

사련이 대답했다.

"이 도망이 아니라, 제 말은 빨리 탈출해야 한다는……."

말하는 사이에 밀림 한쪽에서 꾀죄죄한 광인 일고여덟이 마구잡이로 튀어나와 사청현에게 달려들었다. 사련은 양손 마디에서 뚜둑, 소리를 내고는 서른 번 연속으로 발을 날렸다. 걷어차인 괴인들은 요란하게 넘어져 일어나지 못했다. 사청현은 입을 떡 벌렸다.

"이거 제가 찬 거예요? 대단하다. 무신은 진짜 좋네요! 저도 무신 하고 싶어요."

하지만 사련은 진심 어린 찬물을 끼얹었다.

"안 돼요, 대인. 대인은 신체적 자질이 무신과 안 맞아요……."

두 사람이 같은 몸으로 말하는 건 흡사 혼자 북 치고 장구 치는 이중인격의 현장이라, 남들 눈에는 정말 괴상하게 보일 터였다. 사련이 물었다.

"풍사 대인, 수사 대인은요?"

사청현은 사방을 두리번거리며 대답했다.

"우리 형도 명 형도 어디 갔는지 모르겠어요. 아까 문을 여니까 똑같이 유명수부더라고요. 그냥 다른 방에서 나왔을 뿐이었어요. 뭔가 문제가 생긴 건지……."

이때, 사련이 갑자기 발바닥에 힘을 싣고 나무 위로 훌쩍 도약했다. 사청현은 영문을 모르면서도 몸이 저절로 날렵하게 움직이는 감각이 꽤 신기하다고 생각했다. 사련에게 그대로 몸을 맡겨 민첩하게 나무 꼭대기까지 올라간 뒤에야 그가 물었다.

"태자 전하, 왜 갑자기……."

말이 끝나기도 전에 사련이 그의 입을 틀어막았다.

그리고 사실, 그건 자기가 제 입을 막은 것이기도 했다. 머지않아 나무 꼭대기까지 오른 사련은 나뭇가지에 앉아 무성한 나뭇잎 사이에 몸을 숨겼다. 곧이어 늘씬한 검은 그림자가 비틀거리며 길 끝에 나타났다. 자세히 들여다보니, 명의였다.

그는 여전히 낯빛이 초췌했다. 준수한 얼굴에 병색이 감돌았지만 간신히 걷고는 있었다. 사청현은 한껏 반색하면서 손을 떼고 그를 부르려 했다. 그러자 사련이 다시 손을 들어 그의 입을 막았다. 이번에는 양손을 써서 숨을 쉬지 못할 정도로 단단히 틀어막았다. 사청현도 경솔한 사람은 아니었기에 사련에게 속뜻이 있다는 걸 깨닫고 더 버둥거리지 않았다. 명의가 아래쪽 오솔길을 지나가는 것을 지켜본 뒤에야 사련은 손에서 살짝 힘을 풀었다. 그러곤 나무에서 조용히 미끄러져 내려와 밀림 속을 잠행하기 시작했다.

한동안 질주하던 사청현이 주변을 힐끔 돌아보곤 자그마한 목소리로 말했다.

"태자 전하, 아까는 왜 명 형을 못 부르게 하셨어요?"

그러나 사련은 대답하는 대신 불현듯 몸을 굳혔다. 사청현이 다시 고개를 돌린 순간, 그의 동공이 급격히 조여들었다.

분명 방금까지 멀리 떠났던 명의가 그, 아니 두 사람의 눈앞에 서 있었다.

명의는 나무 한 그루를 짚고 겨우 몸을 지탱하고 있었다. 그가 미간을 좁히며 말했다.

"……왜 네가 여기 있지?"

사청현이 덜컥 운을 뗐다.

"나는……."

사련은 입을 꾹 다물고 등 뒤로 손을 돌려 내저었다. 절대 자신의 존재를 들켜선 안 된다는 뜻이었다. 사청현은 사련의 의중을 알아차렸다. 명의의 미간이 한층 구겨졌다.

"네 손, 등 뒤에서 뭐 하는 거지? 뭔가 숨겨 놨어?"

사청현은 재빨리 두 손을 펼쳐 보이며 말했다.

"아니야!"

사련은 바짝 곤두선 머리칼과 등골을 기어오르는 소름을 느꼈다. 명의가 믿을 수 있는 사람이라곤 해도 이런 식으로 등장하니 사청현이 제대로 놀란 모양이었다.

명의는 영문을 모르겠다는 얼굴로 말했다.

"누가 정말로 보여 달라고 했나."

빈축이 잔뜩 담겼지만 너무도 친근한 그 표정에 사청현은 안도의 숨을 내쉬었다. 몸 절반을 뒤덮었던 소름도 차츰 가라앉았다. 사련은 속이 바짝 타들어 갔으나 무턱대고 입을 열지는 못했다. 명의가 물었다.

"수사 대인은?"

"너도 우리 형 못 봤어? 나도 형을 찾으러 돌아다니고 있었거든. 우리를 흑수도 밖으로 내보낸다고 했었잖아? 그런데 왜 태자 전하 쪽은 돌아가고 우린 아직 여기 있는 거야?"

듣고 있는 사련은 마음이 초조해졌다. 그는 사청현이 과도하게 긴장했을 때 튀어나오는 '하하하하하하'를 억누르려고 애썼지만, 이렇게 제정신으로 말하는 모습은 영 사청현답지 않았다. 그래서 그는 머리를 마구 쥐어뜯고는 명의에게 삿대질하며 버럭 외쳤다.

"명 형! 안 그래도 틈틈이 연습하라고 했잖아. 또 실력이 녹슬어서 잘못 그린 거 아니야?"

약간은 과장되어 보였다. 하지만 효과는 좋았다. 명의는 역시 수상한 점을 눈치채지 못하고 표정을 구기며 대꾸했다.

"꺼져! 능력 있으면 직접 그리든지."

그는 말은 이렇게 하면서도 다시 이쪽으로 걸어왔다. 사청현이 뻣뻣하게 선 채 움직이지 못하자, 사련은 재빨리 그를 대신해 움직여 명의를 부축했다.

"명 형, 상처는 좀 어때? 독은 괜찮아?"

명의는 고개를 저으며 대답했다.

"괜찮아. 일단 수사 대인부터 찾자."

사청현이 고개를 끄덕였다. 두 사람은 천천히 앞으로 걸음을 옮겼다. 사청현에게 경고할 기회를 찾지 못한 사련은 속으로 앓는 소리를 냈다. 잠시 뒤, 문득 입술이 살짝 벌어지는 느낌이 들었다. 사청현이 소리 없이 입술을 달싹인 것이다. 사련은 퍼뜩 정신을 집중했다. 입 모양을 자세히 해석해 보니 이런 말이었다.

'대체 어떻게 된 거예요?'

사련도 바로 옆에 있는 명의가 수상한 낌새를 차리지 못하도록 머리를 살짝 숙이고 입 모양으로 대답했다.

'그는 가짜예요.'

입을 다문 순간, 사련은 팔에 오돌토돌한 소름이 돋는 것을 느꼈다.

사청현은 눈을 휘둥그레 뜨고 소리 없이 입을 달싹였다.

'가짜? 그럼 누군데요?'

사련은 소리 없이 답해 주었다.

'백화진선.'

놀란 사청현이 힉, 숨을 들이켰다. 옆에서 명의의 목소리가 들려왔다.

"왜 그래?"

사청현은 이 숨을 끝까지 삼키고 다시 토해 낸 뒤, 떨리는 목소리로 말했다.

"나 무서워."

짧은 침묵 끝에 명의가 대꾸했다.

"지금 무서워하기엔 아직 일러."

예전 같았으면 어색한 위로로 해석될 만한 말이었다. 그러나 지금은 마치 어떤 위협처럼, 뭐라 표현하기 어려운 선득한 느낌이 스며 있었다.

사청현은 고개를 숙이고 다시 입을 달싹였다.

'그럴 리 없어요. 백화진선은 형태를 못 바꿔요!'

사실, 사련은 말을 꺼내고도 '백화진선'이라는 호칭은 영 어색하다고 생각했다. 이는 너무 무례하고도 가벼운 호칭이었다. 며칠 전에 사청현이 만난 그 백화진선은 끽해야 잔챙이나 보잘것없는 분신, 아니면 먹다 남은 찌꺼기 같은 존재였다. 그래서 그는 두 번째 답을 내놓았다.

'흑수현귀.'

사청현이 다시 발을 헛디뎠다. 명의가 물었다.

"또 뭐야?"

사청현은 이가 덜덜 떨렸다.

"죽고 싶어……."

명의가 냉담하게 말했다.

"꿈같은 소리."

또 나왔다. 한결같이 얼음장인 말투, 변함없이 냉혹한 언사. 분명 예전과 다를 바가 없는데 지금은 완전히 다른 의미로 읽혔다. 그러나 아직 끝나려면 멀었다. 사련은 다시 소리 없이 세 번째 이름을 꺼냈다.

'하현.'

사청현은 한계에 부딪힌 것 같았다.

북을 치듯 고동치는 심장 박동을 사련도 느낄 수 있었다. 마침 개울을 지나고 있었던 터라 그는 굳게 결심한 후 입을 열었다.

"명 형, 역시 잠깐 쉬었다가 다시 찾는 게 좋겠어!"

"지금 쉴 시간이 어디 있어?"

사련이 말했다.

"중독된 상태니까, 심하게 움직일수록 독이 더 빨리 퍼질 거야. 그리고 명 형은 안 쉬어도 나 같은 평범한 사람은 쉬어야 돼. 일단 앉아. 내가 물 좀 떠 올게."

그리하여 그는 떨림을 숨기고 최대한 안정적인 몸짓으로 명의를 풀밭에 앉혔다. 그러곤 자신은 냇가로 가서 흐르는 개울물 소리로 나직한 말소리를 감추었다. 사청현은 두 손으로 물을 떠서 얼굴에 끼얹어 머리를 식히고 작은 소리로 말했다.

"태자 전하, 무슨 말씀 하시는 거예요? 제 뒤에 있는 사람은 대체 누군데요? 아까 말씀하신 셋 중 하나가 명 형으로 변신한 거예요? 아니면 그들 전부 명 형한테 빙의한 거예요?"

"풍사 대인, 진정하세요! '그들'이 아니라 '그'예요! 지금 대인 곁에 있는 건 단 한 명뿐이라고요. 처음부터 끝까지 한 사람이었어요. 누가 변신한 것도 아니고, 빙의한 것도 아니에요!"

사청현이 중얼거렸다.

"하지만, 하지만 명 형은……."

"명 형이라고 부르지 마세요. 진짜 명 형은 이미 죽었어요!"

"어떻게 아세요? 보신 거예요?"

사련이 대답했다.

"저만 본 게 아니라 대인도 보셨어요. 진정한 지사 대인은, 아까 유명수부에 모셔져 있던 그 유골이에요! 왜 그가 지사의 월아산을 다루는 데 서툴렀을까요? 애초에 본인 물건이 아니기 때문이에요! 대인 뒤에 있는 사람은 수백 년 전에 본명이 하현이었어요. 수행을 거쳐 절이 되고 나서 흑수현귀로 이름을 바꿨고, 집어삼킨 백화진선을 조종해 대인을 찾았어요. 진짜 지사는 감금해 살해했고, 오래전부터 남의 이름을 훔쳐 상천정에 숨어 있었던 거예요!”

말이 끝나기 무섭게 사청현의 온몸이 굳어졌다.

손 하나가, 불쑥 그의 어깨를 두드렸다.

65장 풀린 옭매듭, 수사와 현귀의 결전

등 뒤에서 명의의 목소리가 들려왔다.

"혼자서 뭘 구시렁거리는 거야?"

사청현은 뻣뻣하게 굳어진 채 말을 더듬었다.

"어…… 그…… 그게……."

사련은 그 대신 말을 하고 싶었으나 혀가 말을 듣지 않았다. 별수 없는 일이다. 평소 가장 신뢰하던 친구가 자신이 가장 두려워하던 존재였던 데다가 지금껏 제 곁에 잠복해 있었으니 말이다. 게다가 주변에 아무도 없는 지금, 그가 대체 무슨 짓을 할지 모르는데 어느 누가 두렵지 않겠는가?

갑자기 명의의 다섯 손가락이 조여들었다. 사청현은 어깨에 통증을 느끼면서 그대로 아래로 내리눌렸다.

동시에 개울물 속에서 새하얀 두 손이 튀어나와 사청현의 목을 움켜잡으려 했다.

수귀(水鬼)!

명의가 그를 내리누른 덕분에 수귀의 손은 허공을 움켜쥐었다. 명의가 다시 손바닥을 날리자 물속에서 날카로운 비명이 메아리쳤다. 아마 산산이 부서진 것 같았다. 땅에 주저앉아 있던 사청현을 끌어 올리며 명의가 말했다.

“머리가 어떻게 된 건 아니겠지. 흑수 귀역에서 함부로 시냇물을 찾아 얼굴을 씻다니.”

“…….”

사청현은 방금 수귀가 몸을 담근 시냇물로 얼굴을 씻었으니 속이 메슥거려야 마땅했지만, 그는 이런 것들을 신경 쓸 기분이 전혀 아니었다. 뺨과 머리카락 끝에서 물이 뚝뚝 흘렀다. 흠뻑 젖은 꼴이 마치 물에 빠진 생쥐 같았다. 그는 멍하니 넋을 놓고 ‘명의’의 손길에 이끌려 일어나 맥없이 그를 따라갔다.

사실, 곰곰이 생각해 보면 이 ‘명 형’과 엮인 사건은 하나같이 수상한 냄새를 풍기고 있었다.

그는 지사라는 이유로 당연하게 그동안의 축지천리 진법을 도맡아 그렸다. 그런데 독보적이어야 마땅한 그 실력으로 빈번하게 사고를 일으켰다.

사련을 포함한 일행 넷은 보제관에서 생뚱맞은 박고진으로 보내졌다. 흑수도에서 풍사와 수사를 내보낼 때도 사고가 생겼다. 편전이 낡고 오래된 탓일까? 다른 무언가가 작간을 부렸을까?

배후의 검은 손이 대단한 신통력을 지녀서일까?

애초에 깊이 생각할 필요가 있는가? 가장 간단한 답은, 전부 명의가 손을 썼다는 것이다!

사청현이 처음 '백화진선'에게 끌려갔던 건 그가 사청현을 놓쳤기 때문이었다. 법력을 잃은 사청현도 그가 처음 발견했다. 내내 사청현과 동행하면서 사청현의 두려움과 움직임을 손바닥 보듯 훤히 알던 것도 그다. 풍사의 구령을 알고 '백화진선'을 보내 사청현이 직접 경주대 호법진의 문을 열도록 위협한 것도 그였다.

당시 그는 풍수전의 현판을 깨뜨리고도 얼굴빛 하나 변하지 않았었다. 세간에 휘둘리지 않는 대쪽 같은 성정 때문일 수도 있겠지만, 어쩌면 애초에 일부러 그랬던 것일지도 모른다.

원수의 눈앞에서 그럴듯한 구실로 당당하게 현판을 깨부수고, 원수에게 고맙다는 말까지 받아 내다니. 이 얼마나 오만하고 대담한가.

이 사소한 의문점에 대해 사련도 의심은 해 보았다. 사련 역시 세 가지 질문으로 직접 떠본 바 있었다. 하지만 이토록 대담하고 불가사의한 가능성은 꿈에도 생각해 보지 못했다. 귀신이 수년간 신관으로 위장해 그들 사이에 숨어 있었을 가능성!

흑수침주는 늘 조용하다고?

긴 세월을 다른 신분으로 존재했으니 조용할 수밖에.

당시 '명의'의 대답은 확실히 허점이 없었다. 그야 백화진선을 삼켜 그것의 능력을 손에 쥐고 졸개처럼 부렸기 때문이다. 절경 귀왕은 백화진선 위에 군림하는 존재이니 당연히 그 특유의 제한도 받지 않는다. 진실이든 거짓이든, 말하고자 하는 대로 내뱉으면 그만이다.

그 유골은 손발이 날렵했으니 지사의 신원과 일치한다. 하지만 어째서 그 유골을 유명수부에 모셔야 했을까? 그건 필연적인 일이었다. 누가 뭐래도 신관의 유골이다. 신중하게 대접하지 않고 얼렁뚱땅 매장한다면 틀림없이 뒤탈이 생겨 관을 잠재우지 못할 터다. 때문에 정중하게 예를 차려 자기 대전 안에 모신 것이다.

물론 사련으로 하여금 그의 정체를 눈치채게 만든 건 비단 이뿐만이 아니었다. 또 다른 결정적인 일격이 있었다.

수사가 왜 그 유골에 혼백이 돌아왔냐고 물었을 때, '명의'는 재빨리 끼어들어 '일어나서 우리 앞길을 막지 않는 한, 저게 누구인지는 중요치 않다'는 말 때문이라고 답했었다. 그러나 실제로 진정한 명의를 자극했던 건 이 말이 아니라 바로 뒤에 이어진 네 글자였다. ―'지사 대인'! 그야 당연하게도, 그 유골이 진짜 지사였으니까!

그를 사칭한 사람은 바로 눈앞에 서 있었다. 게다가 상황을 은근슬쩍 무마하고 그들을 잘못된 방향으로 이끌었다.

간혹 '명의'는 일부러 정반대의 수를 썼다. 옳은 방향을 슬쩍 건드리면서 본인은 아닌 척 의심을 벗어나는 식이었다. 예를 들어, 그는 화성에게 '역시 상천정에 밀정을 두고 있군'이라고 말했었다. 그러나 그 밀정은 자신이 아니던가? 그래서 화성이 비꼬며 '일찌감치 알고 있었잖아?'라고 되받아친 것이다. 그 말의 숨겨진 뜻은 이랬다. '뭐 하러 능청을 떨어?'

다만 '밀정'이라는 단어는 정확하지 않을지도 모른다. 그 두 사람 사이에는 계약이 오갔을 것이다. 예컨대, 정보 교환이라든지.

두 절경귀왕이 협력한다면 단연 양쪽 모두 이득이 아니겠는가? 흑수는 상천정에 섞여들어 천계의 다양한 동향을 파악했고, 화성은 인간계에 뿌리를 내려 신도를 널리 퍼뜨렸다. 이밖에 다른 방면으로도 협력했을지는 알 길이 없지만. 군오가 '지사'를 귀시장에 파견해 잠입시킨 것은 그야말로 적군을 아군으로 착각해 적진으로 보낸 격이었다.

'명의'가 잠복해 있던 지금껏, 예상치 못한 사고는 단 두 번 일어났을 것이다. 첫 번째는 그 화룡소천 법술이다.

물론 남의 이름을 훔친 자가 쓸데없이 이런 일을 벌이지는 않았을 것이다. 사련의 의견은, 진짜 명의가 도망치면서 화룡소천 법술을 터트렸을 가능성에 기울어 있었다.

완벽하게 다른 사람으로 위장해 상천정에 섞여들기 위해서는 그 사람을 충분히 알아야 한다. 그러니 반드시 이름을 뺏을 대상을 살려 두어야 경험, 기술, 법보의 사용 방식을 비롯한 자세한 속사정을 야금야금 캐낼 수 있다. 가짜 명의는 진짜 명의가 막 천겁을 겪고 선경에 오르려던 순간에 그를 사로잡아 가두었을 것이다. 진짜 명의가 이미 다른 신관들과 접촉한 뒤였다면 거짓 신분이 쉽게 들통났을 테니까.

화룡소천이라는 뜻밖의 사고가 일어나자, 소식을 받은 화성은 어쩔 수 없이 돌아가서 협력자 대신 뒷수습을 했다. 그리고 공교롭게도 사련 역시 군오에게 임무를 받았다. ―귀시장 잠입 및 지사 구출.

당시에는 몰랐지만 지금 생각해 보면, 그때의 작전은 너무 순조롭게 풀리지 않았던가? 사련이 극락방의 지하 감옥에서 '지사'를 구해 낸 건 사실이다. 하지만 어쩌다 그 지하 감옥을 발견했던가?

가면 차림에 주가를 찬 화성의 수하를 만났고, 그 뒤로 이 사람이 극락방에서 수상하게 잠행하는 모습을 본 게 시작점이었다.

주가라는 것은 치욕이다. 폄적된 신관들은 어떻게든 숨기려는 주가를, 그 가면을 쓴 사람은 왜 보란 듯이 손목에 차고 다녔을까? 그리고 무슨 이유로 다시 숨겼을까? '실수'가 아니고서야 일부러 의도했다는 뜻이다. 자연스럽게 사련의 주의를 끌어 그가 감옥에 갇힌 가짜 지사를 찾도록 유인한 것이다. 구조 신호를 보냈던 진짜 명의는 사실상 그 이후에 살해되었으리라. 시신을 태워 흔적을 지우는 것은 불가능했다. 그렇다고 육신을 놔둘 수도 없었다. 그야 단서를 잔뜩 남기는 꼴이었으니까. 그래서 그를 백골로 만든 것이다.

두 번째로 일어난 사고는, 사청현이 백화진선에게 협박을 당한 뒤 사련에게 도움을 청한 일이다.

화성은 사련이 이 사건에 휘말리기를 원치 않았고, 때문에 지난번 사청현을 따라 보제관에 나타난 명의는 '여긴 내 의지로 온 게 아니다'라고 변명했던 것이다. 화성은 나중에 경주대에서 잠시 자리를 비웠었다. 아마 그 길로 명의와 만나 대체 어떻게 된 일이냐고 따졌을 터다.

사련은 이런 단서를 사청현에게 소상하게 말할 기회가 없었다. 하지만 보아하니 사청현은 혼자서 하나씩 천천히 되짚어 본 모양이었다. 소매 아래에 숨겨진 두 손이 희미하게 떨리고 있었다.

두 사람은 나란히 걸음을 옮겼다. 사련은 생각에 잠겼다. 사무도는 어디로 간 걸까?

처음으로 축지천리를 통해 떠난 사람은 사무도였다. 마지막 차례였던 '명의'는 사청현을 가운데에 두고 사무도에게 무슨 짓을 하지는 못했을 것이다. 그렇다면 세 가지 가능성이 있다. 첫째, 사무도는 다른 곳으로 보내졌다. 둘째, 자신의 목적지에서 기다리고 있던 다른 존재에게 살해됐다. 셋째, 자력으로 이곳을 떠났다.

만약 전자의 두 경우라면 지금 명의는 사청현 앞에서 연기를 이어 가며 같이 사무도를 찾아다닐 이유가 없다. 여기까지 생각했을 무렵, 사련의 귓가로 '명의'의 목소리가 들려왔다.

"네 장명쇄는 어디 있지?"

사청현은 반응이 없었지만 사련은 심장이 벌떡 뛰었다. '명의'

가 여러 번을 묻고서야 사청현이 겨우 대답했다.

"어?"

'명의'는 언짢은 기색으로 말했다.

"그 두 개의 장명쇄, 짝이 맞는 금정으로 주조한 거라 주인이 다치면 서로 공명한다고 하지 않았었나?"

"……."

사청현은 '명의'에게 뭐든 가리지 않고 털어놓았으니, '명의'가 이 보물의 용도를 정확히 아는 것도 당연했다. 이 말인즉, 장명쇄를 이용해 사무도의 행방을 찾겠다는 뜻이었다.

사청현이 말했다.

"그런데…… 그런데 내 상처는 이미 다 나았는걸!"

'명의'가 싸늘하게 받아쳤다.

"간단한 방법이 있잖아?"

그가 말하는 동시에 손을 살짝 쳐들었다.

'설마 풍사 대인에게 손을 쓰려는 건가?'

사련은 속으로 생각하면서 신경을 바짝 곤두세웠다. 하지만 예상과 달리, '명의'는 오히려 자신의 팔에 난 상처를 눌렀다.

아물었던 상처에서 피가 왈칵 쏟아졌다. 그가 말했다.

"장명쇄를 나한테 씌워."

이 모습을 본 사련은 감탄을 금치 못했다.

아무리 연기라도 이 정도까지 하다니, 실로 감탄스러울 뿐이었다. 사청현이 명의라는 친구를 왜 그리 소중히 여겼는지 충분히 이해가 가는 순간이었다.

이 행동에 살의와 악의가 담겨 있지 않다고 가정해 보면, 이 얼마나 사귀어 볼 만한 친구겠는가!

그러나 사청현은 머뭇거리며 움직이지 못했다. 그가 장명쇄를 넘기는 순간 두 금쇄(金鎖)가 공명할 것이다. 사무도가 알아차리면 분명 자진해서 이쪽으로 찾아올 터였다. '명의'가 얼굴을 찌푸렸다.

"놀라서 정신이 나간 거냐."

"……아니야! 사실, 이거, 이 장명쇄, 내가 말 안 했었나? 내가 직접 써야 효과가 있어."

'명의'가 의심스레 물었다.

"그랬던가?"

사청현은 필사적으로 장명쇄를 꽉 쥔 채 힘껏 고개를 끄덕였다.

"그랬었어!"

잠시 그를 바라본 '명의'는 계획을 포기한 것인지, 말없이 고개를 숙여 팔에 난 상처를 내려다보았다. 그런데 바로 이때, 사청현의 목에 걸린 장명쇄가 진동하기 시작했다.

사청현의 안색이 대번에 뒤집혔다. '명의'의 반응은 놀라울 만큼 빨랐다. 그는 장명쇄가 향하는 방향으로 걸음을 떼며 말했다.

"수사 대인은 저쪽에 계신다."

장명쇄가 진동했다는 건 사무도가 부상을 입었다는 뜻이다. 축지천리 진법에 들어갔을 때만 해도 털끝 하나 다치지 않았던 몸을, 지금 누가 해쳤다는 말인가?

사련은 당장 형에게 가고 싶어 안달이면서도, 한편으론 절대 가고 싶지 않은 사청현의 심정을 느낄 수 있었다. 그들은 흑수호의 환계(幻界)에 갇힌 신세다. 섬에는 다른 사람도 없고, 배명은 바깥 세계에서 그들을 기다리며 열심히 나무를 베어 관을 만들고 있다. 그리고 사청현은 지금 평범한 인간이다. 사무도가 여기서 조금이라도 더 다치면 천지신명에게 빌어도 구할 방법이 없을 텐데, 이렇게 제 발로 찾아가면 도망이나 칠 수 있겠는가?

한참을 황급히 걷던 사청현이 말했다.

"명…… 형, 내가 보기엔 아무래도 속임수 같아. 안 가는 게 좋겠어!"

'명의'가 되물었다.

"무슨 속임수?"

사청현은 마지못해 대답을 쥐어짰다.

"우리 형이 다칠 리가 있겠어? 저쪽에 있는 게 형이 아닐 수도 있잖아."

그러나 '명의'는 그보다 훨씬 조리 있게 반박했다.

"우린 지금 절경귀왕의 지반에 있다. 수사 대인이라고 해서 반드시 제 몸 건사하란 법은 없어. 뭐가 됐든 우선 가 보고 얘기해."

사청현은 안 갈 이유를 떠올리지 못했다. 사정이 마찬가지인 사련은 일단 조용히 상황을 지켜보기로 했다. 강해지는 장명쇄의 진동을 따라 조금씩 앞으로 다가가자, 바닥에 쓰러져 몸을 웅크리고 배를 틀어막은 채 고통에 신음하는 사무도가 보였다. 이 모습을 보고 기겁한 사청현이 소리치며 달려 나갔다.

"형!"

'명의'도 뒤를 따랐다.

다만 예상치 못하게도, 사청현이 사무도 곁으로 다가서자마자 사무도가 벌떡 일어나 그를 끌어안으며 실성한 듯이 웃음을 터뜨렸다. 사청현은 혼비백산한 정신으로 그에게 안기고서야 이 사람의 눈과 코가 죄 비틀려 있다는 사실을 깨달았다. 이게 무슨 사무도란 말인가. 이 사람은 사무도의 옷을 걸치고 장명쇄를 찬 광인에 불과했다.

사청현이 미처 입을 떼기도 전, 갑자기 굉음이 울려 퍼졌다. 옆에 있던 '명의'가 난데없이 쓰러졌다. 그의 가슴에 주먹만 한 크기로 뚫린 시커먼 구멍에서 피가 쏟아졌다. 나무 위에서 하얀 형체가 뛰어내리더니 사청현을 붙잡고 달리며 소리쳤다.

"가자꾸나!"

사련은 가만히 그를 들여다보았다. 이 사람이 사무도였다!

사청현도 소리쳤다.

"형?"

사무도가 나직한 목소리로 다그쳤다.

"잔말 말고 따라와! 저건 선량한 놈이 못 돼!"

전광석화 같은 찰나, 사련은 이해했다. 역시 사무도도 보통내기는 아니었다. 축지천리 진법을 열고 나온 그는 자신이 아직 유명수부에 있음을 깨닫고 수상함을 감지했다. 그는 사련보다 훨씬 단순하고 예리하게 생각해 처음부터 명의를 용의자로 점찍었다. 그래서 일단 그의 눈을 피해 어두운 곳에 숨어 그의 움직임을 지켜보았다. 사청현을 데리고 함께 숨지 않은 것을 보면 애초에 사청현과 다른 장소로 보내진 모양이었다. 함께 다니는 명의와 사청현을 발견한 뒤, 그는 실성한 괴인 하나를 붙잡아 자신의 겉옷을 입히고 장명쇄를 씌운 다음 상처를 입혔다. 그렇게 명의의 주의를 끌고 옆에서 기습한 것이다. 사실상 퍽 잔혹한 수단이었다. 명의가 수작을 부렸다는 결정적인 증거도 없으면서 정확히 급소를 노리고 공격을 감행했으므로.

사청현은 참지 못하고 고개를 돌렸다. 가슴이 뚫린 '명의'가 잠시 땅에 누워 있다가 일어나 앉는 모습이 뒤돌아본 시야에 들어왔다. '명의'는 피로 흥건한 구멍을 무표정하게 내려다보고는 느릿하게 몸을 일으켰다.

동시에 사청현이 느낀 처참한 실망감이 사련의 마음속까지 흘러들었다. 제아무리 신관이라도 이런 심한 부상을 입고 평소처럼 움직일 수 있는 자가 어디 있겠는가? 그는 분명 사람이 아니었다!

두 형제가 한참을 달렸을 무렵, 갑자기 사련의 등골이 서늘해졌다.

"조심하세요!"

사련이 외치고는 수사를 덥석 끌어당겼다. 앞쪽 허공에서 바람을 가르는 소리가 울리면서 스산한 빛이 스쳐 갔다. 사련이 끌어당기지 않았다면 수사는 이미 목을 잃었을 것이다.

수면에만 형체가 비치는 그 무형의 존재들이었다.

사무도는 잇새로 욕을 짓이기고 수사선을 꺼내 휘둘렀다. 부채에 그려진 물결무늬에서 물로 만들어진 가느다란 화살 일고여덟 대가 튕겨 나와 두 사람을 둥글게 감싸고 보호했다. 덕분에 그 무형의 존재들은 아무런 수작을 부릴 수 없었다. 두 사람은 계속해서 도망쳤다. 사청현은 또 참지 못하고 뒤를 돌아보았다. 이번에는 모골이 송연해졌다.

"우리…… 따라잡혔어!"

과연, '명의'는 뒤쪽 스무 장 남짓 떨어진 곳에서 천천히 걸어오고 있었다. 보기에는 '천천히' 걸어오는 것 같았으나, 한 걸음을 내디딜 때마다 두 사람과의 거리가 성큼 좁혀졌다. 일고여덟 걸음만 더 다가오면 그들의 옷자락을 잡을 수 있을 것만 같았다.

사무도는 뒤돌아보는 대신 수사선을 휘둘렀다. 부채 한 면에서 용 형상을 띤 화살 20, 30대가 맹렬하게 쏟아졌다. 물로 만들어진 화살인데도 강철 칼날처럼 공기를 찢는 소리가 났다. 부채를 휘두를 때마다 화살이 곱절로 쏟아졌다. 부채를 몇 번 부치자 화살 백여 대가 일제히 '명의'를 향해 날아갔다. 사면팔방을 포위한 공격이니 단 하나의 화살만 스쳐도 가슴에 서늘하고 투명한 구멍이 뚫릴 터였다. 그러나 '명의'는 맨 처음으로 날아든 화살을 한 손으로 움켜쥐더니 밧줄을 낚아채듯 끌어당겼다.

놀랍게도 수사선은 그대로 사무도의 손에서 끌려 나왔다.

부채가 손을 떠나자, 공중에서 난무하던 수룡 화살은 온 하늘 가득 가랑비가 되어 쏟아졌다. 사무도는 우뚝 멈춰 서서 믿을 수 없다는 표정으로 자신의 손을 바라보았다. 백여 년 동안 누군가가 수사선을 그의 손에서 떨어뜨린 건 이번이 처음이었다. 그는 도망칠 수 없음을 깨닫고 뒤를 돌아보았다. '명의'도 뒷짐을 지고 한 걸음씩 차분하게 걸어왔다.

그의 온몸에 미묘한 변화가 일어나고 있는 것 같았다. 내딛는 걸음마다 변화가 조금씩 두드러졌다. 가뜩이나 희었던 얼굴이 한층 창백해졌다. 화성처럼 핏기가 조금도 없는 안색이었다. 눈썹은 한결 날카로워졌고 얼굴 윤곽은 깊어졌다. 물론 음울함은 덤이었다. 본디 소박했던 검은 장포 옷자락 한구석에서 어둑한 물결무늬 자수가 돋아나 은빛으로 신비롭게 반짝였다. 풍사와 수사 두 사람 앞에 다다랐을 무렵에는, 얼굴만 예전과 비슷할 뿐 완전히 다른 사람이 되어 있었다.

지사는 무신이 아니기에 무력이 뒤떨어지고 법력도 강하지 않다. 그러나 눈앞에 보이는 사람은 이 두 가지 조건에 전혀 들어맞지 않았다. 사무도가 경계하며 말했다.

"넌 대체 정체가 뭐지?"

'명의'는 우습다는 듯 눈을 가늘게 떴다.

"내 지반에 있으면서 내 정체를 물어?"

"......."

잠시 침묵하던 사무도가 말문을 뗐다.

"흑수현귀?"

'명의'는 사청현을 바라보았다. 사청현은 아무런 반응이 없었다. 사무도가 말을 이었다.

"넌 항상 지사였나? 아니면……."

그는 말을 끝맺기도 전에 깨달았다.

"그런 거였군."

다만 사무도가 알아챈 것은 현귀가 지금껏 상천정에 잠복해 있었다는 점뿐이었다. 사무도가 다시 입을 열었다.

"당신과 나는 서로 선을 긋고 각자의 구역을 다스려 왔다. 이번에는 고의로 당신의 지반에 들어선 게 아니니, 서로 한발 물러서는 게 어떤가."

'명의'가 대꾸했다.

"수횡천도 감히 횡포를 부리지 못할 때가 다 있군."

천성이 오만한 사무도는 이 말에 불쾌한 기색을 내비쳤다. 여기는 남의 집 처마 아래인 데다가 동생이 옆에 있으니 부득이하게 고개를 숙였지만, 기세까지 숙이고 싶지는 않았다.

"때와 장소만 적절했다면 겁낼 것도 없었겠지."

그러나 '명의'는 다시 앞으로 한 걸음 다가가며 서늘하게 물었다.

"사무도. 내가 누군지 알아보겠나?"

사무도는 미간을 살짝 찌푸리며 그를 바라보았다. 지사의 얼굴이라면 그도 몇 번 본 적이 있었다. 그는 영문을 모르겠다는 듯 되물었다.

“당신이 누군지 말하라는 건가?”

잠시 침묵이 이어졌다. 그는 ‘명의’의 질문이 본인의 정체를 밝힐 수 없다는 암시인 줄 알고 이렇게 대답했다.

“당신이 누구든 상관없다. 수사의 이름을 걸고 맹세하건대, 당신이 우리 형제 둘을 끌어들이지 않는 한 당신이 무슨 짓을 하든 나와는 무관…….”

‘명의’가 싸늘하게 말허리를 잘랐다.

“수횡천, 과연 귀인은 옛 친구를 쉽게 잊는군. 그때 너는 그 많은 인간들의 사주와 명부를 뒤져 천신만고 끝에 나 하나를 찾아냈잖아. 한데 어찌 된 거냐. 고작 몇백 년 사이에 내 얼굴을 잊었나?”

이 말을 들은 사무도의 얼굴이 서서히 비틀렸다.

평범한 인간들의 얼굴에 종종 나타나는 ‘귀신을 본 것 같은’ 표정이 처음으로 그의 얼굴을 물들였다. 사무도의 동공이 점처럼 날카롭게 조여들었다. 놀란 마음에 목소리가 튀어나왔다.

“살아 있었나?”

하현이 냉담하게 대꾸했다.

“죽었다!”

말을 마친 그는 불현듯 한 손을 들더니 네 손가락을 모으고 까딱 굽혔다. 사련의 머리에 극심한 고통이 엄습해 왔다. 사청현은 끝내 그의 법력을 이기지 못하고 정신을 잃었다.

얼마나 지났을까. 사련은 사청현의 의식을 따라 천천히 깨어났다. 제대로 눈을 뜨기도 전에 무언가가 몸에 비비적대는 느낌이 났다.

느릿하게 눈꺼풀을 들자 덥수룩하고 악취가 물씬 나는 사람 머리통이 보였다. 광인 무리가 그를 에워싸고 뻔뻔스러운 얼굴로 헤벌쭉 웃으며 그를 마구 더듬고 있었다. 사련은 그래도 침착한 편이었다. 당장 목숨을 잃을 염려가 없고, 이 괴인들이 조금 더럽기는 해도 위협은 되지 않는다고 판단했기 때문이다. 반면 사청현은 흠칫 기겁하면서 광인들을 밀쳐내려 했다. 그런데 좌르륵, 하는 요란한 쇠사슬 소리가 났다. 손발은 얼음장같이 차갑게 굳어 움직일 수가 없었다. 시선을 들어 올려다본 두 팔이 곤봉만큼 굵은 쇠사슬에 묶인 채 얼룩덜룩한 벽 높이 매달려 있었다.

바닥과 천장을 보아 하니 다시 유명수부로 돌아온 것 같았다. 사련은 그와 마찬가지로 머리가 깨질 것 같았다. 사련이 입을 달싹였다.

'풍사 대인, 침착하세요. 제가 이런 족쇄를 푸는 방법을 알려드릴…….'

말을 하려던 사련은 퍼뜩 깨달았다. 목소리가 나오지 않았다!

의아해진 사련은 서둘러 자신의 상태를 살폈다. 정말로 법력이 대부분 사라지고 없었다. 혼백은 사청현의 몸 안에 머물 수 있었지만, 그의 몸을 움직이기는커녕 조언의 목소리조차 낼 수 없었다. 설마 화성에게 빌려온 법력이 벌써 바닥난 걸까?

그럴 리 없다. 그는 한 번 이혼대법을 펼치는 데 법력이 얼마나 드는지 잘 알았다. 화성이 빌려준 법력도 많으면 많았지 절대 적지는 않을 터였다. 심지어 법력은 지금도 계속해서 빠져나가고 있었다. 문득 의심과 초조함이 밀려들었다. 이때, 건너편에서 갈라진 목소리가 들려왔다.

"청현!"

사청현은 눈앞이 가물거렸지만 정신을 가다듬고 고개를 들었다. 목소리의 주인공은 사무도였다.

그는 쇠사슬에 묶이지는 않았으나, 더럽게 물든 흰옷 차림으로 바닥에 꿇어앉아 있었다. 사청현이 깨어나자 그의 얼굴에 희색이 감돌았다. 이쪽으로 다가오려는 순간, 그는 옆에 있던 누군가에게 걷어차여 다시 무릎을 꿇었다. 뒷짐을 지고 서 있는 그 사람은 표정이 냉혹하고 음울하며 살갗이 오싹하리만큼 희었다. 바로 흑수현귀이자, 하현이었다.

그의 뒤편으로 신대가 보였다. 새까맣고 매끄러운 유골함 네 개가 그 위에 고요히 놓여 있었다. 찢어진 부채 두 개는 바닥에 나동그라져 있었다. 풍사선과 수사선이었다.

아버지, 어머니, 여동생, 정혼자.

하현이 입을 열었다.

"빌어."

사무도는 사청현에게 시선을 고정한 채 입을 달싹였다.

"좋다."

그는 한마디를 남기고 정말로 신대 앞에 꿇어앉았다. 그러곤 쿵쿵 소리를 내며 그 유골함을 향해 몇십 번이고 머리를 조아려 절을 했다. 절을 마친 그가 살짝 몸을 일으키자, 하현은 그의 머리를 밟아 누르며 서늘하게 말했다.

"내가 일어나라고 했나."

발에 짓밟힌 사무도의 얼굴 곳곳에서 피가 흘렀다. 그가 이를 악물고 대답했다.

"……아니."

지난날 고개 한번 숙이려 들지 않던 긍지 높은 형이, 지금은 다른 사람의 발에 얼굴을 짓밟히고 있다. 잘 알고 있다. 제 형은 이보다 열 곱절 무거운 응보를 받아도 시원찮은 짓을 저질렀다. 그러나 피는 물보다 진하다 했던가. 사청현은 끝내 견디지 못하고 운을 뗐다.

"형……."

이 목소리를 들은 하현이 오싹한 시선으로 그를 훑었다. 사무도는 비록 고개를 들지는 못해도 사청현의 말이 화를 불러오리란 것쯤은 알았기에 재빨리 일갈했다.

"너는 입 다물어라!"

하현은 잠시 생각에 잠기나 싶더니 사무도의 머리에서 발을 치웠다. 사무도는 간담이 서늘해졌지만 일어나지는 못한 채 목청을 낮추어 경고했다.

"청현!"

하현은 느릿하게 걸어왔다. 실성한 괴인 무리는 그를 보자 질겁하더니 소리를 지르며 비켜났다. 다만 사청현을 흘끔흘끔 훔쳐보는 시선은 여전했다. 마치 그가 지닌 무언가를 노리고 있는 것 같았다. 사청현은 사슬로 벽에 묶인 채, 서서히 가까워지는 더없이 친숙한 얼굴을 멍하니 바라보았다. 그 얼굴이 이제는 더없이 낯설게만 느껴졌다.

하현은 그의 앞에 몸을 숙이고 앉았다. 곧이어 그의 입이 달싹였다.

"백화진선이 두렵나?"

높낮이 없이 담담한 어조였다. 그럼에도 사청현은 흐릿하게 초점을 잃은 눈으로 입술을 떨며 말을 꺼내지 못했다.

과거의 백화진선만 해도 너무나 두려웠다. 그런 백화진선을 삼킨 이 사람은 소년 시절의 악몽보다 열 곱절, 백 곱절은 더 끔찍했다. 그러나 이건 그가 진작에 감당해 내야 했던 두려움이었다.

사무도가 말했다.

"하현, 자신이 한 일은 자신이 책임져야 한다. 너를 액막이로 쓴 것은 내 독단이었다. 이 일은 내 동생과 무관해."

하현이 픽 냉소했다.

"무관하다?"

그는 눈 한번 깜박이지 않고 사청현을 응시하며 한 글자씩 잇새로 짓이겼다.

"네 동생은 자질이 평범한 일개 상민이었다. 선경에 올라 무한한 영광을 맛볼 수 있었던 건 내 명격을 차지하고 내 신격(神格)을 누렸기 때문이지. 한데 이 일이 네 동생과 무관하다?"

문장 속 글자마다 비수가 되어 가슴을 찔렀다. 사청현에게 들으라고 하는 말이었다. 그 사건의 내막을 잘 아는 사청현은 고개가 절로 수그러들었다. 이 한평생 다시는 고개를 들지 못할 것 같았다. 사무도는 애써 침착하며 말했다.

"너는…… 지금껏 청현의 곁에 있었으니, 내 말이 사실이란 것을 알 것이다. 그 애는 비밀을 지키는 성정이 못 돼. 청현은 정말로 이 일에 대해 아무것도 몰랐어!"

하현은 날카롭게 소리쳤다.

"그래서 더 가증스럽다! 뭘 믿고 아무것도 몰랐느냐!"

사청현의 고개가 한층 수그러들었다.

남의 피를 빨아먹고 남의 유골을 밟아 선경에 오른 주제에, 뭘 믿고 떳떳하게 한 톨 부담도 없이 그 모든 것을 누렸을까?

하현이 말을 이었다.

"처음에는 몰랐겠지. 한데 나중에도 몰랐나?"

사청현은 고개를 들고 떨리는 목소리로 말했다.

"명 형, 나는……."

하현이 소리쳤다.

"입 다물어!"

그의 낯빛은 거의 흉악할 지경이었다. 사청현은 그를 흘끗 쳐다보고는 몸서리를 치며 입을 다물었다. 불현듯 자리를 박차고 일어난 하현이 유명수부 대전을 서성거리며 나직하게 일갈했다.

"난 네게 기회를 줬다!"

사청현은 눈을 감고 주먹을 꽉 쥐었다. 사련은 박고진에서 들었던 분노 어린 '알았어, 알았다고!'라는 목소리와, 사청현이 배명을 따라 동해로 가려 할 때 '명의'가 그의 앞을 가로막았던 장면을 떠올렸다.

다만, 그때마다 사청현은 사무도를 돕는 길을 택했다.

그는 작은 목소리로 말했다.

"……미안해."

하현이 자리에 멈춰 섰다. 물음이 이어졌다.

"그 미안하다는 말에 무슨 의미가 있지?"

네 개의 유골함은 사청현의 바로 맞은편에 늘어서 있었다. 그 유골함들마저 가볍게 흩날리는 그의 사과를 비웃는 듯해 한층 가슴이 뜨겁게 미어졌다. 어쩐지 지금은 무슨 말을 해도 소용이 없을 것 같았다. 사청현이 대답했다.

"……쓸모없다는 건 알지만, 그래도……."

하현은 심드렁하게 대꾸했다.

"그래도 뭐? 쓸모없다는 건 알지만, 그래도 성의를 보이려 노력하고 있으니 내가 감동해서 원한을 내려놓고 은원을 풀기를 바란다?"

사청현이 다급하게 말했다.

"아니! 아니야! 그런 뜻은 아니었어! 난 그저…… 그냥, 정말, 진심으로 미안한 마음이야. 정말로. 명…… 하…… 하 공자. 우리 형과 내가 잘못했다는 거 알아. 지금 이 상황을 돌이킬 방법도 없을 테고, 그래서……."

묵묵히 듣고 있던 하현이 되물었다.

"그래서?"

무슨 말을 늘어놓아도 궁색하고 무력한 순간이었다. 사청현은 한참을 애썼으나 도저히 말을 이을 수가 없었다. 하현이 냉담하게 말했다.

"말해 봐. 왜 말을 하다 말아. 그래서 죽음으로 사죄하고 싶다고?"

사청현은 얼이 빠졌다. 사무도가 듣다못해 끼어들었다.

"하현! 원흉은 나와 백화진선이다. 청현 본인이 죽을죄를 지은 것은 아니니……."

"그럼 우리 다섯 식구 중엔 누가 죄가 있었지? 누가 죽을 만했지?"

사무도는 목이 메었다. 하현이 다시 물었다.

"말해 봐. 그러길 바라나."

잠시 침묵한 사청현은 나직한 목소리로 대답했다.

"그렇게 할게."

이 말을 들은 하현은 픽 냉소했다. 사청현이 고개를 숙이고 있었기에 사련은 그의 표정을 볼 수 없었다. 설령 보았더라도 그의 마음을 헤아릴 수는 없었겠지만.

곧이어 하현은 뒷짐을 지고 걸음을 옮겼다. 광인 무리는 그가 떠나자 다시 사청현의 주위를 에워쌌다. 사청현의 허벅지와 팔을 끌어안은 채 놓아주지 않는 사람, 그의 머리카락을 잡아당기는 사람, 목을 조르는 사람까지. 저마다 새파란 안광을 번뜩이는 모습이 당장이라도 그를 산 채로 잡아먹을 듯했다. 사련은 거지 무리에 끼어 지낸 적도 있었는데도 소름이 죽 끼쳤다. 그가 속으로 중얼거렸다.

'대체 뭐 하는 사람들이지? 현귀는 왜 이런 광인들을 여기에 가둔 걸까?'

사청현은 자신을 밀치고 잡아당기는 손길을 묵묵히 견디며 입 한번 벙긋하지 못했다. 옆에서 냉담하게 바라보기를 한참, 이윽고 하현이 입을 열었다.

"이들이 어떤 사람인지 아나?"

말라빠진 손아귀들이 사청현의 얼굴이며 몸을 더듬거렸다. 당장 숨도 제대로 못 내쉬는 그가 이 사람들의 정체를 생각할 겨를이 있을 리 만무했다. 그는 고개를 가로저었다. 하현이 말했다.

"썩어 문드러진 명격, 비천한 명격, 개돼지만도 못한 명격, 사람을 미치게 하는 명격."

"……."

사련의 마음속에 한기가 기어올랐다. 그의 목적이 어렴풋이 눈앞에 그려졌다. 사무도 역시 단번에 깨달았는지 두 눈을 부릅떴다.

"……너!"

하현은 사무도와 사청현의 사이에 서서 서늘하게 말했다.

"지금, 너희에게 두 가지 선택지를 주마."

그는 먼저 사무도를 지목했다.

"첫 번째 선택지. 너는, 이 사람들 가운데 하나를 골라서 네 동생의 명격을 그자의 것과 맞바꿔라. 그런 다음 자진해서 인간계로 꺼져."

핏발이 사무도의 눈동자에 줄기줄기 돋았다. 그의 어깨가 떨리기 시작했다.

"사람 운명 바꾸는 걸 그렇게 좋아했잖아. 손에 익은 수법이라 내가 가르쳐 줄 필요도 없겠지."

앞뒤 사정을 떼 놓고 본다면 이는 실로 악독한 짓이었다. 사청현의 본래 명격이라면 선경에 오를 자격에는 못 미쳐도 더없이 안락하고 풍족한 한량으로 살 수 있었다. 반면 이 사람들은 다들 곪은 부스럼과 병에 시달리거나 실성할 정도로 고통받았다. 자명하게도 너 나 할 것 없이 대흉, 대난, 대재에 휘감긴 자들이었다. 만약 이들과 명격을 맞바꾼다면 사청현도 그들처럼 비참하기 그지없는 처지로 전락하게 되지 않겠는가? 사람을 미치게 하는 명격이라면, 이제부터 숱한 고통과 괴로움에 허덕이게 될 것이다.

이번 천겁. 사무도는 명백히 겁을 건너는 데 실패했다. 더하여 백화진선 사건이 발각되면 반드시 폄적된다. 평범한 인간으로 추락하게 되면 다시 사청현을 좋은 운명으로 바꾸어 줄 방도도 없다. 법력을 박탈당한 평범한 인간 하나와 썩어 문드러지도록 비천한 명격을 지닌 인간 하나가 어떻게 살아갈 수 있겠는가?

사무도는 숨을 몰아쉬며 이를 갈았다.

"두 번째는?"

하현이 계속해서 말했다.

"두 번째, 너."

이번에 시선을 받은 사람은 사청현이었다.

그는 한 글자씩 무겁게 눌러 말했다.

"네 운명은 건드리지 않겠다. 너는, 바로 이 자리에서, 네 형의 머리를 잘라 나에게 바쳐라!"

절그럭, 소리와 함께 그는 녹이 슨 칼을 바닥에 던졌다. 사청현은 그 칼을 바라보며 눈을 부릅떴다. 하현의 목소리가 이어졌다.

"그 뒤로는 영원히 내 앞에 나타나지 마라. 그리하면 네가 이 세상에 존재하지 않는 셈 쳐 줄 테니."

골수에 사무친 한이 몇백 년을 거쳐 쌓인 끝에 폭발의 절정에 이르렀다. 하현의 눈에 타오르는 광기가 훤히 보였다. 다들 이것이 결코 입으로만 하는 말이 아님을 알 수 있었다. 사무도의 갈라진 목소리가 긴 침묵을 깼다.

"……자결하겠다. 내가 자결하면 어떻겠나."

"너는 나와 흥정할 자격이 없어."

사무도는 사청현을 바라보며 중얼거렸다.

"우리 둘 다 죽일 생각인 게지……."

그러나 사청현은 그처럼 절망하는 대신 서둘러 말했다.

"형! 형! 우리, 우리, 첫 번째를 고르자. 첫 번째."

잠시 뒤, 사무도는 냉정을 되찾았다.

"아니. 두 번째를 고르겠다."

"……."

청현은 혼란스러워졌다.

"왜 두 번째를 골라? 우리가 다 사는 게 좋지 않아? 형, 첫 번째로 해. 두 번째는 안 돼. 난 절대 못 해."

사무도가 분노 띤 목소리로 고함쳤다.

"입 다물어라! 나를 모르는 게냐? 내 모든 걸 잃고 네가 그런 진흙탕 속에 구르는 꼴을 지켜보라니, 그딴 짓을 내가 할 수 있겠느냐? 그러느니 화병으로 죽고 말지!"

"형! 그만해……. 죽는 것보다는 사는 게 나아. 게다가, 사실, 생각해 봐. 우리…… 우리 몇백 년이나 잘 먹고 잘 살았잖아. 그러니까 이제는…… 이제는……."

몇백 년 동안 누린 그 좋은 삶이 어떻게 얻어졌던가. 그런 생각이 든 것인지, 사청현은 부끄러움에 말을 잇지 못했다.

하현은 옆에서 그들을 차갑게 바라보고 있었다. 가까스로 몸을 일으킨 사무도가 녹으로 얼룩진 칼을 움켜쥐고는, 비틀거리며 벽 쪽으로 다가가 동생의 어깨를 잡았다.

"해라!"

그러곤 나지막한 목소리로 짧게 덧붙였다.

"……배 장군을 찾아가서 널 돌봐 달라고 부탁해."

이 칼은 놀라울 만큼 무겁고 녹이 슬어서 사람을 죽이기는커녕 닭 한 마리를 죽이기도 어려워 보였다. 이런 칼로 목을 벤다면, 베는 사람이든 베이는 사람이든 대단히 고통스러울 터였다. 겁에 질린 사청현은 칼을 제대로 잡지도 못하고 땅으로 떨어뜨렸다.

"그만해, 형, 그만해! 세상 사람들은 누구나 자기 밥그릇만 챙긴다고 형이 그랬잖아. 언제 다른 사람들이 우리를 돌봐 줬는데. 우린 지금껏 서로를 돌봐 주면서 살아왔잖아. 이거 나한테 주지 마. 주지 마!"

사무도가 고함쳤다.

"청현! 꼴사납게 굴지 마라!"

뒤이어 그는 쓴웃음을 지었다.

"네 형의 별호가 수횡천이다. 너도 잘 알지 않느냐. 이 긴 세월, 하늘을 뒤엎는 파도를 일으킨 것이 천은 못 되어도 팔백은 될 터. 온 천지간에 척을 졌지. 그러니 내가 죽는 게 낫다. 내 죽음으로 너는 이 일에서 벗어날 수 있어. 목숨을 보전해도 모든 것을 잃는다면 그거야말로 죽는 것만 못한 삶이다. 내가 수신관이 아니면 너를 보살필 수 없고 제 몸 건사하지도 못해. 아마 우리 형제는 이틀도 못 가서…… 받아라!"

사청현은 공포심에 울먹이며 이성을 잃고 말을 쏟아 냈다.

"안 돼! 안 돼, 안 돼, 안 돼, 안 돼, 형. 난 정말 못 해! 강요하지 마, 그거 주지 말라고! 살려 줘, 살려 줘, 살려 줘!"

이 상황에서 그는 목청이 찢어지도록 살려 달라고 비명을 지르기 시작했다. 사무도가 말했다.

"괜찮다! 청현, 겁낼 것 없어. 운명을 맞바꾸고 법력을 뺏기는 것보다는 고통스럽지 않을 테니……."

진득하게 지켜보고 있던 하현이 갑자기 발길질을 날렸다. 난데없이 걷어차인 사무도는 피를 토하고 바닥을 몇 번 구르더니 일어나지 못했다. 사청현은 벽에 매달린 채 소리쳤다.

"형!"

하현이 냉혹하게 말했다.

"닥쳐! 내 앞에서 역겨운 형제애 연기는 때려치워라. 여기서 너희를 보고 감동할 사람은 아무도 없어!"

그런데 누가 짐작이나 했을까. 피를 한 움큼 토한 사무도가 불현듯 몸을 튕겨 일어나더니 단숨에 사청현의 목을 졸랐다. 사련은 화들짝 놀랐다. 숨이 막히고 머리에 피가 몰렸다. 사청현이 힘겹게 입을 달싹였다.

"……형?"

사무도의 악다문 잇새로 피가 배어 나왔다.

"청현! 지금 네 꼴을 보고 있자니 마음이 놓이지 않는구나! 내가 죽으면 너도 이 세상을 살아가지 못할 게 뻔하니, 차라리 이 형과 함께 가자!"

그 말과 함께 손에 힘이 들어갔다. 사청현의 눈앞이 서서히 암전됐다. 숨통이 끊기는 듯한 신음이 목을 비집고 나왔다. 사련은 속으로 충격에 휩싸였다.

'수사가 정말로 풍사를 목 졸라 죽일 셈인가?'

얼마 지나지 않아 목을 압박하던 힘이 사라지고 공기가 쏟아져 들어왔다. 사청현은 연신 기침을 토하다가 가까스로 호흡을 되찾았다. 다만 그건, 옆에 서 있던 하현이 사청현의 목을 조르던 사무도의 손을 팔꿈치 아래서부터 뜯어낸 덕분이었다. 그는 냉담하게 말했다.

"내가 언제 세 번째 선택지를 줬나?"

사무도의 두 팔이 가지런히 잘려 나갔다. 분수 같은 핏줄기가 솟구쳤으나 그는 크게 웃음을 터뜨렸다. 하현은 그의 두 팔을 쓰레기인 것처럼 내던지며 물었다.

"뭐가 웃기지?"

사무도는 피로 물든 채 속이 텅 빈 소매를 떨치며 말했다.

"자신이 우위를 점했다고 생각하는 네가 우스워서 말이다! 오랜 세월 동안 인내하다가 마침내 원수를 갚았다고 생각하니 통쾌하더냐?"

"네가 이리 구차하게 목숨 부지하는 꼴을 보니 확실히 통쾌하다!"

"그런가? 하나 말해 주겠는데, 통쾌하기는 나도 마찬가지다!"

사무도는 끊임없이 피가 샘솟는 팔뚝을 하현의 목깃에 들이밀었다.

"이토록 분노하고, 고통스러워하고, 이를 악물다 부스러질 지경으로 한스러운데도 여전히 네 가족을 구하지 못하고, 여전히 시궁창 속 귀신이고, 아무리 발을 동동 굴러도 소용없는 지금 네 꼴! 그 꼴을 봤으니까! 그들은 벌써 다 죽었으니까! 한데 나와 내 동생은 이렇게 오래 살면서 몇백 년씩이나 신관 노릇을 했다. 이제 청현이 신관을 못 한다 해도, 살아가지 못해도, 그래도 이득을 봤으니 내가 이긴 거다! 이러니 너보다 통쾌하지 않겠나? 하하하하하하……."

말이 이어질수록 하현의 창백한 얼굴이 서서히 변했다. 흡사 차가운 황야에 도깨비불이 일어나는 풍경 같았다. 삽시간에 대전에 흐르는 공기까지 서늘해진 듯했다. 두려움이 극에 달한 사청현은 잔뜩 잠긴 목소리로 말했다.

"……형, 말하지 마. 이제 그만 말해. 형, 세상에, 지금 무슨 소리를 하는 거야. 무슨 말도 안 되는 소리를 하는 거야……."

하현은 돌연히 손을 내밀어 사무도의 목을 틀어쥐었다.

"뉘우칠 마음이 추호도 없구나!"

사무도는 실성한 듯이 폭소했다.

"뉘우칠 마음? 하, 웃기는군! 절경귀왕 흑수침주 주제에 내게 뉘우치냐고 물어? 말해 주마. 그딴 건 없다!"

사청현이 비명을 질렀다. 사무도는 머리를 꼿꼿이 쳐들고 말했다.

"오늘날 내가 얻은 모든 것은 전부 나 스스로 쟁취한 것이다. 없는 물건이라면 내 힘으로 쟁취했고, 없는 운명이라면 내 힘으로 바꿨다! 내 운명은 하늘이 아닌 내가 정해!"

'자신의 운명은 하늘이 아닌 자신이 정한다'는 격언을 이런 식으로 해석하다니, 사련은 이런 말을 난생처음 들었다. 머리 가죽이 저릿한 와중에도 놀라서 얼이 빠졌다. 한사코 당당하게 잘못을 인정하지 않는 사무도의 기세가 퍽 신선했는지, 하현도 크게 웃음을 터뜨렸다. 한층 섬뜩해지는 그의 얼굴빛을 바라보며 사청현은 눈앞이 무너졌다.

"……형, 제발, 제발 부탁할게. 이제 그만 말해. 제발 입 다물어. 살려 줘……."

그러나 사무도의 오만함은 조금도 줄어들지 않았다.

"청현, 형이 먼저 내려가서 널 기다리고 있으마. 하하하하하하……."

웃음소리가 끝나기도 전에 하현은 그의 머리에 손을 얹고 머리카락을 움켜쥐었다. 사청현은 혼비백산 넋이 나갔다. 쇠사슬이 벽에 마구잡이로 부딪치며 요란한 소리를 냈다.

"명 형! 명 형! 미안해! 미안해, 미안해, 미안해, 미안해, 미안해,

미안해! 전부 우리 잘못이야, 내 잘못이야! 우리 형은 다 나 때문에 그런 거야. 우리 형은 미쳤어, 형이 미친 거 너도 봤지? 내…… 내가…… 부…… 부탁이니까…….”

제발 자비를 베풀어 달라 간청하려 했지만 애원의 말은 입 속을 빙빙 맴돌았다. 그는 그저 눈짓으로 연거푸 머리를 조아릴 뿐이었다. 하현은 느릿하게 그를 바라보았다. 문득 무언가를 떠올린 듯, 그는 약간 냉정을 되찾고 움직임을 멈추었다.

그 모습에서 희망의 끈을 붙잡은 사청현은 겨우 안도의 숨을 내쉬었다. 그제야 눈물이 굴러떨어졌다. 다만, 그 눈물이 바닥에 부딪치기도 전에 하현의 냉혹한 목소리가 울려 퍼졌다.

“이름이 틀렸잖아.”

말을 마친 그가 손을 쳐들고는 사무도의 머리를 목에서 무참히 비틀었다.

“아아아아아아아아악—!”

사무도의 머리가 몸에서 떨어졌다. 거칠게 뜯겨 나간 절단면에서 피가 솟구쳤다. 피는 멀찍이 떨어져 있는 사청현의 몸과 얼굴에까지 튀었다. 사청현은 끝내 이성을 무너뜨리고 실성한 사람처럼 비명을 지르기 시작했다.

목이 날아간 시체 한 구가 쓰러지지 않고 서 있는 모습이 퍽 재미있는지, 실성한 괴인들도 기쁨에 길길이 날뛰며 그의 주위를 돌기 시작했다. 맨발 아래로 핏빛 발자국이 둥그렇게 남았다. 다들 빙글빙글 돌면서 박수갈채를 보냈다.

"와아아! 죽었다, 죽었다!"

"죽었어! 죽었어! 헤헤헤!"

사청현이 얼마나 오래 정신을 놓고 소리쳤는지 모를 노릇이었다. 다만 그는 혼백이 죄다 흩어지도록 비명을 질렀다. 언제 목소리가 멈추었는지도 알지 못했다. 사련이 그의 의식을 따라 정신을 차렸을 무렵, 그는 이미 피로 낭자한 바닥에 한참이나 주저앉아 있었다.

그리고 하현은 앞쪽 멀지 않은 곳에 서서, 두 눈을 부릅뜬 사무도의 머리를 한 손으로 붙든 채 사청현을 내려다보고 있었다.

짧은 침묵이 흘렀다. 하현은 담담하게 입을 열었다.

"더 하고 싶은 말 있나."

"……"

사청현은 신대 위에 늘어선 유골 단지와 땅바닥에 산산이 나동그라진 부채 두 개를 텅 빈 눈으로 응시했다. 한참 뒤, 그가 입을 달싹였다.

"……죽고 싶어."

하현의 냉담한 대답이 이어졌다.

"꿈같은 소리."

뒤이어 하현이 그를 향해 손을 뻗었다. 사청현은 눈을 감았다.

동시에 사련의 혼백이 불현듯 끌려 나와 높이 던져졌다!

아래로 떨어진 순간, 눈을 뜨고 나니 그는 붉은 옷을 입은 누군가의 품에 늘어져 있었다. 화성이 한 손으로 그의 턱을 가볍게 잡고 깊이 입을 맞추고 있었다. 아까 이혼대법을 지탱하던 법력이 급격히 줄어든 이유가 여기에 있었다. 화성이 이런 가장 빠르고 효과적인 방식으로, 아까 사련에게 빌려준 법력을 전부 빨아들여 사련의 혼백을 성공적으로 불러들인 것이다.

사련이 깨어난 것을 본 화성은 떨어지려는 듯 입술을 살짝 떼었다. 마음이 조급했던 사련은 엉겁결에 양팔을 들어 그의 목을 껴안고 화성이 빨아들였던 법력을 도로 들이마셨다.

화성은 사련이 이렇게 나올 줄은 꿈에도 생각지 못했다. 잠시 부주의한 틈에 법력이 역류했다. 사련은 행여나 화성이 떠나갈까, 양손으로 다급히 그의 얼굴을 감싸고 몸을 뒤집어 화성을 바닥에 내리깔았다. 서늘한 영력이 몸 안으로 흘러들었다. 목을 타고 배 속까지 들어오는 감각은 한없이 따스했다. 이때 보제관의 작은 나무 문이 삐거덕 소리를 냈다. 푸릇하고 거대한 송충이 같은 그림자가 방 안에서 기어 나오더니 버럭 소리쳤다.

"염병, 어떤 개자식인데 이렇게 간이 부었어! 집 털러 온 도둑놈이냐? 이 몸의 물건을 훔치려 들고 잠까지 방해하다니, 에취! 이 몸이 아주 본때를……."

말끝이 떨어지기도 전에, 보제관 밖에서 한창 뜨겁게 입을 맞추고 있는, 포개진 두 그림자가 보였다. 붉은 그림자와 흰 그림자. 그게 과연 누구와 누구겠는가? 척용은 순간 기겁해서 비명을 질렀다.

"끄아아아아아아아아악!"

화성은 손을 조금 들어 올렸다. 원래는 사련의 어깨를 잡을 생각이었지만 요란한 소리가 들려오자 손짓을 돌렸다. 척용은 '아이고' 소리를 내며 방 안에 도로 처박혔고 문은 다시 쾅, 닫혔다. 화성은 그제야 몸을 움직여 사련을 아래에 깔았다. 그는 고개를 들고 숨을 가볍게 몰아쉬었다. 눈동자에 언뜻 새카만 빛이 스쳤다.

"전하!"

사련은 말할 겨를도 없이 손을 내뻗어 화성의 목을 붙잡고 아래로 끌어 내렸다. 법력을 충분히 들이마신 그는 사레들린 기침을 토하고 거듭 외쳤다.

"이— 이혼대법!"

그러나 이번에는 끌려 나온 혼백이 하늘에 던져지기도 전에 벽에 가로막힌 것처럼 자신의 몸속으로 튕겨 돌아왔다. 묵직한 반동에 그는 악, 하고 신음했다. 눈을 뜨자 위쪽으로 별빛이 총총한 하늘과 조금 초조해 보이는 화성의 얼굴이 보였다. 몸을 일으켜 앉은 사련은 머리를 감싸 쥐며 중얼거렸다.

"……갈 수가 없어."

사청현은 죽은 건가? 아니면 흑수현귀가 장벽을 강화했을까? 물론 어떤 상황이든 그는 사청현의 머릿속에 되돌아갈 수 없었다. 지금 서둘러 남해 쪽으로 출발해도 분명 늦을 터였다.

망연자실한 그 모습에 화성이 입을 열었다.

"전하, 죄송합니다."

사련이 그를 바라보았다. 화성이 말을 이었다.

"하지만 그건, 타인이 간섭할 수 있는 일이 아닙니다."

사련은 손을 내저으며 말했다.

"……사과할 것 없어. 사실, 난 그 자리에 있었어도 아무것도 못 했을 거야."

이혼대법으로는 사청현의 몸에 들어가는 게 고작이다. 사청현은 평범한 인간에 불과하니, 설령 사련이 그 대신 족쇄를 푼다 해도 어떻게 흑수 귀역에서 그곳의 주인과 맞설 수 있겠는가? 달아날 수조차 없을 것이다.

정신을 가다듬은 사련은 속히 상천정의 통령진으로 되돌아갔다.

"영문, 그쪽은 출발했나요?"

영문이 대답했다.

"태자 전하! 어쩌다 갑자기 한참이나 말씀이 없으셨습니까? 이쪽은 벌써 신관들을 남해 쪽으로 파견했습니다. 기영 전하도 돌아왔습니다. 조금 이따 바다로 파견할 예정입니다만, 흑수 귀역은 그리 쉽게 들어갈 수 없으니 언제 찾을 수 있을지는 모르겠습니다."

사련이 갈라진 목소리로 말했다.

"잠시만요, 제가 같이 출발할게요. 제가 길을 기억하고 있을지도 몰라요. 죄송하지만 보제관 쪽으로 저를 데려갈 사람을 보내 주세요."

"좋습니다. 이제 도착했을 겁니다."

사련은 멍하니 고개를 돌렸다. 뜻밖에도 화성은 이미 사라지고, 보제 마을 밖에서 소신관 두 명이 걸어오고 있었다. 키가 크고 검은 머리가 곱슬곱슬한 소년이 두 소신관을 뒤따랐다. 바로 권일진이었다.

사련은 그에게 살짝 고개를 끄덕여 인사를 건넸다. 권일진은 답인사를 해 주지 않았지만 사련은 개의치 않았다. 둘러본 주변에는 화성의 자취가 보이지 않았다. 화성이 자신에게 이 일을 처리할 시간을 준 것이리라.

두 사람과 소신관들은 남해로 향했다. 사련의 제안대로 죽은 사람을 담았던 묵직한 관 수십 개를 모아 만약을 대비했다. 배가 물을 빠르게 가르며 두세 시진을 나아갔을 무렵, 바다 위에 괴상한 것이 떠다녔다.

거대한 골어 사체가 바다 위를 빼곡하게 떠다니며 선체에 부딪쳤다. 신관들은 경계심을 바짝 곤두세웠다.

"도착한 건가?"

사련이 그 말을 일축했다.

"설마요. 흑수 귀역에 진입했다면 배는 물 위에 뜨지 못했을 겁니다. 이리 빠르게 움직이지도 못해요."

그러나 이건 엊그제 밤 배 장군과 수사가 함께 싸웠던 흔적이 맞다. 권일진은 줄곧 뱃전에 쭈그리고 앉은 고난도의 동작을 유지하다 말고 불쑥 입을 열었다.

"앞에 까만 섬이 있는데, 저거 아닌가?"

가만 보니 정말로 앞에 어두침침한 섬이 있었다. 게다가 멀리서 보자니 확실히 그 흑수도와 비슷했다!

사련은 미간을 살짝 좁히며 말했다.

"정말 비슷하네요. 하지만 어떻게 이리 쉽게 발견했을까요. 배도 가라앉지 않았잖아요? 함정일 수도 있으니 다들 일단 신중하세요."

말을 마치자마자 그는 함정이 아님을 깨달았다. 해변에 있는 한 인영 때문이었다. 그 그림자는 내리쬐는 볕을 받으며 적을 무찌르는 데 쓰는 보검으로 나무를 썰어 관을 만들고 있었다. 한쪽에 완성된 관 세 개를 늘어놓고 이제 네 번째 관을 만드는 중이었다. 사련은 재빨리 손을 흔들며 그를 불렀다.

"배 장군! 배 장군입니다. 이 섬이 틀림없어요!"

거선은 즉시 방향을 틀어 빠르게 나아갔다. 하지만 배명은 지원군이 도착한 것을 보고도 전혀 기뻐하지 않았다. 그는 검을 땅에 꽂고 코를 긁적이며 울적하게 말했다.

"당신들, 일찍도 늦게도 아니고 하필 내가 거의 다 했을 때 오는 건 뭐지?"

권일진이 대꾸했다.

"누가 온 게 어디야. 당신 구하러 간다고 하니까 다들 시간이 없다던데."

"……."

배명은 너 같은 꼬맹이와 실랑이하고 싶지 않다는 표정을 짓더니 사련에게 돌아서서 물었다.

"태자 전하께서는 먼저 돌아가셨던 겁니까? 이 배는 어떻게 만들었길래 귀역의 물 위를 떠다닙니까?"

사련이 대답했다.

"배의 문제가 아닌 것 같아요. 흑수 귀역의 저주가 이미 흩어졌습니다."

배명은 순간 얼이 빠졌다. 닥치는 대로 시험해 보니 커다란 나무가 단칼에 쓰러졌다. 정말로 법력이 돌아온 것이다. 잠시 할 말을 잃은 그는 고개를 내저었다.

"이럴 줄 알았으면 이리 힘들게 관을 만들 필요 없었잖아?"

이 말은 사실이었다. 그는 정말로 하룻밤 꼬박 헛수고를 했다. 네 사람이 쓸 관을 만들었지만, 세 명은 쓰지 못하게 됐으니.

신관들은 섬에 올라 숲의 중심으로 달려갔다. 숲속 잡귀들은 처음 겪는 상황에 놀라 사방팔방 달아났다. 밀림 사이에 숨겨진 흑수호 근처에 도착했을 때도 형체 없는 존재들은 나타나지 않았다. 방해되는 결계가 사라지자, 신관들은 자세히 살펴본 끝에 환계를 무너뜨릴 수 있었다. 호숫가의 쇠창살 감옥과 유명수부가 모습을 드러냈다.

유명수부에 들어선 사련은 검은 옷을 입은 백골을 잘 수습해 손에 들고 유명수부 곳곳을 바삐 뛰어다녔다. 머지않아 그는 그 대전을 찾아냈다. 얼룩덜룩한 벽에 매달린 피 묻은 족쇄 두 개는 이미 텅 비었다. 머리 없는 시신 한 구가 대전 중앙에 누워 있었다. 피는 말라붙은 지 오래였다. 실성한 괴인들이 그 시신 위로 무언가를 마구 집어던지고 있었다. 신관들이 들어가자 그 광인들은 더욱 날뛰었다. 배명은 안에 들어온 뒤로 한참을 우두커니 있다가, 마침내 그 시신의 정체를 확신하고 충격을 금치 못했다.

"……수사 형!"

진작 이 사실을 알고 있었던 사련이 입을 열었다.

"여러분, 여기와 이 섬 전체에 풍사 대인이 계신지 찾아봐 주세요. 아니면…… 시신이라도요."

그러나 아무리 찾아도 사청현의 종적은 보이지 않았다.

설마 흑수현귀가 풍사를 데려간 건가? 아니면 이미 살해당해 바다에 가라앉아 물고기에게 살덩이를 뜯긴 걸까?

비록 마지막에 폭주한 사무도가 하현을 자극한 탓에 목숨을 잃었지만, 결국 풍사의 손에 죽은 것은 아니다. 하현은 풍사의 운명을 바꾸었을까?

성가신 미치광이들을 쫓아낸 배명은 반쯤 웅크리고 앉아 한동안 넋을 잃은 채 탄식했다.

"수사 형. 일생을 궁지로 살아온 사람이 이런 모습으로 가 버리다니요. 눈은 편히 감았는지 모르겠습니다. 높은 곳에 설수록 더 아프게 떨어진다더니, 인생 천태만상(千態萬象)을 다 피할 수는 없군요. 신이 되어도 화는 모면하지 못하는가 봅니다."

별다른 감회가 없었던 권일진은 발소리를 내며 유명수부 안을 뛰어다니다 이쪽으로 달려왔다. 얼핏 보고 이상하다 생각했는지 그가 입을 열었다.

"머리는?"

사련이 대답했다.

"흑수현귀가 가져갔습니다."

배명이 물었다.

"이 귀역의 주인과 수사 형은 대체 무슨 원한이 쌓였던 겁니까? 그리고 청현은요? 지사는요? 설마 수, 풍, 지, 세 신관이 전부 당한 겁니까?"

사련이 대답했다.

"확실히 하늘만큼 큰 원한이었죠. 지사 대인이라면, 누구를 물으시는지에 따라 달라요. 진짜 그분은 지금 제 손에 있고, 가짜인 분은 수사 대인의 머리를 가져갔습니다."

"뭐라 하셨습니까?"

사련은 배명을 바라보며 작게 흘려 말했다.

"배 장군께서는 아마 모르실 거예요. 흑수현귀. 성은 하, 이름은 현."

이 말에 배명의 안색이 언뜻 변했다. 보아하니 배명과 영문도 사무도의 소행에 대해 조금은 아는 모양이었다. 어디까지 알고 있는지는 모르지만.

상부에 보고할 것은 보고하고, 처리해야 할 것은 처리했다. 다시 보제 마을로 돌아왔을 때는 꼬박 하루가 지나 있었다. 사련의 발걸음에 희미한 피곤함이 묻어났다.

보제관으로 돌아와 문을 열자마자 척용의 귀곡성이 들렸다.

"개화성! 개같은 사련! 이 뻔뻔한 작자들 같으니, 제기랄! 한밤중에 진짜 빌어먹게 놀라 죽을 뻔했다! 이 어르신의 눈을 멀게 하고도 배상을 안 해!"

온갖 욕지거리가 쏟아지는 순간, 사련은 지난밤 자신과 화성이 번갈아 서로를 땅에 누르며 법력을 들이마셨던 오싹한 장면이 기억났다. 당시에는 몰랐던 부끄러움이 온몸을 옭아맸다. 그는 하마터면 그대로 문을 부수고 뛰쳐나갈 뻔했다. 화성은 탁자 위에 두 다리를 꼬아 올린 채 한쪽 의자에 비스듬히 기대앉아 있었다. 문을 밀고 들어오는 사련의 기척이 느껴지자 그는 곧장 발을 내려놓고, 겸사겸사 척용의 머리를 후려쳐 기절시킨 다음 자리에서 일어났다.

"형."

사련은 고개를 끄덕이고 등 뒤로 문을 닫았다. 그러곤 바닥에 애벌레처럼 묶인 척용을 넘어 자리에 앉으며 말했다.

"곡자랑 낭형은 놀러 나갔어?"

"응, 내보냈어. 형, 고생 많았어."

"아니야. 고생은 네가 했지."

화성은 싱긋 웃었다. 이윽고 그가 다시 말했다.

"형이 날 탓할 줄 알았는데."

사련은 고개를 가로저었다.

"삼랑, 무슨 생각을 그렇게 했어? 절대 안 그래. 사실, 이번 일은 네 말대로야. 확실히…… 타인이 간섭할 일이 아니네."

고민 끝에 그가 한마디 물었다.

"삼랑, 네가 보기엔 흑수현귀가 풍사 대인을 어떻게 했을 것 같아?"

화성은 잠시 침묵하다가 대답했다.

"나도 모르겠어. 흑수는 원체 괴팍한 사람이라. 혼자 너무 오랜 세월을 견뎌 와서 속으로 무슨 생각을 하는지 아무도 몰라."

'무슨 생각을 하는지 아무도 모른다'. 사련은 문득 떠올랐다. 이 말은 상천정의 수많은 신관들이 혈우탐화에 대해 입버릇처럼 남기는 평이기도 했다.

흑수침주는 동로산 속 만귀들과 살육을 벌인 끝에 세상에 나왔다. 그리고 혈우탐화도 마찬가지다. 하현이 홀로 오랜 세월을 견딘 만큼, 화성이 홀로 견딘 세월도 적지 않을 터였다.

흑수침주를 오늘날의 흑수침주로 만든 것은 원한이다. 그렇다면, 혈우탐화는?

화성을 오늘날의 화성으로 만든 것은 무엇일까?

순간, 사련의 머릿속에 수많은 생각이 스쳐 갔다. 그는 머리를 흔들어 '금지옥엽의 귀인'을 떨쳐 버리고 생각을 갈무리했다.

"그런데 삼랑, 이해가 안 가는 게 있어. 수사는 당연히 아주 은밀하게 명격을 바꿔치기했을 거야. 이 오랜 세월 숨겨 온 일을 흑수는 어쩌다 알게 됐을까? 혹시 불편하면 대답하지 않아도 돼."

화성이 대답했다.

"지반도 버리고 도망갔고 신관 행세도 그만뒀는데 뭐가 불편하겠어? 그야 간단해. 과거 흑수가 죽은 날 밤에 사무도가 직접 그를 확인하러 갔었거든."

"사냥감이 확실히 죽어야 백화진선이 다음 목표를 찾으러 가니까?"

"응. 흑수는 그 사람이 누군지 몰랐지만 얼굴은 확실히 기억해 뒀어. 나중에 귀신이 되어 천계와 귀계 사람들을 대충 알고 나서야 그게 수신관이었다는 걸 깨달았지."

역시 그랬다. 생각해 보면 참 이상한 일이다. 번듯한 수신관이 아무런 이유도 없이 평범한 인간이 어떻게 죽었는지 구경하러 가겠는가?

"그래도 명격을 바꾼 일을 바로 추측할 순 없잖아?"

"그래서 지사로 가장한 다음 상천정에 섞여들어 이 일을 조사한 거지. 참 담도 커."

사련이 느릿하게 운을 뗐다.

"그가 이후에 진짜 지사를 죽이지 않고 어민 2백여 명을 끌어들이지 않았다면, '담력과 지혜를 겸비했다'라는 찬사를 듣고도 남았을 텐데."

그런데 화성이 의외의 말을 꺼냈다.

"형, 진짜 지사를 그가 죽인 건지는 잘 모르겠어. 하지만 그 어민들을 동해의 파도에 휘말리게 한 건, 아마 다른 인물일 거야."

天官賜福

천관사복 5

1판 1쇄 발행 2022년 6월 10일
1판 4쇄 발행 2024년 1월 15일
지은이 묵향동후 **옮긴이** 고고
펴낸이 최원영
편집장 김승신 **책임편집** 원서은
본문조판 양우연 **마케팅** 김민원
펴낸곳 (주)디앤씨미디어 **출판등록** 2002년 4월 25일 제20-260호
주소 서울시 구로구 디지털로 26길 111 제이앤케이디지털타워 503호
전화번호 02.333.2513
B-Lab 공식 트위터 twitter.com/B_lab_BL/

ISBN 979-11-278-6458-3 04820
ISBN 979-11-278-6453-8 (세트)

정가 15,000원

天官賜福